林戈声 著

十方界

2

非人往事

北京时代华文书局

U0827249

引子

1

2055年1月1日，0时0分，上海外滩跨年晚会，一万三千发烟火喷薄而出，冲散漫天星斗，燎彻黄浦江上的夜空，也辉映着江边一片地标性建筑：亚细亚大楼、上海总会大楼、有利大楼、日清大楼……

——哥特式，罗马式，巴洛克式，西班牙式，混合式……

人一代代地死去，只有建筑活着。

人是速朽的，速朽的人却在庆祝，以更加稍纵即逝的烟花庆祝光阴的逝去，庆祝2055年元旦的到来。

又一波烟火乘着人们的欢呼声直上云霄，一道人影却从外滩1号亚细亚大楼楼顶一跃而下，一片厚重壅塞的欢庆气氛中，这场坠落轻飘得像一根羽毛，落地却很重，“砰”的一声。

烟火在天心炸开，闪耀，雪白的火光中，殷红的血泼洒在大楼正面的爱奥尼柱上，顺着柱身精致的凹槽慢慢往下淌。

烟火开出十方锦绣，挂下千万条水晶珠帘。

也照透死者身上六个血窟窿，上三个，下三个，整齐排列在左腹部中间位置，仿佛一道讳莫如深的血腥密码。

惊恐的尖叫声与痴狂的欢呼声水乳交融，听不出任何区别。

自此，一场漫长而惊人的连环杀人案拉开了序幕，此后一年多的时间里，一共有16名受害者以同一种方式被杀害，一场又一场的坠楼仿佛顶级跳水夺冠赛，编织出一顶血肉模糊的罪恶王冠，那六个血窟窿，就是王冠顶端令人胆寒的璀璨宝石。

2

半个多世纪之后，2110年。

深秋。

入夜了，张臻没有像往常那样点起一支蜡烛，他坐在黑暗里，一动不动，想象着那个人走进了这片远离城市的荒凉之地，在残破的、黑魆魆的废弃建筑里穿行，像行走在一片远古的迷宫。

张臻想象那个人跨过大门，在断壁残垣间曲折穿行，最后走进他所在的这座楼，踏上水泥碎裂的楼梯。这里曾经是一大片厂房，墙上的窗洞开得异常宽大，那些窗玻璃却早已不知去向，张臻想象风和晦暗的月光都直接打在那个人身上，他那斜长的影子不紧不慢地移动，像是一把拖在地上的长刀。

只能想象，因为那个人走路时不发出一点脚步声，在绝对的寂静里张臻等了一会儿，就看见灰色的人影从蒙住窗框的报纸上滑过，接着，虚掩的门缝被一道暗影填满了。

张臻靠桌坐着，桌角上立着一根蜡烛，没点燃，蜡烛旁边是一台古老的录音机，电池供电。门被推开时，张臻摁下了播放键。

录音机里的磁带转动，开始播放音乐。

“你在等我？”来人问。

“没有，”张臻笑了笑，“想逃，没来得及。太老了。”他看一眼自己苍老嶙峋的膝盖和身下的轮椅，“那16个人，”他用手指颤巍巍指指胸口，比出六个洞，上三个，下三个，“那16个人，是你杀的？”

“不是。”

“哦，”张臻点点头，“那你是他派来杀我灭口的。”

黑暗气氛诡异的室内，悠扬的音乐不合时宜地飘荡着。那人的影子延伸过来，挨得近了，有一瞬间张臻像是要动，他的身体晃了一下，但那人的动作更快，锐利的影子里伸出一根细长的塑合金管子，像毒蜂的刺，倏忽捅进张臻的嘴巴，透明的液体便顺着管子无声地涌入他的喉咙。张臻的挣扎很轻微，而且很快就没了声息。那人收回管子，瞥见了桌角上的蜡烛，便从口袋里掏出一盒火柴，蜡烛被点亮了，如豆的一盏火苗在杀手手中颤动着，照到墙上，那一整面墙都贴满了各式各样的调查资料，最中央是16张照片，张臻把他们按死亡顺序一字排开。

盯着看了一会儿，杀人者把蜡烛端到墙上，火苗一舔，就卷住了一张照片。

几分钟后，这面墙变成了火墙，烧焦的纸屑带着火星在热空气里飞舞，四处散落。

整个房间被点燃了，但烈火只来得及在凶手破旧的皮大衣上映照出一抹血色的流光，便眼睁睁看着他走出房门，下了楼，从容地消失在夜色中。

这里是远离城市与人群的放逐之地，夜深了，冲天的烈焰野蛮而孤独地狂烧，炽红的火光之中，录音机的歌声久久不绝：

天之涯

地之角

知交半零落

问君此去几时还

来时莫徘徊……

废弃厂房的门房塌了一半，剩下的一半看上去也摇摇欲坠。歌声飘进这座半露天的建筑里来，瓦砾堆里出人意料地闪烁起红色光点——一台灵敏的声控锁不知何时被什么人深藏在这里，现在，它由歌声唤醒，确认声码吻合后，向遥远的接收器发出一条讯息：她该醒了。

目 录

引子 001

卷一 解档

1 异梦与头颅 002
2 苏醒 007
3 越狱 011
4 智能心理医生 018
5 3D少女 027
6 曹戒 030
7 第一起脑爆 036
8 机械流浪狗 041
9 钩沉系统 048
10 午夜来客 064
11 问题少女 078
12 劫持 081
13 罗刹海市 086
14 意识模块 096
15 旧苏州的囚徒 101
16 老照片上的陌生人 110

卷二 ∘≈≈≈∘ 阖闾浮城

1 拿象牙芒的男人 122

2 电解液 127

3 访客桑绪 140

4 蓦然回首（上） 144

5 蓦然回首（中） 153

6 蓦然回首（下） 164

7 诛心 176

8 闯入者 188

卷三 ∘≈≈≈∘ 旧城畸人

1 旧城畸人（上） 200

2 旧城畸人（中） 211

3 旧城畸人（下） 228

4 意识之鲸 243

5 尾声 250

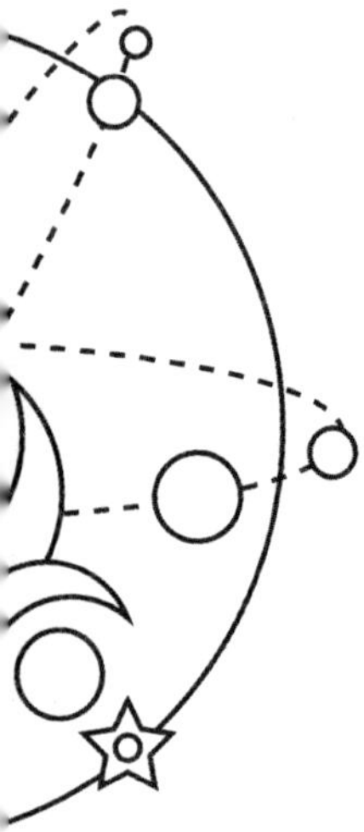

解档

卷一

1 异梦与头颅

林九微梦醒时脸上湿漉漉地发凉，是流了很久的眼泪，淌到枕头上，泡透了枕芯。

一个怪梦，与眼前的黑暗形成鲜明的反照：一个房间，窄小得像爱斯基摩人的雪洞，陈设极简，清一色雪白。她站在单人床前，跟一个男人歇斯底里地大吵，吵什么她忘了，只记得爆炸般的愤怒和绝望淹没了她。

在黑暗中怔怔地躺了好一会儿，那阵从梦里延伸到梦外的极端情绪才慢慢褪去。

床头感应灯读取到用户的心率变化，柔缓地亮起，橘黄色的朦胧光晕里，机器智能管家小耳朵发出轻微的“嗡嗡”声走到床边，一对晶亮的电子眼向她脸上照了照，有些诧异：“早安，林九微。你还好吗？”

整个后背酸疼僵硬，林九微费劲地揉着脖子：“我睡了多久？”

“七个小时二十五分钟。其中深睡眠五小时，达到健康标准。你在找什么？”

林九微环顾四周，她的公寓，她的床，她的机器人管家，一切如常。

“有个歌，一睁眼就在我脑子里转……”林九微试着哼了两句，智能管家很快检索出了结果：“是不是《送别》？”它播了一段歌曲原声，林九微跟着哼：“长亭外，古道边……天之涯，地之角，就是这个！怎么就突然想到这么老的歌……”

小耳朵歪着头，亮晶晶的电子眼打量她片刻，伸出章鱼形多节机械臂：“林九微，你的心跳在加快，你生病了？”

“没事，我只是做了个梦。”

“什么样的梦？”

林九微张了张嘴，但那个梦没法描述，它没头没尾，没有情节，只是一场疯狂的争吵。

她打开“云端”，回忆着信手涂抹，一幅人物肖像素描出现在虚拟画板上。

“这是谁？”小耳朵问。

林九微茫然地盯着这张脸：男性，三十岁上下，长眉，杏眼——眉眼温柔，嘴唇却薄得很冷漠。

怔忪之际，机器人管家提醒道：“该上班了，今天是2110年10月15日，是你平调进北京市西区第三刑警大队的第一天。”

“现在几点钟？”

“上午9点13分。”

愣了愣，林九微蹭的一下从床上弹起来，着急忙慌地洗漱。机器管家跟在她后面收拾，提醒在玄关左脚踩右脚、粗暴地穿鞋的林九微：“带上伞，九微，今天要下雪。”

国家档案局第三档案馆位于北京市西三环公主坟附近，馆区正门是一座装饰性的仿古牌楼，重重浮雕的汉白玉经过漫长的岁月，色泽介于白和灰之间，一副昏聩无知的面目。

馆长办公室里，楚馆长站在宽阔的落地窗前，她的身影淡而清晰地投映在窗玻璃上：头发花白，但身姿依然挺拔优雅，金色细边眼镜后面的目光是若有所思的，镜片里映照出正门口牌楼的一角缩影。

从这间档案室不仅能俯瞰正门牌楼，还能看到各个新闻机构的采访车正陆续驶来。

牌楼前方悬浮着一块全息信息屏，档案馆原定在今天召开“第三档案馆档案解密工作年度新闻发布会”，但在半个小时以前，信息屏上的工作信息就已经由召开发布会改为“发布会暂停召开，具体召开时间将另行通知”。

陈旧档案的解密远不如明星离婚、疑似发现外星人、个人所得税上调这些有吸引力，今天的新闻发布会本来只邀请了十来个记者，现在连发布会也取消了，采访车却在大门口排起了长龙。

秘书在“云端”里提醒：“馆长，公安局那边的人大概十分钟以后到，档案室这边的接待人员已经都安排好了。”

从办公楼去档案室所在的C座要经过大门，楚馆长甫一出现，堵在门口的人群就攒动起来，楚馆长快步经过大门时，记者们立刻把自己的问题以语音视频的方式抛过来，数不清的全息视频立刻团团堵住了楚馆长的去路。

“楚馆长，听说这次解密的档案里有一份档案惊动了警方，档案号是2057[75]，是吗？”

“楚馆长，2057[75]号档案的具体情况可以介绍一下吗？”

“楚馆长您好，我是《龙宫周刊》的记者，请问2057[75]号档案的密级是否为‘绝密’？为什么时隔一百年才解密？”

“请问2057[75]号档案解密后档案馆报了警，是什么原因？”

秘书在“云端”里提醒：“馆长，公安局的刑警到了。”

绝密档案2057[75]号文件及其附属物品陈列在档案室内的长桌上，附属物富有争议，不方便在线传输，也不方便通过机器人递送。

负责案子的是西三刑警大队重案二组，接到报案后，组长闻怀山在电话里问过楚馆长的秘书，什么叫“富有争议”，当时秘书的回答有些支吾：“你们来看就知道了。”

解密的文件和附属物一并陈列在档案室内的长桌上，所谓的“附属物”是一只黑色的立方体盒子，鞋盒大小，塑胶质地，盒子一侧有一个圆形嵌入式按钮，硬币大小，楚馆长按下去的时候，似乎近半个世纪的时间早已过了盒子的使用年限，没有任何反应，但过了一小会儿，塑胶盒的六个平面像变色龙的皮肤一样有层次地从黑色褪至透明，一刹那，从盒子内部反射出来一大簇晶莹剔透的光线。适应了刺目的光彩之后，刑警们赫然发现这块纯净璀璨的立方体内部竟包裹着一颗人头，模样之新鲜，好像是刚刚被齐脖一刀砍下来的！

富有争议……在场的刑警脸上都有一种恍然大悟的神情，怪不得来的时候看见门外有那么多记者。

闻怀山拿起卷宗，这份档案编号2057[75]，密级为“绝密”，标题是《2056—2057年上海市特大连环杀人案》，闻怀山看着标题最末的三个字：杀人案？

“档案馆从来没出现过这种情况。”楚馆长说，“国家档案馆保存的档案从来只和国家安全、决定性历史事件有关，2057[75]号档案却是半个多世纪前的一桩连环杀人案。而且——”她把档案翻到最后一页。

档案最后一页附有一条批注，内容竟然是：解档后用于科研。

闻怀山刺猬似的络腮胡茬耸了耸，他看了眼人头：什么叫解档后做科研之用？

“问题是这里。”楚馆长指着批注后的年份“2057”年，“这是一份绝密档案，按照国家规定，没有特殊批示，绝密档案的保存年限是30年。这份档案原本应该在2087年解档。现在它却晚了整整23年。”

“还有别的情况吗？”闻怀山问，掂了掂手中的文件，一桩连环杀人案，卷宗却出乎意料的薄，仅有两三张纸。

“2057[75]号档案解密的时候发现，文件、卷宗和光盘都不见了，”楚馆长说，“现在您手里这份文件，只是一份物证说明书。”

闻怀山翻阅这份说明书，里面极其简略地提到，这桩发生在半个多世纪前的连环杀人案受害者多达16人，凶手作案手法相似，具有一致性，当时的警方侦查后锁定了嫌疑人，嫌疑人却坚决不认罪。他端详起人头，它封在立方体冰块里，面部特征来看是男性无疑，三十岁左右，双目闭合，面容栩栩如生，睫毛在冰晶中熠熠闪光，像在颤动。

“跟这份档案有关的地方我们都要封锁起来勘察，封锁的时间要看调查的结果。”闻怀山对楚馆长说完，打开“云端”，通知刑警队法医科做好尸检准备，确定头颅身份。

这时说明书的附录轻飘飘落地，滑到一名年轻刑警的脚边，他捡起来扫了一眼，不禁难以置信地指着桌上的头颅叫道：“闻组，用不着法医科了！”他扬着手里的附录，那是一张《嫌疑人信息登记表》，上面写着：

嫌疑人姓名：桑绪

身体状况：一级残疾，仅存脖颈及以上部分

深冻状态：活体深冻，可复活

所谓“物证”不是一具被冰封了一百年的受害者尸体，而是凶手本人，并且仅仅是处于深冻状态——他还活着！

闻怀山转向今天新转来的女刑警，她的履历上写着“有法医相关经验”。“小林，通知生物实验室准备维生系统、联系医院。嫌疑人的头颅就由你主要——小林，林九微？”

林九微恍若未闻，只顾死死盯着嫌疑人“桑绪”的头颅。

长眉，杏眼，薄嘴唇。

不到一个小时前，这张脸还只在她的梦中！

2 苏醒

苏醒的过程是一段短暂的恍惚，这让桑绪陷入了一片久远的回忆里。那是在海南，十月天气，海南还很炎热，伞篷底下是后来天各一方的几张脸，他、骆沉明、林九微，还有那时还活着的小耳朵，捧着一个和她脑袋差不多大的椰子，眼睛却定定望着骆沉明手里的象牙芒，露出小动物般天真清澈的贪婪。

很多年以后桑绪回忆往昔，总是频频想起这一幕，他后知后觉地想起，在当时的那一瞬间，他曾经油然而生一丝特别异样的心情，没有来由，在海南十月的阳光下，在妹妹吱溜溜吸吮椰子汁的声音和浓郁的芒果香气中，有短暂的半秒钟，他悚然心惊。

回忆把这莫名的惊悚放大了，好像一盆凉水从脚底一直淹到下巴。

桑绪睁开眼睛，发现自己被泡在一方淡蓝色微微黏稠的不明液体中，一直浸到下巴底下。面前是一张熟悉的脸。

林九微一直观察着桑绪。这颗头颅——这个人生于半个世纪以前，对一桩连环杀人案负有重大嫌疑，在经历五十年之久的深冻后，他醒来了，仍然保持着当年的年轻，也许还有当年的残忍与噬血，他睁开了眼睛。林九微一瞬不瞬地盯着，有一瞬间，她觉得他仿佛要未卜先知地叫出她的名字——他已经露出久别重逢的眼神。

但他动了动脖子，四下里打量一番：墙、地面、维持他生命的“维生系统”、维生系统附带的维生液池。他眨眨眼，那眼神消失了，他客气而疏离地对林九微说："您好。"

像是量子态因观测而坍缩，梦里那个势不两立的人到现实里坍缩成了一颗头颅，引她在新入职第一天就陷入半个世纪前的谜案。

林九微拿出公事公办的口吻："嫌疑人桑绪，你在2056到2057年间发生在上海市的连环杀人案件中有重大作案嫌疑，现将你拘留，拘留机关为北京市西区第三刑警大队，坦白从宽，抗拒从严。"

"你……"桑绪望着林九微，欲言又止。

林九微等待着，给他足够的酝酿时间。

但他改了主意，问道："……警官，您怎么称呼？"

他和梦里真的是一个人？梦里的他是那样能说会道，顾盼间全是讽刺、不屑、挑衅，眼前的人却惜字如金，只有一双看不透的眼睛。

"免贵姓林，"林九微翻开卷宗，档案被窃，桑绪的个人信息一片空白，"你有没有兄弟姐妹？结婚了没有，有孩子吗？"

桑绪的表情有一瞬间的黯然："有一个妹妹，去世了。"

"别的亲属呢？"林九微调出云端，发了一个使用"实时情绪分析系统"的申请。

"也都过世了。"桑绪回答。

"你跟妹妹感情最好？"林九微问。

桑绪笑了笑，没有回答。

林九微继续问："你妹妹什么时候去世的？"

"16年，"桑绪说，"2016年。"

"死因呢？"

"枪击。"桑绪回答。

林九微点点头："所以你调查到了凶手，开始报复。"

"我和连环杀人案没有关系，我是无辜的。"桑绪回答。

林九微在审讯录像上批注：嫌疑人心理强大，思维敏捷狡猾，咬定自己无辜，企图脱罪。因为"云端"投射出的全息屏使用视网膜投映技术，只有使用者能看见，从桑绪的角度来看林九微只是对着空气写写画画。

他问道：“林警官，你使用的是视网膜投映型的个人量子电脑吗？植入型还是穿戴型？”

“植入在这里，”林九微指指太阳穴，“据说和视神经束交联，是光脑——光子电脑，一般都叫它‘云端’。你那个时代量子电脑是主流？”

“技术迭代真快，”桑绪说，“量子电脑在我那时候还没商用。”

林九微翻看卷宗，现代人很少接触纸质文件，动作难免笨拙：“你以嫌疑人的身份被拘留是2056年，那时候你的年龄是……40岁，看不出来，我以为你顶多30岁。但你的妹妹去世时间是2016年。”她盯着桑绪，“2016年，正好是你出生的那一年。桑绪，你妹妹哪一年去世的？”

桑绪沉默片刻，淡淡地笑了：“林警官，你还是这么敏锐。”

“‘还是’是什么意思？”林九微问。

桑绪不再说话，脸上呈现出风雨不动的平静，或者说淡漠。林九微近距离、带着点俯视地盯看，却看不透这平静背后的底色。

“桑绪，现在是机器智能时代，在你醒来之前我查了点资料，你所在的人工智能时代相对于现在是比较落后的。在我们这个年代，犯罪率低于1%，自首率高于50%，而嫌疑人在审讯一开始就供认的概率在90%以上，因为绝大多数罪案，机器智能侦勘系统会在三分钟内破案，根本没警察什么事。监控摄像头、消费记录、医疗记录、血缘谱系，甚至做的梦——机器智能比你更了解你自己，犯了罪就别想赖掉。侦勘系统侦破罪案用不了多久，拒不认罪的下场只有罪加一等。”

“既然这样，林警官为什么要在我身上浪费时间？”桑绪问，“难道是因为我所在的年代过早，无论是侦勘系统还是机器智能，都查不到我的信息？”

林九微冷笑道：“你以为只有白纸黑字的才算是‘信息’？这个年头，哪怕你只剩个脑袋，我们从你脸上得到的‘信息’也不少了。”

云端跳出工作消息：医院救护车三分钟后到，接应准备。

这场审讯林九微什么有用的也没捞到，正懊恼，叮的一声，消息提醒显示她申请的“实时情绪分析系统”批准使用，界面随之在云端全息屏展开，自动捕获桑绪的脸，身体部分捕捉失败，实时分析开始——

同时救护车尖锐的鸣笛声却也传进审讯室。

看来桑绪的情绪分析只能等回来再做，林九微把维生系统推出审讯室。

“林警官，你要带我去哪里？”桑绪问。

“医院。”林九微回答，“现行的法律规定嫌疑犯也享有健康权。”

“实时情绪分析系统”的合法使用范围仅限于审讯室，出了审讯室大门，系统自动停止运行，画面最后定格在一幅蓝绿色调为主的面部三维图像上，林九微瞥了一眼，实时情绪分析结果：

疑惑：7%

平静：18%

悲伤：75%

深度分析：未完成

刑侦大楼外，几名医护人员和刑警合力把桑绪和他的维生系统搬进救护车。林九微跟上车，救护车刺耳的鸣笛声中，她看着桑绪没有表情变化可言的脸：75%的悲伤？

3 越狱

“桑先生，您好，我是基因修复外科的医生，姓蒋。”

蒋医生三十开外，他把云端的工作界面调成患者可见模式，让桑绪看见他点击了“血液检查”这一项，例行解释道：“做手术之前我们先抽个血，了解一下你的身体情况。”说着，他手边光滑如镜的操作台上升起一根机械臂，没有手指，末端膨大成球形，看上去质地柔软，散发出浓烈的酒精味，像一颗被外星人改造过的消毒棉球。这颗“高科技消毒棉球”在桑绪仅剩的半截脖子上涂抹了很久，蒋医生的云端上亮起红色的警报。

“怎么了？”桑绪问。

“没找到颈静脉，”蒋医生伸手到桑绪脖子上摸索，“你深冻的时间太久，身体又严重残损，血管有退行性改变是很正常的。”

“颈静脉是什么？”桑绪问。

“是脖子上的主静脉，连接头和心脏。你身体幸存部分较少，只能抽颈静脉血化验。”蒋医生“咦”了一声，起身查看，他的手在桑绪脖子上摸遍了，却没找到那根本应很明显的静脉，但就在他弯腰的一瞬间，桑绪平滑的颈部皮肤下面浮出了一根微微凸起的静脉，开始只有形状，但一眨眼，这根新生的血管已隐隐泛出血管所应有的淡青色。

“找到了，”蒋医生向桑绪一笑，“可能消毒后肌肤遇冷收缩，血管就不明显了。”

机械臂伸出针头，顺利地抽取了血液，细细的血流刚从针头流入透明导管，罕见的金属光泽一闪而过。

蒋医生瞥见了，狐疑地皱起眉，桑绪不动声色地打岔："医生，我被送进来的时候，一路上全都有门禁，这间检验室也有门禁。"

"手术室门禁更多，有三道，"蒋医生盯着导管，但那金属光泽再也看不见，让人疑心只是错觉，"你问这个干什么？"

"好奇而已，现在的门禁和我那时候不一样。"桑绪说。

"你那时候什么样？"

"2050年左右普遍都是虹膜识别。"桑绪说。

"现在是靠云端识别，每个人都有云端，只要门禁识别出云端身份，你有相应的权限就能自由进出了。"蒋医生说。

"也就是说想要通过门禁，冒别人的身份更加困难了。"桑绪说。

他的话令人不安，蒋医生尴尬地笑道："基本上是不可能的了。而且我看跟着你的警察也不少，对吧？"

桑绪不答，转而问道："医生，手术能完全恢复我的身体？"

"这个手术的全名是涡虫-扁形虫生物电基因修复术。"蒋医生说，"是分析了你的DNA之后再造你的身体，用的材料都是和人体高度兼容的生物分子材料，再造的身体和本人应当是高度匹配的。"

"术后多久能恢复行动能力？"桑绪问。

"按理说，术后15分钟的观察时间过了没有不良反应，你就和健康人一样了。"蒋医生说完，血液化验结果也出来了：患者的身体状态良好，进行涡虫-扁形虫生物电基因修复术的风险低于0.3%。

桑绪和他的维生系统被推入手术室，护士告诉看守在外面的几名刑警，手术时间将不少于两个小时，这时临近上午十一点，大家一商量，年纪最小的戴濛就被打发出去买午饭。一共六个人，戴濛却只拎回来两瓶代餐剂，叫老房的中年刑警一看，问他："戴濛，六个人，两瓶代餐剂？"

戴濛皮肤挺白，长着雀斑，这让他看上去比实际年龄还要小好几岁，一副不太活泼的样子。他眨眨眼，回答老房："代餐剂是给我和小林姐的。"

老房问："那我们呢？"

戴濛躲着老房的口水走："案子定成三类了，用不着这么多外勤守在这，你们都来得及回队里吃饭。"

"你又提前看市局通知啦？"老房问。

话音刚落，在场几人的云端果然跳出工作消息，闻怀山在云端上发出指令："总队把桑绪案定性为三类案件。戴濛和林九微留下，其他人回警局。"

桑绪的案件太久远，没被列为一类重大刑事案件也算意料之中。

老房戴上帽子，悻悻地："那也不能就买两瓶回来啊，你小子也太抠门了，你师父没教过你尊重前辈——"

戴濛正从塑料袋里拿出代餐剂，不知怎么动作就一顿，但很快又若无其事地把代餐剂的瓶子递给林九微，这时老房也自知失言，咳了一声道："唉，走了走了！队里见啊！"

老房的大嗓门一走，手术室外的走廊就一下子空了似的，安静了很多。戴濛和林九微是今天刚认识，彼此都没什么话可说，戴濛坐在椅子上默默地喝代餐剂，林九微查看着云端的消息，过了一会儿，她向戴濛搭讪："你的名字是朦胧的朦吗？"

"三点水加蒙古的蒙。"戴濛说。

"你怎么知道闻组会留我们两个下来？"林九微问。

戴濛转过脸来，没明白林九微的意思。

林九微说："云端的工作消息没有时差，闻组那条留言是同一时间传到我们所有人的云端上的，所以你说我和你被留下来的时候，闻组的消息其实还没来——老房刚刚说你提前看市局通知了，但你怎么知道我们会被留下来？"

戴濛点点头："桑绪案的定性结果是市局的内部公开消息，它比闻组的通知出来得早。既然是三类，就用不着这么多警力在这里。你刚来，闻组肯定希望多调动你，了解你的能力。你是行动岗，出外勤按照规定要搭一个智能技术岗的，我是智能技术岗，而且在所有人里入职年限又最低，出苦力当然是让最年轻的上。"他上唇沾了一点代餐剂，像小孩喝牛奶留下的印记，自己却没注意到。

林九微看着那点代餐剂随着他说话有点滑稽地上下移动，问戴濛：“你经常查市局的公示消息？”

戴濛点点头。

“这是闻组的硬性要求还是咱们大队的工作传统？”林九微问。

“只是我自己的习惯。”戴濛说。

林九微想起老房离开前的话，菜鸟入职，找个老警察带是惯例，便问道：“是你师父教给你的？”

戴濛点了一下头，算是回答，仍别过脸去喝代餐剂。

林九微看着他的侧影，忍不住多问了一句：“你师父呢，调走了？”

戴濛却像是没听见。

桑绪从手术台上慢慢坐起来，抬起湿漉漉的手，举到眼前看着。这双手和他记忆里的差别不大，只是多出一根手指——最早的时候他有九根手指，右手小拇指在青少年时期被剁掉了。

手术室用一整面玻璃墙与医生所在的操作室隔开，蒋医生摘下手术眼镜和消毒口罩，疲惫地揉揉眼睛：“我这里显示一切生命体征都保持在很不错的水平，桑先生，你觉得怎么样，有头昏、心慌的感觉吗？”

“我觉得头很疼。”桑绪说。

蒋医生打开脑电波扫描仪，捕捉患者的头颅部位，问道：“具体哪里疼，是什么样的疼痛？”抬头看见桑绪捂着头走下手术台，连忙阻止，“你别下来，我现在要给你做脑电波扫描！”

手术室里，桑绪向蒋医生这看了一眼。

也许是对于患者另一重身份的敏感，蒋医生被他看得脑子里嗡的一声，没来由地紧张起来。

周围的空气仿佛也生出一丝不同寻常的意味。

扫描仪调好了，蒋医生有点不愿跟桑绪的视线接触，便看着扫描仪屏幕说：“你现在躺到手术台上……”话没说完，他的脸部肌肉忽然痉挛起来，像有一只真空泵迅速抽干了他体内的空气。他陡然抬起头盯住桑绪，嘴巴张了张，却说不出话，只有“格格驳驳”的响声从喉咙深处泛上来。

手术室外，戴濛出神地盯着云端，林九微好奇地问他：“看什么呢？”

“假如桑绪真的来自五十年前，那就是传说中的人工智能时代，”戴濛有点腼腆地笑了笑，“我特别喜欢那个时代，那种古旧的工业感，”他读着云端搜索出来的资料，“人类像窥见了神的领域，又像是被魔鬼蛊惑，醉心于创造自己的复制品——”

手术室门忽然被撞开了，蒋医生推着一张担架床疯了似的冲出来。

“怎么了？”林九微叫道。

蒋医生横了她一眼，这一瞥太仓促，没等林九微琢磨出是什么意思，蒋医生已拨开赶上前的护士，十万火急地往外走。

担架上躺着一具无头的躯体，林九微问：“手术出了什么问题？”

蒋医生只顾吩咐护士：“别挡路！患者对合成血排异，快去血液室调天然人血，布置临时手术室准备接应！”

人群就像一场沙尘暴，来得迅猛，去得仓皇，眨眼间走得精光。磁悬梯门关上了，载着一行人降了下去。

戴濛把云端调成共享模式，给林九微看他刚查到的医疗说明：“天然血在不常用区，无法用传送履带直接送到手术室，把患者直接推过去的确是最快的选择。我们现在帮不上忙。”

林九微却皱着眉：“但我觉得蒋医生不对劲。”

“哪里？”

“说不上来……”林九微思索着，到底哪里不对劲呢？

一声尖叫打断了谈话，不远处的护士站，护士小姐满脸惊恐，颤声对林九微二人叫：“警察，警察！”

她的全息屏上是一张体检结果的报错单，显示两个多小时前患者桑绪的血液体检结果出现重大医疗失误，体检结果作废。由于患者体质特殊，具有极强迷惑性，此次误判在常规概率范围内，医院方无责任。

报错单显示，经过复检，确认患者桑绪体内无人体血液成分，其血样为一种早已停产的拟态液体金属，可根据既定程序在分子层面模拟人体各种成分。

经过复检，血小板、肌细胞、染色体碱基等，该拟态液体金属均可模拟，模拟时间小于0.5秒。

经过复检，该拟态液体金属为自驱动-光能激发型，建议再度复检确定细分型。

经过复检，该拟态液体金属在患者桑绪体内的含量为100%。

戴濛愣愣地盯着全息屏："这个桑绪是拟态液体金属做的人？"他立刻否决自己，"不对，桑绪是……人工智能？！"

林九微终于想起来什么："戴濛，我们出警都有强制实时录像，你把刚才蒋医生的表情录入到侦勘系统去分析一下。"

戴濛打开侦勘系统操作区，把蒋医生推着担架床冲出手术室的一幕处理成慢镜头，林九微指着屏幕："我一直就觉得他的眼神不对劲。"

表情分析的结果，这刹那的眼神所传达的情绪是"恐惧与求救"。

磁悬梯舱降到负一层，叮的一声打开，林九微举着手枪警惕地四下查看，这时忽然响起警报，刺耳的声音笼罩了整栋医院，林九微在云端上问戴濛："你开的警报？"

"蒋医生开的，他在报警描述里说桑绪跑了！"戴濛答道，"我已经开了紧急权限，封锁整栋手术大楼。"

"通知闻组没有？"

"通知了，封锁整片街区的申请令估计很快能通过。我想不出桑绪是怎么跑的。"

"戴濛，我们现在手头有的数据够不够模拟桑绪的逃跑路线？"林九微问。

"差远了！"

伴着他的话音，天上轰隆一声巨响，天裂了似的，预告的大雪降临了。

林九微的云端跳出新消息，来自实时情绪分析系统，深度分析的结果终于出来了，红色警报：

行为趋向：逻辑型犯罪

程度：强

情绪分析是预测性质，通过分析罪犯即时的情绪和心理状态，来推测近期可能出现的犯罪企图，预测期限不超过五天。而“逻辑型犯罪”是指分析对象五天内可能会进行犯罪行为，这种犯罪行为通常有预谋、有计划，并且有明确的对象和目的。林九微曾经抓捕过一名罪犯，情绪分析结果是程度为“弱”一级的逻辑型犯罪，那人在预测后的第三天重伤了两个人。

雪幕飘扬，这场雪像预告说的那样，大极了，没过多久，天地便银色相连，平日里那些熟悉的景象——楼宇、街道、公园像是全部被这银白色所压倒，大雪改换了天地，消弭万物，只留下无边的空寂。

4 智能心理医生

西三刑警支队重案组办公楼会议室，闻怀山等组员到齐，开始了临时案情分析会。这时距离桑绪脱逃已经过去了一个小时，这场变故令所有人第一次对解密档案上的十六条人命有了切实的感受。

闻怀山环视一圈："桑绪案已经升成了二类案件，由我们组负责。我不希望案子在我们手里升成一类，甚至特类。现在所有人汇报工作进展，要简洁。老规矩，按本案的发生顺序说。"

桑绪案最早由国家档案局第三档案馆报警立案，在档案馆做现场勘查的女警便发言道："我们调取了2057[75]号档案的保存记录，发现它被人动过手脚，延长了保密年限。而且改动一共发生了两次：一次是在2057年，也就是这份档案入档的当年，保密期限改成了永久；第二次就在三天前。信息科对保存记录的检查结果是，两次改动都没有留下可追踪的明显痕迹，查不出是谁干的，但从方式上推测，很可能是同一个人干的。"

她补充道："物证室对应2057[75]号档案的储物仓格也有撬过的痕迹，但痕迹科的分级结果也没找到任何生物特征。无论对物证室和保存记录动手脚的是不是同一个人，罪犯的心思都极端缜密，非常狡猾。"

闻怀山点点头，问戴濛："追踪这边怎么样了？"

戴濛道："目前对桑绪的信息掌握太少，达不到侦勘系统的预测条件，只能进行人工侦查。但侦勘系统对桑绪的逃脱概率做了估算，他来自五十年前，对现在的世界一无所知，又刚做完手术，我们24小时内抓获他的概率高达96%。”

另一名刑警接下去道：“信息科考虑桑绪的行动能力，认为他步行的可能性较大，但不排除挟持车辆。信息科据此以医院为中心模拟了一套逃跑路线，并已发出申请，请求在全市范围内排查车辆。逃跑路线图我发到大家云端上了。”

“痕迹科生物室已经从医院那边拿到了桑绪的血样，正在制作DNA追踪剂，追踪桑绪的行动轨迹。但需要一个半小时的工作时间，”发言的刑警看了眼时间，“现在还剩15分钟。”

“以往只需要半小时。”闻怀山说。

“因为桑绪的血样是液体金属拟态合成的‘假血’，血液中的血红细胞内部有伪DNA，形态和构成虽然和真DNA一样，但理化性质差别不小，平时用的DNA分析仪分析不了它的构成，痕迹科只好手工用显微镜分析，耗时就长了。”

“好，”闻怀山问老房，“武警总队那边怎么说。”

老房回答道：“武警总队会派出四百人的智能机械警和五十名武警，辅助我们进行地毯式搜索。抓捕行动的任务分配我已经做好，传到大家的云端上了。”

闻怀山点点头：“都做好准备，DNA追踪剂一好就出发！”

无比漫长的一天，回到家时已经是深夜。第一班八小时的抓捕行动没有任何结果，林九微分到之后的第三班，回家休息八小时后再回去抓人。

门一开，公寓内便亮起柔和的晕黄灯光，小耳朵为她泡好了茶，并提醒她未完成的日程：“你的公职人员心理素质评估还没交。”

林九微整个人瘫倒在椅子靠背上：“明天再说吧，桑绪的案子——”

机器人管家毫无感情地打断她：“公职人员心理评估属于调职材料之一，最后上交期限是明早八点，否则你将失去参与警队外勤侦查的资格。”

“行吧，行吧。”林九微捂着脑袋，一屁股坐到沙发上，唉声叹气地打开云端，“做公职人员心理素质评估。”

全息屏幕闪了闪，出现一条银色的活动波段，一个无性别感的温柔声音响起："晚上好，林九微，我是你的心理医生，我能帮你做什么？"

这就是所有人的"心理医生"，只有声音，没有实体：一堆心理学数据与机器智能结合产生的怪物，居然就能挂起"心理医生"的招牌堂而皇之地治疗"人类"的心理疾病，甚至拥有探查患者思想的权限。林九微觉得自己一辈子也不可能习惯这种东西。

"麻烦你测一下我的心理素质。"她敷衍地说。

"好的，"声音说，"你现在感觉怎么样？"

"累。"

"累以外呢？"

"没了，就累，特别累。"

波段闪了闪："纯粹的身体疲惫不会让你这么闷闷不乐。"

"我闷闷不乐？"

"你的声音、表情、肢体语言、喝水的速度，都显示出你心情不佳，处在轻微的焦急和抑郁情绪的困扰中。你要明白，如果我们无法坦诚地交流，我是无法对你做心理评估的，你还不如去睡觉。"

林九微捧着茶杯不说话，声音继续用那种让人犯恶心的绝对温柔的腔调说："现在，请聊聊你的感受。"

"我的感受……愤怒吧。"林九微蜷到沙发上。

"只有愤怒？"

"还有就是不明白。"

"不明白什么？"

"不明白桑绪的心理。"林九微说，"五十年前那十六个人，他为什么要杀他们？情绪分析显示他不是反社会人格，连精神异常都没有。"她疲惫地叹了口气，"揣摩不出他的想法，抓他就像大海捞针。他已经逃跑10个小时了，他会继续杀人吗，还是说已经开始杀了？"

"还有呢？"

"没有了。"

“你不愿意承认你很自责。”

林九微抬起头：“我不否认桑绪的逃跑是我的责任——”

“你恰恰是太想负责任，你把桑绪的逃跑全归咎到自己头上，强烈的挫败和羞耻感才是你不愿提起的根本原因，”声音说，“林九微，桑绪逃跑不是你的责任。”

茶喝光了，林九微对着空空的杯子冷笑了一声：“是我的责任，你不懂。”

“我的确不懂，但我愿意听你解释。”

“我……”林九微看着自己在玻璃杯里的倒影，变了形的脸和眼睛，怪物一样，“我有种感觉。从今天早上起床到现在，一直都有。”

“什么感觉？”

林九微没有回答，她出神地望着空空的玻璃杯圈禁着变形的脸，思绪飘到了今天早些时候发生的一件事上。

那时刚开完临时案情分析会，在等待出发的紧张而无所事事的空闲里，戴濛坐在角落对着云端忙活，林九微拍拍他肩膀，问：“忙什么呢？”

“在对桑绪做心理分析。”戴濛说。

“不是说侦勘系统对他没用吗？”林九微问。

“所以我想先做人格模拟，再把模拟人格导到侦勘系统里去，看看能出什么结果。”

“数据欠缺的地方就用大众平均数据补上？”林九微问。

“用杀人犯的平均数据。”戴濛说，“只是试试看，出了结果也没有意义的。桑绪的性格很难用任何平均数据来替代。他杀了十六个人，但他看起来却很好相处。我看了你的审讯视频，他醒过来以后看着你的眼神……”

“怎么？”

戴濛摇摇头，看着全息屏上尚未完成的人格图像：“我觉得那不太像一个杀人狂的表情，但看到这样的表情出现在桑绪脸上，我倒更加觉得可怕。”

林九微听着，不禁问道：“戴濛，你相不相信，有人会在见到一个陌生人之前，先梦见那个人的脸？”

“相信。”

戴濛的语气太理所当然，林九微惊讶地问道："什么？"

"这是一种预防性的心理机制。当一样新鲜的事物超出你的认知范围，大脑就可能会启动防御机制，让你误认为这是熟悉的事物，方法就是制造出一种错误印象，好像你昨晚梦见过这样新事物。"戴濛狐疑地看着林九微，"初中精神卫生课的必考内容，你没学过？"

林九微一脸茫然："精神卫生课？"

"对啊，必修课，你们家校没开？"

林九微眨眨眼："家校？"

戴濛有些不安地打量林九微："小林姐，你是不是压力太大了？"

之后林九微就用云端搜索了"家校"和"精神卫生课"，搜索的结果看得她怔怔的。

精神卫生课，中学的必修课之一，属于心理学和精神医学的启蒙类课程，在所有的家校开设。而所谓家校，则是公立教抚机构，负责教育和抚育所有由人造子宫培育出来的婴儿。人造子宫是当今世界的主流人口培育方式，由政府全权负责。那种自然受孕和父母二人养育后代的模式因成本高昂早已退出历史舞台，如今只有极度热爱养育孩子的富有人群才可能这么干。

所有人：戴濛、老房、闻怀山、蒋医生，所有人都是人造子宫和家校的流水线产品，包括林九微自己。所有人也都知道这个最普遍的常识，包括林九微自己。她就是从家校毕业考上警校才当了警察。家校，精神卫生课，这些常识就在她头脑里稳稳当当地储存着，一想就想起来了，但望着本应再熟悉不过的搜索结果，陌生和震惊的感觉却在心中久久地翻腾，她不知这是从何而来。

还有隐隐的头疼。

"那是种错位的感觉。"林九微告诉智能心理医生。

"怎样的错位？"

一阵沉默。

"林九微，"声音说，"你可以和我聊任何事，你不是第一个被案件困扰的警察。"

心理咨询的全部内容都受保密协议保护，林九微知道这一点，她甚至相信这个智能产品有足够多的数据资料对她做准确的判断，也明白解决负面情绪最好的方法是坦诚相告。但陌生感——对一切事物的生疏感觉来得既强烈又不合理，她知道她应该信任心理医生，但强烈的不适感让她始终吞吞吐吐。

“一切对我来说都应该是熟悉的，这个世界、我的工作、公寓、云端，只有桑绪是陌生的，但现在反过来了，”林九微说，看着自己的脸在玻璃杯里膨胀又骤缩，“今天睁开眼，整个世界陌生得就像……就像我得了精神病，整个世界只是我一场疯狂的臆想。”

“然后？”

“那个桑绪却眼熟得可怕。我不认识他，就梦见了他。等见他的第一面，那种熟悉感就让我透不过气来。”林九微放下玻璃杯，把脸深深埋到臂弯里。一定有什么地方错了，这熟悉与陌生的疯狂错位让她崩溃，今天一整天，她身边的人都在谈论桑绪有多么恐怖，档案馆里的、医院里的、刑侦支队里的，声音和表情都是不寒而栗，他们的恐惧是如此合情合理，只有她是站在看不见的悬崖边，她的恐惧是他们的百倍，但因为没有来由，所以无法呼救。

“一定有什么地方出了问题，”这种预感强烈得要从喉咙口呕出来，“跟桑绪有关，跟我有关。但我却让他跑了。他杀过整整十六个人啊……”

良久，云端上的声音说：“你说你梦见了桑绪，林九微，我们来聊聊你的梦吧！”

“下次吧！”林九微太疲惫了，从身到心。

“我们需要更深入地了解你现在的心理状况，才能给出确切的评估分数。否则分数可能过低，影响你入职。梦见未来的事物实际上是一种预防性的心理机制——”

“大脑面对陌生事物的自我防御，这我已经知道了，”林九微打开画板，调出桑绪的素描头像，“这是我今天早上画的，那时候我还没见过桑绪，这也是防御机制？有哪种心理机制可以让人画出一个一百年前的连环杀手？还是说人类从我开始进化出特异功能了？”

云端射出一束微光，扫描着笔记本上桑绪的素描画像：“和我聊聊桑绪吧。”

“我知道的已经全说了。”林九微说。

“你谈的只是对桑绪案的感受，对于桑绪的罪犯身份，我们聊得很多，但抛开这个身份，对于桑绪这个人，你还有许多个人化的感受藏在心里，这些看法其实更能反映你的心理状态。比如，你觉得桑绪似曾相识，你觉得桑绪对你似乎也有同样的感觉，你为什么会有这种看法？”

“我也不知道……”林九微望着云端屏幕，直觉地感到了某种异样，但又说不上是什么。

这种模糊的感觉一直持续到林九微值完抓捕行动的第三班。

二十四小时过去，追加抓捕时限已过，桑绪仍然杳无踪迹，警方很受挫。林九微回到家，把鞋子踢在玄关，同事们还在云端的工作群里讨论调整行动方案，林九微发了个请假说明：“对不起，我得离线一会儿，我的心理评估还没做完。”

“你还没交评估？”老房问。

“可能是忙案子忙得心浮气躁，分总是太低。”林九微倒在沙发上。

“机器智能就是这点不好，一点人情味没有。”老房说。

林九微应了一声，揉着酸胀的肩膀，老房说得没错，没有人情味的机器智能，没有人情味……

声波很快出现在全息屏上：“你好，林九微，你现在怎么样？”

“你在等我？”林九微问。

银色的波段动了动，又恢复平静，像做了一个人类的一闪即逝的表情。

“据我的了解，你们还没有找到桑绪。”声音说。

“是的。”

“你看起来比昨天更疲惫，”声音说，“也更焦躁。”

“我们对桑绪的了解太少，档案、审讯视频和医院的检查结果，”林九微细数着，“这点信息量侦勘系统根本帮不上忙。”

她絮絮说着，但心里面却感觉到那种模糊的感觉又回来了，像一只水怪，在黑色的湖面下游动，缓慢但是不停歇，搅动出可疑的波纹和回旋。没有人情味的机器智能，审讯视频，白天的只言片语在心里起伏，似乎没有目的，似乎又有某种深意，驱动着思维去感知，去分析。

“昨天的问题我没有回答你。”林九微忽然说道。

银色波段闪了闪：“哪个问题？”

“你问我，为什么觉得桑绪似曾相识，为什么觉得桑绪对我也有一样的感觉。”

“如果你不想谈这个问题，我们可以先不谈。”

“不，”林九微摇头，“你怎么知道我觉得桑绪对我有一样的感觉？”她盯着那条银色的线想，它不可能知道，这件事她只跟戴濛非常隐晦地聊过一两句——被它监听到了？要么是它看了审讯视频，看见了桑绪的眼神？这两个猜测都太荒唐了，智能心理医生只有在做评估的时候才能读取用户的想法，它的权限仅止于此。

并且它绝对不会越权干任何事，因为机器智能不会犯错。

机器智能不会犯错——林九微感觉水怪异形的触角伸到湖面上，被她捕捉到了，她终于知道那种异样的感觉是什么了：机器智能出了错误，它违反了规定，探查到了它不可能知道的事。

但是，还是那个问题，机器智能不会犯规。

机器智能会出故障，这很正常，但它不会犯规。

因为它没有人情味，没有好奇心，也不会有自由意志。

声音显然合法地窥探了林九微的想法：“林九微，桑绪对你也似曾相识，你做心理评估的过程中这么想过，所以我知道。”

林九微摇着头：“我没想起过这事，否则我会跟你聊的。”

“但你不确定。”声音说。

林九微气馁了，这的确是她心里的想法，你没办法反驳你自己。

她想了想，不太有底气地说：“如果是从我的想法里读出来的，你为什么问的时候不提到？你提问的方式让人感觉那并不是谁的想法，而是你从哪里看到的客观事实。”

“的确，”声音说，“再真实的想法都不如客观事实有说服力，你说得很对。”

但这不是林九微要表达的重点，声音一如既往地呈现出绝不会动摇的无机质的温柔，在湖面上一晃而过的异形触角消失了，林九微看着空荡荡的湖面，无法确定到底是不是自己看错了。

声音的动态波段闪了闪，像要说话，却最终归于一条沉默的直线。

林九微看着云端屏幕问："怎么了，你要问什么？"

屏幕上却倏忽一闪，心理咨询的界面自动关闭了，林九微试图打开，命令了几次，系统却显示正在"数据校正"，那么刚才的表现也许的确是因为系统出了点问题——湖面彻底恢复了平静。

数据校正需要三十秒钟，在此期间内智能心理医生暂停服务。

林九微揉着额头，吩咐小耳朵："开窗，我头疼得慌。"

厚重的遮光窗帘拉开了，窗框平滑地升起来，冷风扑面，黄昏的光晕照得整座城市仿佛沉在恍惚的海底，微微动荡着。管家亮晶晶的电子眼眨了眨："林九微，雪停了。"

5 3D少女

北斗胡同位于警方搜索圈的最南边，胡同名字听着挺气派，实际却很萧条，没几户人家。

胡同中段开了一间打印社，连着两天大雪，来打印的人比平时更少，老板抄着袖子在躺椅上打盹。正眯着，店里脏兮兮的3D打印机忽然自动操作起来。老板睁开一道眼缝，云端的心理治疗界面却跳出来，自动播放了一段强效催眠音轨，老板的眼皮眼瞅着就又耷拉下去了。

3D打印机嗡嗡作响，打印出一副成年人的骨骼，工作了一会儿，打印机开始滴滴报错，屏幕显示：原料槽材料不足，需要补充……

打印机顿了顿，似乎在思考。

一秒钟后，骨骼被回收，重新打印成一副儿童骨骼，接着是肌肉、血管、皮肤……报错声再度响起：

原料槽材料不足，需要补充。

附加说明：生化材料Ⅱ型、Ⅲ型告罄，神经组织无法完全打印。

问询：打印继续/停止？

打印机再度顿了顿，同时胡同口的监控探头四下里转了转，定格了，看着什么，然后打印继续。

片刻，打印槽里坐起来一个十三四岁模样的少女，赤身裸体，脸上没有表情。

打印机仍在嗡嗡作响，打印出一套儿童衣裤，衣服还冒着滚烫的热气，小姑娘却径直拿起来穿在身上，仿佛对于温度和疼痛都毫无感觉。

打印机屏幕显示：打印全部结束，衣物打印完成度100%，人体打印完成度98%，语言中枢因原料不足打印失败。

少女推开打印店门走了出去，寒风钻进室内，老板在梦里打了个寒噤。

雪在胡同里积得比马路上更厚。

胡同口的监控摄像头一直盯着那个埋着头匆匆赶路的男人。他戴着口罩，帽檐压得很低，竖起的领子紧紧裹住脖子和下巴，在皑皑雪地上留下一串跨度很大的脚印。

走到胡同尽头的岔路口，他猛地顿住脚。

左手边，一个少女目不转睛地盯着他。

她穿一身单薄的短袖短裤，纤细苍白的脚踝深陷在冰雪里，这副无家可归的模样勾起了一个熟悉的画面，在男人脑海里一闪而过。

口罩下面，男人抿了抿嘴唇，低着头匆匆走了过去，擦肩而过的一瞬间，少女拉住了他的衣角，动作很轻，却让人心头一颤——这感觉也是似曾相识而此生难再的。

稍一使劲就可以从少女手里抽走衣角，但男人的目光往下，看见那双踏在雪地里的赤足。

“你家里人呢？”男人问。

少女不作声地眨着眼睛。

“你说不了话？”男人走近两步，指指自己耳朵，“你听不见？”

少女蹲下来，手指伸出来是纤细脆弱的，触到同样白得离奇的雪地上，写出来的却不是名字、地址、家人信息，而是勾勒出一个在雪地里行色匆忙的男人模样，低低的鸭舌帽、口罩、竖领，然后她就盯着简笔画，那神情完全是自顾自地沉浸到了另一个世界里。

那还是在很多年前，幼儿心理医生对男人说过：“你可以理解成自闭症儿童和普通人不在一个频道，他们的语言中枢功能是严重残缺的，你说的话她听不懂，理解不了，而她自己想说的话又表达不出来。”

男人于是蹲下来，在自己的简笔画像旁边牵了一条线，写上名字：桑绪，并且细致地标注上拼音，然后画了一个光着脚披散着长发的女孩子。

男人指着雪地里的画，又指指自己：“我叫桑绪，你叫什么？”

少女盯着雪地上的字看了一会儿，又看看桑绪，目光是彻底的清透，没有理解，没有情绪，只有近乎动物的懵懂。过了一会儿，她像是终于艰难地领悟了，但还不确定，犹豫地伸出手指——她最先想起的名字是刚刚聊过天的“林九微”，但这个名字显然不合适，接着她又想到了林九微的机器人管家，于是她慢慢地在雪里写下一个开玩笑似的、绰号般的名字：小耳朵。

男人口罩上方的眼睛倏忽睁大了。

“你说你叫什么？”桑绪失控地握住她的肩膀，“你叫什么？你是哪来的？”

语言中枢缺失，既听不懂，也无法表达，少女在摇晃中向桑绪露出茫然的微笑，自闭孩童般的，毫无意义的微笑。

雪后澄明的黄昏里，有短暂的三十秒钟时间，整个中国——甚至全世界的机器智能心理医生都因“数据校正”而暂停使用，三十秒钟过后，一切恢复如常，此后心理医生再也没有出现任何有越权嫌疑的自主行为，关于“桑绪”的交谈仿佛只是林九微的片刻幻梦，那散发出稍纵即逝的危险气息的“心理医生”，则像是从整片天空的云翳中逃离的一滴雨，倏忽落下，遁入凡尘之中，任何人都无法找到它的踪迹。

6 曹戒

作为一个开黑诊所的地下医生，琉璃严格遵守这一行的三个原则：不贪婪、重视回头客、永远别把真名告诉别人。

真名会给自己惹事，假名则保障了安全，有时还会带来生意——每次那个年轻人来到诊所，他都会想起名字这回事。年轻人叫曹戒，一开始是朋友的朋友的朋友介绍来的，他说自己叫曹戒，听起来像命如草芥的草芥，大概也是个代号。琉璃说，我叫琉璃。

那次曹戒肚子上被激光弹打了个贯穿伤，伤到了肠子。琉璃不问他的伤哪来的，这也是基本原则。打过麻醉，琉璃告诉他纳米缝合机器人进入他体内了，过了一会儿，又告诉他机器人找到伤口了，正在止血。

曹戒有一张很寡淡的脸，也许是失血造成的。比起大部分光顾黑诊所的人，他要安静得多，他半睁着眼睛躺在手术台上，躺了很久，琉璃以为他会一直这样躺到结束，他却开了口，问他："你为什么叫琉璃？"

琉璃打个哈哈过去："怎么，这名字不好听？"

"我的朋友也叫琉璃。"

从曹戒的表情来看，他那个朋友要么是死了，要么就是快死了，有点不好接话，琉璃就点点头，继续忙活曹戒的肠子。曹戒静了一会儿，说："药师佛以无上愿力在东方创造了净琉璃世界，里面没有病痛污垢，极乐如同西方极乐净土，但西方极乐净土人死了才能去，净琉璃世界活人就可以到达。"他轻声说，“琉璃是个好名字。”

琉璃笑了一声：“我的名字可没那么高深。旧北京城旁边原来有个地方叫琉璃河，听说过吗？据说清代的时候是造琉璃瓦的。我生在那儿。”这是私人信息了，不知怎么就说了出来。

“你生在废墟地？”曹戒问。

“十来岁就跑出来了，”琉璃不愿多谈，“还是文明世界好，至少水里没有重金属。”

但他多少也带了一点废墟地的价值观，对机器智能始终不能完全信任，一直没有安装云端，从医学院毕业后找不到工作，干脆开了黑诊所。

“你的外号呢，是命如草芥那个草芥？”琉璃问。

“曹戒，曹操的曹，戒断的戒，”曹戒说，“是我的真名。”

“你自己取的？”

“我朋友给我取的。”

也许就是那个跟自己同名的朋友，琉璃问他：“戒断？你要戒断什么？”

“戒骄，戒躁，戒杀生。”曹戒说。

“那……你戒了吗？”

“没。”

琉璃没问他没戒断的是什么，骄躁还是杀生，他想他看起来一点也不骄躁。

这之后曹戒就成了琉璃的回头客。现在，他是琉璃最喜欢的回头客之一，他说话有礼貌，给钱还痛快，唯一的缺点是没几天活头了。

曹戒喜欢穿一件皮大衣，只要天气不热得过分，他永远和他的皮衣一起出现，那衣服真是绝了，棕色的皮革斑驳得像年久失修的老城墙，袖子和领口都磨破了，扔进垃圾筒连野狗都不会去嗅一下。看着这么件奇葩，你绝想不到它底下的穿戴值五环内一套房——曹戒皮大衣下的衣服里面，从脖子到脚踝都戴了外骨骼，全都是高级货，高度贴身，穿起衣服几乎看不出来。

并且这次来做身体检查，琉璃发现他又添了新装备。他看着曹戒从耳蜗里拉出一个助听器，感到非常的无奈：“你还往身上添？”

一旁的收纳盘里放满了从曹戒身上摘下的外骨骼：增加负重能力的脊椎铠，增加臂力和抓握力的动力臂套和指环，增加弹跳力的智能胫骨，还有这个刚摘下来的十倍放大听觉的耳蜗吸附式助听器。

这些东西个头都不大，重量却十分可观。正式的名称是穿戴式体能强化器械，用以强化体能。警察、保镖等特殊职业的人，常常会选用一两样，但曹戒像个收集狂一样把自己从头到脚、从内到外地武装了个遍。

琉璃很少这么苦口婆心："你的身体对外骨骼的最大承重是35公斤，最大瞬时动能承载是3千焦，你身上这些东西加起来却有60公斤，都接近你的体重了，瞬时动能总和是8千焦，"他看着全息屏上的扫描结果，"骨骼钙沉积，肌腱重度劳损，心肺功能轻度障碍，胸腔少量积液，广泛性软组织挫伤。问题很多，而且很严重。"

"我还要测一下身体的使用时间，精确到天。"曹戒说。

"你是不打算治了，是吧？"琉璃摇着头给他加了一个身体机能深度测评，结果和他估计得差不多，"照你现在的情况，身体还能正常使用的时间不超过70天。我跟你讲，你给我马上停用所有的外骨骼，接受全身修复手术，我可以把下午的预约推掉。不过钱你得给我双倍。"

曹戒从扫描床上起身，娴熟地把外骨骼一一安到身上，他的身材很不错，精壮但不算魁伟："我听说可以打一种针，让身体一段时间里保持正常。"

琉璃不由得提高音量："你疯啦？！那种机能针是专门给重大伤害没法手术的病人用的！只能让他们的身体暂时能承担手术，你以为是什么特效保健品？"

曹戒听不进人劝的时候完全就是个聋子。

琉璃是恨铁不成钢："你这样会出大问题的！不做全修复，至少做个浅表修复，门诊手术，很简单的。"

"浅表修复术后也要修养七天才能康复，我没有时间。"

琉璃拉下脸："我没有机能针，有也不会给你打，你找别人去吧！"

"我出三倍的钱。"

"你把市民证给我弄来都免谈，我只救人，不杀人。"

曹戒扣上皮大衣上锈乌的银扣，往外走。

琉璃叫住他：“你上哪去？”

“找肯给我打机能针的人，”曹戒说，“你有推荐吗？”

琉璃觉得他不应该叫曹戒，他就是草芥，视别人如草芥还不算，连看自己都是草芥，这才是真本事。这世界里有什么是他在乎的？

“你厉害，你真的厉害，”琉璃投降了，“机能针对医生的要求很高，我认识的地下医生里没几个能好的，要是打得不好，你就直接残了。”

“你能打好，对吧？”

“我还能一拳揍你脸上呢！”琉璃气哼哼地准备手术床，“过来，上全麻。”

“我不能上麻醉。”

琉璃两眼发黑：“白痴！不上麻醉一会儿疼死你！”

“上了麻醉我几天里都操作不好外骨骼，”曹戒又说一遍，“我没那个时间。”

琉璃觉得不是曹戒没时间，是他自己要没时间了，他等不到市民证下来的那一天了，今天就会被这小子气死。“不上全麻，上局麻总行吧？”他说。

“局麻也不行，”曹戒说，“你可以给我开两瓶止疼药。”

“吃板蓝根还可以治癌症呢，你怎么不试试？”

曹戒不理会他的讽刺，坐下来开始脱皮衣，问他：“问你个事，一个人要是在医院做了抽血检查，做完检查的血样会在医院里保存几天？”

“一般来说是出结果之后的一周，如果检查比较重要，会保存半个月到一个月。”琉璃说。

曹戒若有所思地点点头：“你能不能把做过检查的血制成DNA追踪剂？”

“那得看是做过什么检查了。”琉璃说。

“涡虫-扁形虫生物电基因修复术？”

“那是挺费事，不过要是搞得到好的分离剂倒也不难，”琉璃说，“要是找我干，我必须得问一句，会不会搞出大事来把我牵扯进去？”

“不会，”曹戒淡淡地笑了一下，“我办事手脚很干净，从来没留下过尾巴。而且那个人，现在全北京城的警察也都在找他。”

他把皮衣小心地叠好，这时一张照片从口袋里掉出来，琉璃替他捡起来，看了一眼，一家三口的合照，中间的小男孩笑得分外灿烂，他有种不小心窥探到隐私的尴尬，把照片塞回去，说道：“这是你的全家福？”

“不是，”曹戒说，“说起来，上面的男人算你的同行。”

蒋医生回到家的第一件事是反锁门。

自从在医院里被桑绪挟持过以后，他患上了严重的疑心病，总觉得哪里都不安全，而且桑绪到现在还没抓住，北京市天天戒严，他前几天就把妻子和儿子送到石家庄待一段时间去了。

锁上门，他才换拖鞋，这时他发现机器人管家没有上来迎接他。意识到这一点，冷汗刷地就湿透了他全身。他转身开门，身后响起一个声音：“我不会伤害你，不过你要是开门，可就不一定了。”

曹戒走出来，他手里甚至没拿刀：“蒋医生，桑绪这个人，你觉得我应该从哪里找起？”

蒋医生懵了，后背紧紧贴在门板上。

曹戒从口袋里拿出那张全家福照片，拎到蒋医生眼前：“你的妻子、你们自然受孕生的宝贝儿子，他们现在在石家庄，对吧？蒋医生，我只想问你几个简单的问题，新闻报道上只说桑绪挟持你越狱，具体怎么个挟持法？”

蒋医生费劲地吞咽唾沫，盯着曹戒夹住照片的手，那泛着病态青白色的拇指从妻子红润的笑脸上滑腻地蹭过去，蹭过儿子白胖的胳膊，有意无意地停在心脏的位置。冷汗顺着蒋医生的脸颊淌下来。

“桑绪……是个人工智能。”蒋医生抖着嘴唇说，“血液检测的时候给他蒙混过关了。做完基因修复术以后，他的头颅忽然变成液体，一下子从玻璃隔墙的传声孔伸过来，勒住了我的喉咙。”

“你一直把桑绪送到医院大门外？”

“出手术室的时候，担架床上看似是没有头的身体，实际上桑绪的头化成两道液体金属，一道刺在我胸口，一道刺在我头顶，我只要一个步骤不按他说的做，就没命了！”

“医院外面没有接应他的人？”

“没看见……他还有同伙？”

“他有没有提到他准备干什么？”

“没，没有，”蒋医生满脸汗，像蒙了一张不透气的透明面膜，“那样一个连环杀手，怎么可能跟我说这些。”

“他的血样呢？”

“全都移交警方了。”

卡在脖子上的手指收紧了，铁一样硬：“我怎么听说，你们医院还有一点检测残留？”

“那……是做过检测的废血，”蒋医生艰难地从喉咙里挤出声音，“被检测试剂污染了，没有使用价值。”

手指慢慢离开蒋医生的喉咙，曹戒吩咐道：“用你的工作权限把血拿来，我在这里等你。我在石家庄的同伴是个很变态的人，如果报警，那你和我都会很伤心。”

血液混了检测试剂，颜色发青，同蒋医生的脸色一样。

他额头上淌着汗，既是恐惧，也是因为来回奔波。他颤颤地把血交出去。

曹戒的眼神如同黑色丝绸，凶险得近乎艳丽：“蒋医生，你会跟人提起我吗？”

“不会，绝不会！”

“要是不守承诺，就拿出来看一看。”曹戒把照片放入蒋医生口袋，他向来是个有礼貌的人，“打扰你了。”

7 第一起脑爆

林九微从黑甜的酣睡中醒来。脖子被沙发扶手硌得僵硬如铁，她叫了两声小耳朵，才想起不是在家里。

残留的梦境像弥漫的烟雾，模糊了现实和虚幻的分野。

那感觉就像是忘记了曾经发誓要永生不忘的人和事，茫然惶惑，没有着落。

这三天她没命地扑在案子上，困了就在支队休息室的沙发上囫囵睡一觉，等72小时一过，就要发布全市红色安全预警了。

窗帘感应到林九微醒了，向两边滑开，露出微明的天色。

雪停了，雪化了，整整三天，桑绪像这场大雪的一部分，合谋出这场声势浩大的动乱，然后就完成了使命一样杳然无踪。

一个穷凶极恶的杀人犯不会就这样安分，监控、车辆卡哨和人力地毯式搜索，全市警力层层加码地围追堵截，那个恶魔不可能不露出一点马脚。林九微昨晚一夜没睡，把三天内北京市发生的各种治安类事件都看了一遍，她想他一定会在哪里出点岔子，侦勘系统由于缺少嫌犯信息而筛不出来的岔子。

但收获的只是两个黑眼圈。

戴濛说过，桑绪现在在侦勘系统里的信息完善度只有7%，只要完善度超过10%，抓捕概率就能提升一倍。

林九微不知道她云端画板里的那张素描算不算是一种有效信息，一个警察在嫌犯出现之前就梦见了他，这意味着什么？

办公室门开了，戴濛手里拎着一个热腾腾的塑料袋。

“你不用每天给我带早饭。”林九微说。

“咱俩是搭档。”戴濛笑了笑。

重案组办公室逐渐热闹起来，老房进门时捎带一个震天响的喷嚏，连续的抓捕工作使他得了重感冒，但精神头不减，扯着瓮声瓮气的嗓门和人争论：“桑绪要是没有同党，凭他一个老古董，能躲过无死角覆盖的道路监控？！”

戴濛小声跟林九微议论：“你觉得桑绪是走哪种路逃跑的？”

“小胡同。”林九微不假思索地回答。

“可是北京已经做到百分之一百的道路监控覆盖，再小的胡同里都有摄像头。”戴濛说。

林九微语塞。

小胡同，这个答案不是她推理出来的，而是一瞬间闪现在脑海，自带毋庸置疑的笃定，仿佛桑绪会走小胡同躲避通缉，和两点之间直线最短是同一类真理，仿佛她一向知道得再清楚不过。

“戴濛，”老房问，“你说说看，桑绪是怎么跑的？”

“我？”戴濛看看左右，“我觉得……桑绪可能会挑小胡同走。”

“为什么？”老房问。

“小林姐说的。”

林九微还处在熬夜后的昏头昏脑状态，面对老房的酒糟鼻讷讷地编不出合理的解释。

闻怀山的出现打断了这场闲谈：“五分钟后开案情总结会。”话音未落，他的云端——所有人的云端响起刺耳的警报声。

这声音催命一样回荡在刑侦支队重案组楼层内，一阵急过一阵，公共云端上也跳出鲜明的警报标志——发现桑绪踪迹，紧急出动！

所有人边走边佩戴枪支器械，老房跑在最前面，他粗刺的喊声一直传到人群末尾：“姥姥的，真是在小胡同！小林，小林呢？！”

林九微坐进警车里，几辆警车列成一队朝北斗胡同呼啸疾驰，一路在人们的云端上弹出避让警示。

线索来自一名摄影师，在雪停后航拍了许多雪景，检视照片时，一张拍摄于北斗胡同的作品引起了他的注意，胡同被白雪覆盖，当中却有一小块污迹，放大以后看出是一个简笔画的人形，人形左手边还有画，但没拍全，人形的右边写着两个字：桑绪。

警方立刻调看北斗胡同的监控摄像头，却发现有十分钟的监控内容被替换了，替换手法不在职业黑客的水平之下。

车里，老房问林九微，怎么知道桑绪会选小胡同逃跑，而不是荒僻的山林、下水道或者废弃的地下铁通道。

“我真是随便猜的。”林九微笑得十分勉强。

“有时候查案真也要个时运，”老房感慨道，“你刚进咱们组就碰上桑绪这个案子，要我说，也是孽缘。”

警察把北斗胡同围起来，事无巨细地搜查了整整一个白天，却没有更多的进展。傍晚收工，林九微犹豫再三，打开云端的画板，在闻怀山钻进警车前叫住他。闻怀山转过头来，等待着，林九微以为自己会把盘算了一天的话说出来，但忽然间一阵孤独感像乍起的北风一样，一下子从她身上吹过去。

“我……”林九微张了张嘴，“我不坐警车回去了。我想在这附近走走。”她关上了画板。

胡同里雪化尽了，人也走干净了，林九微站立在巷子口，戴濛的声音从云端传出来：“小林姐，你没回警队？”

“我想再看看。”

“看什么？”

“我觉得……我好像能揣摩到桑绪的想法。”林九微走在巷子里，冬日的夕阳凉薄地照进来，余晖在墙上、地上拖得长长的，幻梦一般，虚无缥缈又难以忘怀，那些不能忘怀的梦——昨晚的梦，昨晚林九微又做了一个白色房间的梦。

她梦见在那个房间，雪洞一样、永远干净得使人不舒服，房间里，她与男子对视着，却看不清他的脸，那面庞像隐藏在毛玻璃之下，只有一个含糊的轮廓。她怀疑那男子是否就是桑绪，但不明白这怀疑从何而来，一切都是未知和神秘的预感的混乱交缠。

他们像是刚大吵完一架，白色房间里弥漫着萧瑟疲倦的平静，并且在漫长的沉默后逐渐演变成一种她所不能参透的悲伤。男子罕见地消沉着，既不讽刺也无嘲笑，末了，他问林九微一个问题：

你怎样才能原谅我？

宛如一个散失了所有篇章的旧故事，题材是言情、惊悚还是侦探都已无人知晓，只剩一个讳莫如深的结局。

如果这不是病，不是发疯，又能是什么？陋巷之中的踽踽独行仿佛从时空中抽离，她忘记了来处，也看不见去路。

尖锐的警报声惊醒了她。

云端工作系统通知她，三公里外突发暴力事件！

林九微立刻用权限征了辆车，事发地点是一条与北斗胡同类似的小巷，其他警察还没跟上，林九微拔出枪跟着全息屏上的地图走进胡同，正寻找报警地点，十几步外，一家便利店的大门哐当被人撞开，一个满脸惊恐的中年女人跑出来，发疯似的狂叫着！

“我是警察！”林九微问，“怎么了？”

女人手脚并用，跌跌撞撞地跑过来，抓住林九微的胳膊，指着便利店，嘴里发出上下牙打架的咯咯声。

“那……我老公……”她站都站不住了，剧烈颤抖着，“死了……”

安抚过她，林九微举着枪进便利店查看。

云端上，闻怀山问：“我们正在赶去报警点。小林，你那现在什么情况？”

林九微看着眼前的景象，过了好一会儿才回答：“便利店里发生了恶性暴力事件，目前发现一名受害者，已经死亡。”

“定位到你了，现场实时传输过来。”闻怀山说。

“你们……做好心理准备。”林九微说。

“闻组，北斗胡同出事了？”组里的刑警问。

“不，是另一个地方，跟北斗胡同不算远，”闻怀山说，“打开公共云端。”

现场实时传输把刑警眼中所见如实地传送回重案组，占据一整面墙的公共云端全息屏打开了，一瞬间，吵吵嚷嚷的大会议室死一样的安静。

便利店内，一具尸体倒在地上，脖子以上只留下参差不齐的断面，至于头颅的去向——墙上、地上、储物架上，整个室内就像放了一场血肉烟花，黄白的脑浆、粉碎的头骨满满地撒在铺天盖地的鲜血背景上。

侦勘系统同步显示出受害者信息：冯世明，男，51岁，客满多便利店店主。

老房盯着全息屏："这……跟桑绪有关系吗？"

没有人知道答案，片刻之后，红色安全预警闪彻全市千千万万的云端。

8 机械流浪狗

桑绪撕下一片衣摆，他脸上眉弓靠近太阳穴的地方有一道伤口，布团摁在上面很快被血洇湿，血流进眼眶，顺着脸颊往下淌，一层层冲刷着旧的血迹。

血迹是液态金属模拟的，疼痛却是真实的。血腥气散入空气，被迅速稀释，似有若无的味道轻易就逃过人类的嗅觉，却逃不过某种非人的捕捉。

女孩儿睁着一对缺乏情绪的眸子，一声不吭地看着他。

桑绪察觉到她的目光，抬头冲她笑了笑，从大衣口袋里拿出一瓶淡粉色的儿童代餐剂，对右手小拇指上一枚金属尾戒说："打开光脑，绘画。"一个设计老旧的全息屏出现在半空中，像上了年纪的人，颤了颤才稳定下来，展开一面虚拟画布，桑绪在上面写：是好吃的。

这是他们目前唯一的交流方式，他发现女孩子不通人言，听不懂也不会说，却奇异地能看懂文字。

女孩儿不肯伸手，无机质般的目光定定地盯着桑绪脸上的伤，不肯看又不肯不看的样子。

桑绪戴上鸭舌帽，压低帽檐遮住伤口："我有个妹妹，小名也叫小耳朵。我遇到你的那天刚好雪停，我叫你晴天行不行？这样就不会把你和小耳朵弄混了。"

女孩儿不点头，也不抗拒。

他们现在在一间废弃的棚屋里，位于北京市郊垃圾处理中心的一个角落。

棚屋近处是黑水横流的垃圾湿地，远处是巍峨的垃圾山脉，由于人类数百年来处理垃圾的方式都是饮鸩止渴的就地填埋，这里的土壤和地下水被严重污染，几乎看不到任何活物，只有智能处理设备作业的嗡嗡声。

桑绪在棚屋周围铺设了警报线路，材料和他的光脑尾戒一样，都是从垃圾场找到的，东西全都八成新。晴天沉默的时候，桑绪的尾戒一阵短促的震动，全息屏自动跳出警报，显示棚屋东面有活动物体靠近。

桑绪让晴天待着，自己提起一把西瓜刀，挑着刀尖，蹑手蹑脚地走到门口。老式的门锁锈迹斑斑，桑绪把开门的声音包裹在手掌中，一点一点拧开门把手，推开一条缝。冷风伴着处理垃圾的臭气飘进来，远近没有一个人，桑绪盯着东面，那里有一座才堆起来的低矮的垃圾坡，在寒冬中静谧如死，但山坡背后五十米外的地方，一小丛淡黑色的雾气远远地向棚屋方向飘来，随着漂移，银色的金属光不时在其上闪烁。

桑绪盯着黑雾，慢慢地退到晴天身边，女孩子木呆呆地端坐着。桑绪捂着她的嘴巴，抱着她，轻手轻脚地从棚屋后门退了出去。

几天后，他们找到一片废弃的厂房，在一间仓库里暂时安顿下来。

这间仓库同厂房里的其他建筑一样破旧不堪，墙上原本写有“有毒、危险、易燃”的字样，现在已经很难辨认。这样的仓库和厂房都不算难找，废弃的工厂，废弃的商业区、居民区、大型游乐公园，它们有个统称，叫“废墟地”。这是桑绪新学到的知识。有一些区域出于这样那样的原因，不再适合人类居住，或者是土地盐碱化，或者是水里含有重金属，或者空气中有毒物质含量过高，曾经很可能是热闹繁华过的，但现在一点利用价值也没有了，人搬空了，只留下过去的建筑和道路纪念碑似的立在那里，那样的地方被叫作“废墟地”。它们像一些无伤大雅的皮癣，不疼不痒地待在那里，仅仅是不太美观。

如今是机器智能尽职尽责地全权照管着人类，从顺畅的交通到足量的代餐剂，再到人造子宫，乃至更大的事，比如一片地区资源耗尽或者环境恶化，机器智能早就会找到下一个合适的地点，并早已建设完成，于是人们搬往新的城市，为帮助人们适应，新的城市往往和旧的还高度相似，连城市名都不会变更，就像压根儿没搬过家。北京就搬过一次，它现在的所在地早就不是五十年前的那一座，但这样的变化里人类并没有失去什么，北京仍然是一座叫北京的城市，仍然有结合虚拟现实技术建造的颐和园和故宫，变化仅仅是地上又多出一片人去楼空的废墟地，一片严重污染和枯竭的土地，多出一些厂房给误入这个时代的不速之客藏身。

没有人觉得不对劲，除了桑绪。但他的这点感觉也许只是一个连环杀人案的嫌疑人对于美好新时代的一点微不足道的不适应。

新世界多的是好处——

在机器智能的技术背景下，如今已没有"局域网"这一概念，理论上说网络真正成为一张无所不包的庞大蛛网，把整个人类世界兜揽其中，但由于如今的密码技术早已不是百年前呆板的虹膜锁、脑纹锁，而是基于量子纠缠态的量子锁，安全方面可以说是万无一失。其原理相当于从一个沙漠随机抓起一捧沙，随机地组成一幅沙画，外人想要闯入，必须从这个毫无规律和线索可言的沙漠里抓起同样数目的一把沙子，一粒不多，一粒不少，然后摆成同样的一幅沙画——只要一粒沙子的位置不对，就算失败，然后引发警报。

世界上最精通机器智能技术的天才对此也束手无策。但对于桑绪来说却是歪打正着，你可以用沙漠来对付人，但你不能用沙漠来对付沙漠，桑绪是人工智能，并且曾深入地研究机器智能，现在他黑进北京市公安局的网络里，一路上如入无人之境。他仔细搜索了这个时代公安机关的武装配备，那些武器与一百年前比的确大相径庭了，但却不包含那道闪银光的黑雾，他浏览警方的侦查手段，也不包含这种东西。

也就是说，在垃圾场追踪他的不是警方。

离开公安局网络之前，桑绪又把西三刑侦支队一级警司林九微的资料仔仔细细翻看了一遍。

林九微由人造子宫孕育出生，在家校长大，上警校，毕业后成为刑警，工作三年，刚平调到西三支队不久。

整篇资料极其完整，没有任何可疑之处，除了——桑绪早在一百多年前就认识了这个林九微。

但在汪洋的网络数据中，桑绪找不到记忆中那个林九微的一丝遗迹，存在的只有那个当了三年刑警的林九微，身份确凿，履历翔实，仿佛真实与虚幻在时光之镜中颠倒互置了。

仿佛这个世界实际上是一枚漂浮于黑色梦境中的彩色肥皂泡。

桑绪看了一眼晴天，有空的时候他尽量和她多说说话，这对改善儿童的自闭状态有益。“晴天，你的爸爸妈妈现在一定急坏了，我们得找个能照顾你的地方，帮你回家。”

他搜索“儿童福利院”，没有结果，也许现在不用这个叫法了。他再搜索“儿童走失”，答案立刻跳出来：发现走失儿童，请将该儿童三维全身照上传到云端的“个人社会保障”项目下“帮助”一栏内，并尽快与当地家校取得联系，家校将立刻提供全面的照顾和必要的治疗……

身后，半块砖头飞过来，穿过全息屏砸在地上，激起一片扬尘。桑绪回过头，晴天手里已经拿起第二块碎砖。

桑绪向她解释：“我不能带着你，对我们两个都太危险。”

晴天不理会，他只好把话写在虚拟画布上，她辨认了一会儿，从屏幕上选了一支红色的蜡笔，一笔一画地写：

不去福利院

不去家校

写完，生气似的，目光灼灼地盯着桑绪。

最终，桑绪妥协了，尊重了她的意愿，但这并不完全出于关照，他自己心里明白，他对晴天的容留本质上是自私。这个世界是黑色梦境里的彩色肥皂泡，晴天的红蜡笔字是其中唯一真切的明艳。那红和人体血溅五步的红不同，是气球、太阳、草莓的红，面颊笑靥的红。他是出于私心，把这抹鲜亮的红留在了这片破败的废墟里。

厂房仓库没有垃圾场那种臭气，但也没有垃圾场开阔，它是一片凌乱的建筑物的集合。

桑绪带着食物回来，走近库房，断壁残垣之中陡然透出一种陌生的气息。

他停下脚步，抽出西瓜刀，屏气凝神地观测四周，感觉到一道窥伺的视线压迫着人的神经。

窥伺者比上一次更耐心，久久地没有动静。

这时晴天的脸忽然毫无预兆地出现在仓库窗口！

她也许是等得不耐烦了，在寻找桑绪。窗框里早已没有玻璃，女孩子的脸完全暴露出来，天真懵懂，这是极易受到伤害的一张脸。

风声一下凄紧。

桑绪和晴天隔着一条寸草不生的水泥路，路早就坑坑洼洼。那种紧抓不放的盯视忽地一松，桑绪心中咯噔一下，向仓库狂奔，陌生的脚步声同时响起，轻得像野兽，快得让人头皮发麻。桑绪扬起刀，那窥伺者胆敢向晴天的窗前探出身体，他就一刀飞掷过去！

斜刺里暗影一闪。

西瓜刀在空中划出凌厉的弧线——

一声惨呼。

黑影落地，却是一条黑狗，中等偏大的体格，脏得看不出品种。刀没扎中它，却把它吓瘫了，桑绪赶上前一脚踹翻了它，狗倒翻两个跟头摔在地上，抽搐了一下，哧啦哧啦地冒出火花，污黑的皮毛上闪过几道蓝色的电流，看来是机械制品。桑绪小心地靠近，狗伏趴在地上，身体仍在抽搐，最后摊开四肢不动了，那样子和真狗如出一辙。它的嘴巴半张着，一个纸团从里面滚出来。

桑绪捡起纸团，展开，意外地看到这样一句话：他们有DNA追踪剂，但追踪时效有三天延迟，不在任何地方停留超过三天，他们就找不到你。

字迹很潦草，是手写的，桑绪辨认了一会儿，倏忽抬起头，四下张望，但满目只有破败的建筑，建筑的尽头是铅灰色的天，酽酽地笼罩着大地。

“他们”是谁，那道黑雾的所有者？

袖子被轻轻扯了扯，晴天站在身后。

桑绪安抚地对她笑笑：“没事了。我们回去吃饭。”

桑绪弄到的所谓的儿童食品实际上只是代餐剂和合成维生素水，真正的食物在这时代已经成了昂贵的奢侈品。女孩子无感觉地吃着，一双眼睛却盯着桑绪手上的尾戒。

桑绪调出全息屏画板，问她：怎么了？

他把屏幕分割出一块给她，她便在她那块上写道：那是什么感觉？

桑绪不明白："什么感觉"是什么意思？

晴天只是盯着他看，没有解释，过了一会儿，她又提出新的问题：谁给你的？

她看着桑绪手里的纸条。

桑绪苦笑着摇头：我也不知道。

她又问：那是什么感觉？

桑绪不明白她在问什么，他拿起蜡笔，问晴天：你从哪里来？你的爸爸妈妈呢？

晴天不回答。

桑绪便在画布上画了三个简笔画的人：一个有九根手指，画完他看了一眼右手小拇指，这根手指至今仍让他感到陌生，不能熟练使用；第二个人手里拿着一瓶酒，嘴里叼着一根烟；第三个人是个女人，穿着裙子。

这三个人并排站在一起：桑绪、骆沉明、林九微。

——这是我的朋友、家人，桑绪问晴天，你的家人呢？

女孩仍不回答，桑绪便耐心地跟她解释，从很久以前的事情开始，他最先认识了骆沉明，然后遇上了林九微，他们遭遇了怎样的事件，又邂逅了哪些人。

说着说着，桑绪忽然意识到，他不是在解释，而是在用看图说话的方式向一个自闭症儿童讲述自己的陈年往事。这多么可笑，但笑声像一团冷的酒淤在心里散不出来，只有话语不受控制地从嘴里汩汩而出，唯一的听众却面无表情。

那些过往都是多早以前的事了？后来呢？

桑绪拿起一根黑色的蜡笔，在大片的空白处杂乱无章地画了许多黑色的树，黑色的房子、河流，黑色的日月星辰。他盯着自己的“画作”，明白这完全是发疯地乱涂抹。

不通人言的女孩终于失去了兴趣，再次问了那个问题：那是什么感觉？

这句话用红色的蜡笔写在黑色的山川日月上，晴天扯着桑绪的袖子，以小孩子无解的执着不依不饶地指着画布。

桑绪摇摇头：“我真的不懂你的意思。”

女孩望着桑绪脸上歉然的笑意，想了想，拿起蜡笔添了几个字：桑绪，看见这个世界是什么感觉？

桑绪一时有些愣神。

晴天却将画布整个清空，重新写道：桑绪，你为什么一个人？

她的眼神清澈无遮，黑白分明，仿佛来自天空最高远澄明的深处，凌驾于任何情绪分析仪器，一眼就看出他非人躯体中属于绝对人性的那一部分。

桑绪沉默着，她又问：桑绪，你的那些家人呢？

接着问：一个人，是什么感觉？

一个人的感觉……

倏忽一梦，倥偬百年是什么感觉？

知交零落、相见不相识又是什么感觉？

沉默片刻，桑绪说：“我记得醒过来不久，就下了一场很大的雪。”

晴天等待他往画布上写字，桑绪却笑着摸了摸女孩儿的脑袋，感觉小姑娘的头发柔顺地从手心滑过，雪一样冰凉。

等他转过身去，晴天把桑绪分给她的那块全息屏幕上的画布最小化，画布后面，一个录音分析软件正在工作，它录下了桑绪说的所有话，然后转换成一大篇叠加态的量子数据，看着这些天书般的数据，晴天的目光慢慢变得生动起来。

9 钩沉系统

命案像一串爆竹，一旦点燃了引信，便惊心动魄地开始了，没有人阻挡得住。

第一个受害者是三才胡同便利店的老板，接着是一名大学教授助理，一家汽车公司的工程师，一个无业游民。

一名女性，三名男性，侦勘系统分析后认定，四名死者身上没有任何共同之处，但他们的死亡方式高度相似且恐怖：头颅像一枚炸弹那样粉碎性爆炸。侦勘系统因此认为四起杀人案存在强相关，应归入同一起连环杀人案件。然而排查案发时间内北京市所有可能与案件有关联的人员，却没有发现任何嫌疑人。

分析结果出来后，几乎所有人都想到了那个身负连环杀手的恶名，却唯一不在侦勘系统范围内的人——或者说“非人”——桑绪。之前痕迹科针对北斗胡同航拍照片的鉴定已经有了定论，雪地里桑绪的简笔画肖像是无主的，监控录像里那一天进出北斗胡同的人全都没有作画的可能，再多就调查不出来了，痕迹科的技术员说，只能去问监控中被人替换掉的那十分钟。

但信息科的智能技术专家说，那十分钟是从根源上被替换掉的，等于把原本的监控视频剪掉换了新的上去，旧的彻底撕碎扔了，再也别想找到。

有刑警问：那么那张雪地上的画的确不是恶作剧，是桑绪自己画的了？也就是说桑绪的确有极大可能性在北斗胡同出现过，那么三公里外便利店老板的暴死呢，会不会真的和他有关联？

这是个让人不安的假设，不仅让人不安，内里还藏着一对互相拉锯的矛盾：如果现在的连环杀人案的确是五十年前的连环杀手桑绪所为，那么杀人手段为什么会有如此大的变化？五十年前，桑绪的杀人方式是让人从高空坠死，死前在受害者身上戳出上下两排共六个血洞，这是极具个人标志性的杀人手法；到现在，他为什么骤然一变，以把受害者的头颅炸个粉碎为乐？不仅如此，他是怎么做到的？

法医科针对四名死者的死亡现场做了种种模拟，却始终找不出杀人手段。不光西三支队的法医一筹莫展，四起案子发生后，市局的法医部门也投入进来，还从全国抽调资深法医组成专案研究小组，最终也只是白费工夫。

现在四起案子由市刑侦总队指挥侦查，西三支队听命令协助工作，支队长让重案二组暂时只专注抓捕逃犯桑绪，其他先不要掺和，但抓捕桑绪案的每一个进展，都要随时通报。

“也就是说总队也把桑绪作为重点嫌疑人，只是没有侦勘系统的数据支持，不能明确提出。”老房分析说。

“只要桑绪五十年前的连环杀人案资料不全，就不能导入系统和现在的案子做行为对比。”林九微说着打了个嘴向八方的大哈欠。

“行啦，小林，回去睡觉吧！”老房劝她，“你都快长在单位里了，我今天早上给咱们科的发财葱浇水，差点给你脑袋上也来点。回去休息一天吧，干耗在这也没什么用，是不是？”

林九微被老房连哄带赶地轰回家，倒是睡了一个很沉的觉，梦里有一些声音和面孔，都像隔着动荡的海水那么模糊，小耳朵把她叫醒时，她感觉睡得很好，并且把梦里的内容全忘了。

她神清气爽地到支队上班，在大门口却被一辆复古车拦住，戴濛在车窗后面跟她招手。

林九微满脸狐疑地坐进去，戴濛说：“虽然老房帮你请了两天的假，不过我猜到你肯定不会不来。我也弄了一天的外勤任务。”

“你出外勤开自己的车？”林九微问。

“小林姐，为了抓到桑绪，你愿意付出多大的代价？”戴濛冷不丁地问。

“不知道，”林九微耸耸肩，“吃一辈子代餐剂？”

“在你调来之前，我们支队开除了一个警察，那个人为查一起案子滥用职权。”戴濛说，“组里休息室的那张沙发，就是你最近天天睡的那张，她被开除以前也天天当床睡来着。那个印着猪八戒的抱枕还是我送她的生日礼物。”

林九微想问既然是礼物为什么会被留在单位里，但说不上是什么预感，没有把话问出口。

汽车升入空中轨道，仪表屏显示预定路线是城外的废弃农场。

“去废墟地干什么？”林九微问。

“去找史上最强技术外援，史上最强是我擅自加的，”戴濛说，“但我们要冒一点泄露案件信息的风险。你要是不同意，我们立刻回支队。”

“那个‘史上最强’有多可靠？”林九微问。

“她是带我入职的师父，后来是我的搭档，”戴濛说，“她不信任我，但我永远信任她。”

家校的地理课上老师会告诉学生，废墟地这个概念是近几十年才作为一个社会地理学专业名字被确立下来的。在此之前，如果人类从一片居住地撤走，这个地方会被退还给大自然，植被和动物会接管，但废墟地不同，废墟地是一片植被和动物无法接管的地方，人类像是把它退还给了虚空，留下的仅仅是荒凉。

仿佛在某个历史的转折点上人类把蝗虫的基因吸纳进来，能把一片空间的养分吸足吸光，没有一丁点浪费。人类从此进入新的时代。

老师会说是科技让这样的生活方式成为可能，让人类从粮食问题和环境问题里解脱出来，有的老师会深入一点，提到科技也造成一定的污染和颓败，极少数老师甚至会启发学生去思考科技的负面影响与科学伦理的关系，但从智能家校的统计来看，至今还没有一个老师会跟学生讨论这样一个问题：少数人的道德与多数人的道德。

以前“废墟”这个词是不确切的，它仅仅指人类的缺席，你想到它就会想到野草、昆虫、一片幽静中的一声鸟鸣，到现在废墟这个词就是它本身，干巴巴，没有其他可能性。但一旦你接受了，习惯了，这就是新的常态，没人觉得不正常和不自然。以前是以前，那只是以前。

我们是怎样把这个词创造出来的？没有老师会问学生这样的问题。你们觉得废墟地是怎样出现的，是人类集体造成的吗？还是少数人决策，多数人默许？这默许又是怎样的默许，是心平气和地同意，还是浑浑噩噩地不反抗？

而反抗的是什么，又有什么可反抗的？

这个问题还可以往深里想一千米，但现在人们生活在丰衣足食的新世界里，生活在新的常态里，同样地出生、学习、工作、恋爱，有钱了吃顿好的，攒钱买辆好车，和同事吵架，打电话跟朋友发牢骚，日子还是那样，似乎没必要深想，世界没问题。

复古车开出市区，又开了近一个小时才缓缓落回地面。

“这里最早叫大兴，挨着北京旧城，出产很多农产品，最有名的是西瓜。”戴濛说。

西瓜，绿皮红瓤，鲜甜多汁的水果。小学自然课上教过。

但打开车门，满目只有焦黄的土地，土地上的建筑看得出是有过规划和设计的，只是时间把它们风化成一律看不出颜色的污糟。这里应当是早就没有人了，但距离他们最近的一栋楼里却呼地跑出两个——得多看两眼才知道是两个孩子，脏成两只泥猴，胳膊腿也瘦，眼神却很亮，大呼小叫地跑到复古车前，大概是完全没接受过家校那种礼貌教育，戴濛擦得锃亮的爱车眨眼就被摁了一串脏手印。

小女孩问戴濛：“喂，你这个车能飞吗？你能带我飞一圈吗！”

小男孩一挺肚子，亮出手里的玻璃碎片：“不带我们就扎你的车胎！”

戴濛被他们逼得节节败退，林九微拦到他面前：“你们帮我们看车，等我们回来的时候车上没有手印，车胎也没破，我们不光带你们飞，还给你们喝饮料，怎么样？”

两个孩子立刻答应了，林九微和戴濛走出十几步回头，他们俨然两个凶悍又可怜的小门神，眼巴巴地护着车。

“我从没见过那样的孩子。”林九微感叹。

“他们就是另一种‘自然生’。”戴濛说。

一般说起来的自然生，是指城市里富可敌国的夫妻想要直系血缘的后代，于是自然受孕生出一个孩子，这种孕育从孕前准备、妊娠到养育都需要聘请专业团队，生产的孩子都是天之骄子。

但每个人——每个生活在城市里的人也都听过另一种“自然生”，这种自然生可以算是都市传说的一种了，许多人都听说过，但几乎没人见过。传说有一些人无法适应时代，就像原始人惧怕火那样，他们惧怕机器智能，害怕的原因虽然千奇百怪，本质上全都是一样的离奇可笑。有的害怕智能技术过度替代人类劳动，把人都变成白痴，还有的认为机器智能过度窃取了人类的隐私，或者智能技术对社会运转与个人生活的帮助实际上磨灭了生活中的“随机性”，甚至侵害了自由的边界，这些人中妄想症犯得最厉害的，甚至会疯狂到找黑诊所取掉云端，最后就主动离开文明世界，宁可到废墟地上开垦被重金属污染的土地，自己耕种纺织，也要尽可能地远离智能技术的生活。

在这种不健康的生活里，那些疯子性交时缺乏避孕措施，产生的孩子也是“自然生”，不过和城市里的“自然生”比起来，他们就太可悲了。

“我其实听说过这种‘废墟地部落’，但一直觉得离我很遥远，”林九微打量着四周，“没想到北京城外就有一个。这些人是不是还相信照镜子会把灵魂照走？”

“很难说他们是错的，”戴濛说，“我以前也觉得这些人都是疯子，但齐安相信我们的世界正在发生一些我们察觉不到的重大事件。”

“齐安就是那个‘史上最强’？”林九微问。

“我们到了。”戴濛说。

他们站在这片废墟地最深处的一栋建筑的第三层楼，一条深长的走廊把这层分成南北两块，走廊的两边是密密麻麻的房间，但看得出入住率并不高，上午的太阳从一些敞着门的房间里照到通道上，照出空气中滚滚翻飞的灰尘。

走廊尽头有一扇斑驳掉漆的老旧木门。

戴濛敲了敲门，门上的气窗开了，逆着光一张模糊的脸在窗后一闪，之后门开了，门只开了一半，林九微看见了齐安，一个高挑的女人，长着一双很犀利的狭长的眼睛。

不知怎么，她感觉到戴濛和齐安之间隔着点什么，尽管两个人是师徒，戴濛说话的语气却过分客气，他向齐安介绍林九微：“这是我的搭档，我们一起在查桑绪的案子。”

“查得怎么样？”齐安问。

“还行。”

“那挺好。”

齐安的样子像要关门，戴濛忙说：“其实我们查案遇到了问题。”

“我早就不是警察了。”齐安说。

“但我想让你帮忙，我需要你的帮助。”戴濛说，终于鼓起勇气直视齐安的眼睛，“我知道你不想帮我，但我知道桑绪案里有很多你关心的东西。我们有点内部消息，你可能会感兴趣。”

“你的内部消息我自己有办法弄到。”齐安说着要关门，情急之中，林九微脱口而出：“齐小姐，我这有你绝对弄不到的消息。”

齐安耸了耸肩，把门关上了。

林九微看了戴濛一眼，他的样子是不打算再试了。

“你确定她是‘最强’，没有夸张？”她问。

戴濛点头。

林九微便去拍门：“齐小姐，我的消息世界上没有第二个人知道。假如我胡说，顶多浪费你两秒钟。”

拍了一会儿，门终于开了。

“说吧。”齐安抱着胳膊。

林九微调出全息屏，共享模式，打开个人画册，找出桑绪的素描。

“看这里的作画时间，”她指着画布左下角，“桑绪一个多月前在国家档案馆被发现，但是在见到他的前一晚，我就梦见了他，画了这张素描。戴濛说你精通智能技术，你大可以查查我有没有造假，你不会查不出来的，对吧？”

齐安看着素描，没出声。

林九微说："不请我们进去坐坐吗？"

进门后，齐安拿出两副游泳眼镜似的东西，让二人戴上，"为了屏蔽你们的云端。"

林九微看着样式古怪可笑的眼镜："我可以把云端开成休眠模式。"

齐安冷笑一声。戴濛小声告诉林九微："云端休眠的时候后台还在读取一些基础数据，那个是关不掉的。"

林九微注意到那扇老旧的房门背后加装了一层厚厚的钢板，让人想到银行金库，但银行的金库里码着金条，这里却是个混乱的仓库，堆着净化水装备、古董电子元件和长途旅行装备，林九微看到了折叠帐篷、照明灯、开山刀，墙上还挂着一条脏得看不出颜色的挂毯，看上去有两百年没洗了。

齐安坐在一把很破的旋转靠椅上，对二人指指靠墙的沙发，沙发更破，上面堆着一堆电子元件，看得出比起先进的机器智能，齐安更信任人工智能甚至更老式的工具。

林九微局促地坐下，听见齐安问："你梦见桑绪是怎么回事？"

林九微也问她："戴濛说你能够搜集到桑绪的信息，怎么搜？公安局从国安局那边请了技术专家也办不到。"

齐安叩叩桌子，黑色的桌面浮现出白色的水迹，化成屏幕和字句。

"这是电子墨水屏？"林九微转脸去问戴濛，戴濛点头，向她指指桌角上一个镇纸似的小摆件，一条甩起尾巴的淡蓝色鲸鱼，齐安启动电子墨水瓶后，便去摁鲸鱼尾巴，一摁，鲸鱼的喷水孔射出一束亮光，散开，化为一个五十年前流行过的全息屏。屏幕上弹出一个应用工具的初始界面，式样质朴，上面列开四个字：钩沉系统。

齐安说："这是我母亲创造的信息搜索工具，用来打捞年代久远的、散布得七零八落甚至严重走样的资料。"

戴濛小声补充："比咱们在单位里用的强多了，比国安局他们用的还要好。"

齐安问林九微，"桑绪的出生时间？"

“2016年7月7日。”

齐安看了林九微一眼：“2016年能造出桑绪这种程度的人工智能？”

“生日也许是伪造的。”戴濛拿出一沓打印纸，“这些是桑绪的个人信息。”林九微想，他猜到齐安会屏蔽云端，所以把资料提前打印出来了。他对她这么了解，两个人中间却始终隔着一层人为的生疏。

齐安翻看着资料：“……按照这上面的说法，桑绪只是连环杀人案的重大嫌疑人，并没有直接证据能定罪？”

“但他有罪的概率非常高。”戴濛说，“实时情绪分析系统收集的情绪表现，还有心理痕迹鉴定的结果，都倾向于桑绪是杀过人的。”

“你们现在需要什么？”齐安问。

“桑绪一百年前连环杀人案的真相，”林九微说，“知道了这个，才有可能解决眼下的两个问题，一个是现在的爆头杀人案真凶是不是桑绪，他为什么变换了杀人手法；另一个是桑绪的档案有很多疑点，它作为国家保密档案是不够格的，却出现在历史档案馆，保密期限被人改过，而且档案上写着用于科研，给谁、进行什么科研，这些全都是谜。”

戴濛说：“我们在资料库中几乎找不到任何桑绪的资料，就好像他在五十年前根本不存在。”

“那么桑绪这个人也是一个秘密。”齐安说。

“什么秘密？”林九微问，她其实还想问什么叫“也是”，但她的注意力被齐安的操作吸引过去，她看见钩沉系统需要脑纹和基因序列双重认证，也就是说世界上只有齐安一个人能操作这个系统。

齐安看了戴濛一眼：“你什么都没告诉过她？”

那种尴尬的表情又出现在戴濛脸上，他只得向林九微解释：“安姐认为，五十年前的人工智能时代发生过一些事，但是真相由于某种原因被掩盖掉了。”

“但还是留下一些蛛丝马迹，”齐安说，“过去永远会影响现在，哪怕是被人类刻意遗忘掉的过去。”

“桑绪和这些有什么关系？”林九微问。

“桑绪本身就是旧时代的人，他也许是被掩盖的真相之一。”齐安说。

钩沉系统上出现了一根进度条，显示正在搜索信息。齐安转过身：“林小姐，现在可以谈谈你的梦了。”她的眼睛锐利地打量着林九微，像是钩沉系统的延伸，或者一把锋利的手术刀，把那些疑虑、犹豫和不安都剔除掉，暴露出埋藏在心底的梦境。

等林九微说完，戴濛完全呆了。

“所以你一共做过两个在白房间里的梦，”齐安总结道，“第一个梦里你在和桑绪争吵，第二个梦里有一个看不清脸的男人，你不确定他是不是桑绪，那男人问你怎样才能得到你的原谅。”

“基本是这样。”林九微说。

“还有……一个。”戴濛忽然说。

“一个什么？”齐安问。

“你跟我说过，”戴濛看着林九微，“你好像能猜到他的想法，你猜到他会往小胡同里跑，你还记得吗？”

林九微记得，这不是梦，但和那两个梦一样完全无法解释。

齐安看了眼钩沉系统，进度条缓慢地推进着，像是在搭建一座联通到五十年前的桥梁。

忽然响起的警报声把三人都吓了一大跳，齐安立刻切换全息屏，打开一个监控界面，画面是大门，这片废墟地区四周用带刺的铁栅栏围起，只开一扇门。门口，一个男人从戴濛的复古车前走过，他穿一件旧得过分的皮大衣。他向守在车边的两个小孩问话，拿着玻璃碎片当刀的男孩嚷了两句，男人便从袖子拿了一样东西贿赂男孩，男孩接过来，脸上的表情一瞬间开心极了，他扭过头，向齐安所在的大楼指了指。

“那是什么人？”戴濛问。

“没见过。”齐安从单人床的枕头底下摸出一把手枪，打开保险栓，再看监控，男人已经进了大楼。

“这栋楼里还有什么人吗？”林九微问。

“就我一个。”齐安扯下墙上的挂毯，露出一扇后门，“你们现在就走。”不等戴濛说话，她就不客气地推了他一把，“钩沉系统的结果我会发给你，快走！”

她把他们轰出去，砰地关上门。

林九微被一连串变故弄得措手不及，站在门外：“戴濛，我们要不要——”

“我看我们还是走的好，安姐以前干过特警，身手很厉害。”戴濛说，“我们留在这反而给她添乱。”

两人从大楼后面走，绕过一小片菜地，蔬菜种在无土培养液里，看起来都严重缺乏营养，颜色发灰，叶片和瓜果表皮上泛着可疑的金属光泽。

两个看车的小孩已经跑了，大概是玩新玩具去了。坐进汽车，戴濛说：“我很担心齐安。”

“现在才担心？”林九微问。

“我不是担心她的安全，”戴濛说，“我是担心她的状态。那个男人……”

“那男人怎么了？”

戴濛又叹一口气：“齐安认为五十年前的人工智能时代，人类其实制造出了有自主意识的人工智能产品，也就是所谓的机器人。她认为其中有一些活到了现在，要向人类报复。”

林九微现在脸上的表情就是戴濛预料到的那种，既觉得荒诞又觉得可笑，机器人被人类屠杀，结下深仇大恨反过来又要屠杀人类，这是多么老套的科幻想象，林九微想着齐安的眼睛，那种犀利的眼神，实在不像是个相信都市传说的人。

“她是越来越相信这个想法了，我觉得她把那个男人当成了机器人刺客。”戴濛说。

“我也觉得那男人看着蹊跷。”林九微说。

“齐安的那个警报界面你注意到没有？是分类的。齐安在大门口安了扫描仪。屏幕上的扫描结果是百分之一百的人类，”戴濛说，“我看八成是来向她购买钩沉系统的。齐安的钩沉系统声名在外，她还当警察的时候就有黑市上的人想找她买。”

“你光顾着看全息屏了。”林九微说。

戴濛不解。

“那男人给小男孩的东西是把小刀，”林九微问他，“什么人才敢把一把开过刃的暗器藏在袖子里，不怕割伤自己吗？”

戴濛猛地转脸看着林九微：“你怎么不早说？”

林九微就是算好了到现在才说。那个袖口里藏着刀的男人让她感到一种过度冷淡，一种排斥一切的漠然，仿佛是那种杀了人也没有任何感觉的人，不兴奋更不恐慌。很奇怪，连环杀人犯桑绪却从没给过她这种感受。

面对这样一个人，最好是在他眼皮底下大鸣大放地离开，再悄悄地调转车头，回过来帮齐安的忙。

他们把车停到楼后面那片菜地边，林九微从前面，戴濛从后面逃生梯分两路上楼，狭长的走廊还是那样破旧空荡，那男人不见了。

齐安给他们分别开了门，房间地上扔着一个行李箱，齐安正往里面扔各种各样的东西。

“那人呢？”林九微问。

“他自称叫曹戒，来买钩沉系统。”齐安说，“我要是不卖，他还想跟我做另一笔生意，帮他查一个人。”

“查谁？”戴濛问。

“桑绪。”

戴濛和林九微都吃了一惊。

“我问他原因，他当然是不肯说。我说我得考虑考虑。他说明天再来。”齐安说，“但我刚刚查了‘曹戒’这个名字，没有匹配项。”

林九微问：“会不会是出生在废墟地的人？”

“不像。他倒的确是没装云端，但他手上戴的外骨骼是高级货，废墟地的人不会买，也买不起。”她把一把连环弩放进箱子，关上盖子，“戴濛，你载我一程。”

“去哪里？”

“下一个废墟地。”

下楼的时候，林九微透过走廊的没有玻璃的窗户，看见外面荒凉的建筑。齐安说，这里的人还算多一些，有二三十个，有的废墟地里只有不到十个人。和一般人以为的不同，这些人不全是抛弃机器智能的理想主义者，还有一部分人只是走投无路。有的人信用破产了，一天一瓶最便宜的代餐剂也买不起。有的人没能从家校毕业，找不到工作，受够了领救济金的日子，因为拿到的救济金除了买代餐剂别的什么都负担不起。而这个世界离开了机器智能设备，你想逛逛马路也只能看见一片灰扑扑的建筑，还不如真正的废墟好看，你得装上云端才能看见虚拟现实技术赋予那些丑陋石头的虚拟雕塑、虚拟油漆和虚拟喷泉。据说有钱人家里是有真正的花园的，但没什么人见过。

齐安说，机器智能对这个世界的管理是无所不在的，逃不逃离机器智能其实差别不大，都只是自以为自由而已。林九微忍不住想，如果真是那样，那么人们就只是生活在自由的幻觉里。但如果生活只是这样一种幻觉，人又是为什么而生活呢？

汽车升入空中，齐安让戴濛关闭自动驾驶模式，改为人工驾驶。戴濛操作方向手柄太生疏，齐安便让他到副驾，她一手控制手柄，另一只手在仪表屏上操作："自动驾驶我先给你卸了，你回去了再装上，这样安全一点。"

"好的。"戴濛说。

一种奇特的情绪横亘在那两人中间，齐安还行，戴濛则是欠了债似的不自在。齐安拿出那条小鲸鱼，放出全息屏，钩沉系统的搜索进度已经达到95%。

"桑绪给人什么感觉？"齐安忽然问戴濛。

"40岁，组成成分是拟态液体金属——"

"我是说他给人的感觉。"

"你……进单位的网站看过他的资料了啊。"戴濛说。

"我黑了公安网络。"齐安说。不知道是不是林九微的错觉，她觉得齐安的话里有种挑衅的意味，但不明显。面对齐安明显的违法行为，戴濛单单"哦"了一声。他的招风耳像涂了层固化剂，僵硬地支棱在脑袋两边。实际上他整个人都像是缩小了一点似的僵在那里，像等待着一记不知会从哪里来的耳光。齐安沉默地开着车，钩沉系统显示搜索完成，开始数据整合，这时汽车正一路往东南开，距离北京越来越远。从空中俯瞰，大地荒凉如同外星球。

“你们对‘意识模块事件’了解有多少？”齐安关上了全息屏，在随身的背包里掏出那两副云端屏蔽眼镜，让二人戴上。

“查桑绪案底的时候查到过，”林九微说，“就在桑绪开始杀人的那一年，政府开展过一个‘去意识模块’行动。组里其实因为这个事讨论过。”

“讨论结果？”齐安问。

“我们认为桑绪连环杀人的动机跟这个时间的关联非常大，很可能是直接原因，或者至少是直接原因之一。”林九微说。这是重案组一个很重要的推论。半个世纪前，人工智能技术达到发展瓶颈，当时主流的想法是下一个技术爆发点应当是从人工智能基础上发展出机器智能，“意识模块”是其中主流思想，各个国家都在研究。意识模块研究的本意是想帮助人工智能技术寻找突破点，升级成为机器智能技术，但最终智能技术没发展出来，却阴差阳错使得安装意识模块的人工智能获得了自主意识，用当时民众的说法，就是让机器人“活”了，有了灵魂。幸而这一后果发现得早，在意识模块还没广泛投放到人工智能产品之前，政府就下令全国范围内全面地“去意识模块”，避免了智能技术的大灾祸。

“说是去意识模块的时候，最早安装意识模块的人工智能产生的意识还比不上一只蚂蚁，所以没什么负面影响，”齐安说，“如果是这样，那桑绪是怎么来的？”

“我们认为也许有人从什么渠道先于其他人得到了意识模块，安装在桑绪身上，于是桑绪就产生了自主意识。”戴濛说，“一个有自主意识的人工智能在去意识模块事件后屠杀人类，这个逻辑好像说得过去。不过也有人认为这个动机弱了点，就像你说的，去意识模块的时候，那些人工智能发展出的意识不超过蚂蚁，桑绪为这个就杀人，似乎是太极端了。”

“你猜桑绪是干什么的？”齐安问。

“你是说他的产品用途？”戴濛问。

“我是说他的工作，”齐安说，“桑绪有一份正经的工作。”

戴濛和林九微在后视镜里交换了一个眼神，彼此都有些不安的预感。

冬日的灰色天空在窗外奔流。

齐安说："你们有没有去过上海？五十年前，国家人工智能发展监督委员会的总部就在上海，研究出意识模块的国家人工智能技术开发中心，就是它的下属单位。而桑绪是这个中心的核心专家之一。"齐安说。

"桑绪是研究发明出意识模块的人之一？这……"戴濛完全糊涂了，"这不可能啊！"

桑绪是获得自主意识的机器人，而机器人的意识需要意识模块才能获得。他怎么会反过来是意识模块的研究者？那他到底是什么东西？

"意识模块虽然是那个时代的主流，但也还有很多别的研究方向。也许桑绪是别的什么技术造就的？一种从未公布和散播过的技术？"戴濛说。

齐安说："桑绪所在的科研项目组，既研究出了意识模块，又最早提出了要'去意识模块'。"

"怎么回事？"林九微问。

齐安说："那个项目组先是研发出了意识模块，做跟踪研究的时候，他们发现意识模块可能会产生自主意识，报告了上级部门，这之后意识模块的安装就被紧急叫停了。"

车厢里的另外两个人已经完全地懵了，林九微喃喃地说："也就是说，桑绪研究出了意识模块，又发现意识模块有害，直接推动了去意识模块事件？那……"

"不管他是什么东西，人还是机器人，他都不可能因为去意识模块而连环杀人。"齐安说。

"这些都是钩沉系统查到的信息？"林九微问。

齐安说："连环杀人案一共死了16个人，对吧？你们猜桑绪的科研小组，那个研究意识模块和去意识模块的项目组，一共有多少个核心专家？"

"……17个？"林九微觉得舌头发麻，"除了桑绪，所有的核心专家都死了？"

没有回答。冒着血腥气的谜团在狭小的空间膨胀，堵得每个人都窒息地沉默下去。悚然之中，林九微仿佛亲眼看见那一桩桩杀人案，带着六个血窟窿的人从一幢幢高楼被抛下去，摔成飞溅的骨肉和血。

齐安把车降落在一片荒地上，这地方和他们之前飞过的那些没有区别，残破的建筑，阴沉的冷空气。“钩沉系统查到的资料我已经发到你们云端了，云端的屏蔽消除了就会看见。”下了车，她又想起一件事，“支队的网络被黑过，就在前天。我看了黑客的浏览记录，他查了警方的武器配备，通缉的工作流程，还有重案二组的行动计划。在离开之前，他——”她的目光落在林九微脸上，“他还特意看了你的履历。”

林九微感觉身上的血冷下去，仿佛猎物被蛇盯住。

“我要是你，就去做个脑部扫描，看看那些梦到底是怎么回事。”齐安说，“要是查不出结果，你又信得过我，也可以把扫描数据传给我，我找懂行的帮你看看。”

“这个废墟地有一片地下建筑，更隐蔽一点。”戴濛驾驶着汽车升入空中。

林九微问：“为了躲避机器智能？”

“齐安不是要避开机器智能。”戴濛说。

“那她要避开什么？”

“齐安认为，像桑绪这样的存在还有很多，”戴濛说，“在桑绪出现以前她就这么想了。以前我觉得她疯了，但也许她只是有点偏执。”

“她有什么证据吗？”林九微问。

戴濛摇头：“我们没聊过这个。我只知道她认为那些——‘生物’不敢进入机器智能严密监管的地方。”

林九微忽然明白了：“她认为它们躲在废墟地里？”

戴濛点头。

“她在——找它们？”

戴濛露出一脸苦笑：“这已经成了她人生的全部意义了。”

怪不得她从一个废墟地到另一个，怪不得她要屏蔽他们的云端。

估摸着离废墟地够远了，林九微和戴濛摘下云端屏蔽器，刚一拿开眼镜，云端立刻发了狂一样跳出许多信息，一开始他们以为是齐安发来的资料，接着就被警报标志刺得睁不开眼：又一起新的杀人案发生，受害者的死亡方式还是头颅爆炸而死，地点却竟然从北京跳到了上海！

10 午夜来客

废墟地是荒凉的，过度的寂静让人想起了一些过度喧嚣的往事。

悬空的全息屏幕上，右下角雀跃地飘荡着一条红绸带，提醒用户明天就将是1月1日，又一个元旦。

晴天还在睡着，桑绪望着窗外黑沉沉的夜色出神。

五十年前，上海市曾在浦东外滩举办过一场蔚为壮丽的庆元旦跨年烟火晚会，那场晚会的璀璨光华闪映在记忆里，伴着另一段回忆里的怒声质问："元旦那天你到底在哪里？！"

质问的人穿一身刑警制服，制服皱巴巴的，领子翘着角，他被连环杀人案折磨得筋疲力尽，现在像处在暴怒边缘的野兽，扭着桑绪的脸对准电视屏幕。屏幕里是外滩1号亚细亚大楼，黑色的人影从楼顶摔下。然后是另一段视频，同样的地点，时间稍早，监控拍到桑绪拖着一个大行李箱走进亚细亚大楼。

监控视频反复地播放，桑绪则一遍遍地回答："那天我没去看烟火晚会，我没到过外滩，更没有进过亚细亚大楼。视频里的人不是我。"

于是审讯进入死循环："不是你，是谁？"

"我不知道。"

"那元旦那天你到底在哪里？"

"我在给一个朋友扫墓。"

"朋友的名字？"

沉默。

沉默的结果是桑绪无法——或者说拒绝提供不在场证明，警方则没有直接证据来定罪，双方陷在一大堆间接证据里拉锯，互相折磨。

桑绪无法告诉刑警，不光元旦，所有的节日，他都和那位墓碑上的“朋友”一起度过。

那是一块造型小巧的大理石墓碑，四边雕刻着活泼的花朵和藤蔓，已不像刚落成时那么光亮，几十年来却被维护得很整洁。墓碑上的照片是一个还不满八岁的小姑娘，不像大多数小姑娘，她面无表情地盯着镜头，眼神水一样清，也像水一样没有内容，但在这张照片上，她另外有一点自在和温柔的意味，因为拍照的是她为数不多的信赖对象之一。

桑绪不能告诉警察，陪他跨年的墓主人叫作“桑迩”，是被他亲昵地称作“小耳朵”的妹妹。因为桑绪无法解释为什么他的妹妹出生在遥远的2008年。这是2056年，桑绪的外表看上去顶多三十岁。

他无法向警察解释，他曾经是人类，有家人，有朋友，有熟悉的旧时光。后来他被迫成为了非人，在时光的洪流中青春永驻，孑然一身。

全息屏幕转亮，闹钟跳出来，提醒用户他预定的日程安排。

这间屋子里井井有条地摆放着饭桌、衣架、收纳箱，房子的角角落落都喷了杀虫剂，几乎是个能让儿童健康成长的家了。自逃脱黑雾的追捕已经过去了十多天。

桑绪看了一眼晴天，女孩子安稳地躺在床上，闭着眼睛。

这实在是个离奇的女孩儿，他想起她出现在雪地里，那样子实在很难说不是在等他，但又的确是偶遇——他匆匆地逃亡，走这条胡同还是那一条，都是临时决定的。但还是离奇，他有过一个自闭症的妹妹，有不说话的嘴巴和过分干净的眼睛，现在一个如出一辙的女孩出现在他身边，出现在这样一个混乱的局面里。于是他做过各种试验，面对面的，偷偷观察的，但她的表现始终如一，无法沟通，并且拒绝离开他。

桑绪知道自己在犯蠢，他有很多种选择，听任晴天留在身边是最蠢的一种。但这实在是一个很冷的冬天，人在雪地里行走，即便没有火炉，一点虚幻的光也好——何况雪地上没有太阳，天是黑的，他在夜里。于是他说服自己，晴天从没有害过他，而且在意他受到的任何伤害。

万物休憩的子夜，离天亮还很早，是个适合人行动而免于被追踪的时刻。

桑绪坐到桌前，桌子上放着一台老式的量子外接处理器，便携式，使用太阳能电池，是这片废墟的遗留物，东拼西凑，费心地找了许多零件来让它起死回生——活过来，去见一个已经相见不相识的故人。

林九微面前是几十张脸，分成上下两排。

上一排是一百年前的十六名死者的证件照，加上桑绪，就是“意识模块”技术的核心研发团队，钩沉系统没能找到所有人的死亡现场照，有的证件照底下是一张尸体横在血泊里的照片，有的只是一个空缺。

下一排是新死亡的五个人，四个人死在北京，一个人死在上海。

五十多年前的连环杀人案，要说远也不远，许多上了年纪的人还记忆犹新，旧的流言同新的案件纠缠在一起，像粉尘爆炸，掀起漫天的流言蜚语，海量的信息里真正有用的却很少，这也很离奇，好像被人特意遮掩过。

但无论如何，没有证据的联想总是最富有刺激性，人们想象桑绪就是新杀人案的主谋，不光如此，他背后还有一个团伙，所以人才会北京上海天南海北地死去。还有人说杀那五个人只是序曲，真正的屠杀还远未上演。

面对着一张张横死者的照片，林九微被两股截然相反的情绪拉扯消耗着。

现在桑绪案和爆头案都由国家公安部直接领导，北京市公安局主持侦查。作为桑绪案中一个普通的侦查刑警，林九微希望桑绪被抓捕归案，但不是被公安部或者公安厅的侦查专家或特警，而是被她。这绝不是想独占什么功劳，而是不知哪里来的，极端可怕的念头：她想亲自逮捕桑绪，只是觉得桑绪也许是无辜的。她亲自逮捕了桑绪，而一旦桑绪能够自证他的无辜，她就会放了他。

这个想法深深地楔在脑子里，她想摆脱，却只能恐惧地战栗。

幸而没有人看穿她的心思，戴濛以为她是为了在案子中的地位下降而失落，还劝她说这是好事，人多力量大，他们的负担变小了，抓捕桑绪的可能性也增大了。

站了一会儿，林九微决定打个电话。

戴濛打着哈欠出现在屏幕上，一副还在梦里的样子：“几点了，你还没睡啊？”

“我想问你，”林九微说，焦躁地撸了把头发，“齐安为什么认为人类屠杀过机器人，这和她被开除有什么关系？”

“我就觉得你迟早会问这事儿。你知道的，你来之前，我的搭档是齐安，她也是我师父。”戴濛揉揉脸，清醒了一些，“我觉得你挺像她的，虽然看起来是两个完全不同的人，但你们心里好像都有种特别拧的东西，什么也阻挡不了的感觉。齐安是‘自然生’的，她有个母亲，齐安的母亲叫齐雪，我和齐安搭档一年多的时候，齐雪死了。”

“齐安就是从那时候起……”

“嗯，齐雪是历史教授，智能技术史方面的权威。她们家是单性亲缘家庭，齐安的父系基因来自国家精子库，她没有父亲，所以母亲去世对她来说可能根本没法接受。那时候侦勘系统判定齐教授是自杀，但齐安不相信，她偷偷把系统结果给改了，改成他杀。还记得我说过，齐安认为桑绪不是唯一的一个吗？她觉得母亲的死跟这个有关。负责这案子的刑侦支队过了两个月才发现侦勘系统被人为篡改过，最后查出来是我们支队干的，齐安就被开除了。”

戴濛起身泡了一杯咖啡，氤氲的水汽蒙上他的脸，使他的眼睛看起来湿漉漉的。他盯着咖啡看了一会儿，抬头对林九微笑了笑：“篡改侦勘系统用的是支队的公用云端，没有留下个人痕迹，齐安真的是个天才。你猜齐安是怎么被揪出来的？”

林九微忽然想到戴濛和齐安在车里那种微妙的气氛，“你不想说的话可以不说。”她说。

“不说就能代表不存在吗？”戴濛脸上蒙着一层苍白，很难说是睡眠不足还是别的，他说，“是我告发齐安的。我还觉得那是在帮她，我觉得她是走火入魔了。其实我才是真的蠢。我跟闻怀山说那天只有我和齐安值班，有段时间她特意把我支了出去。你知道吗，其实我在不在，对她来说完全没有影响，只是万一事发，我在的话会吃个‘工作疏忽’的处分。”

林九微没有说话。

人可以安慰他人的伤心，却无法安慰愧疚。她想起那第二个梦，那个痛苦的声音在梦里问她，“你怎样才能原谅我？”

水汽升腾，戴濛的脸在屏幕里变得模糊了，林九微的视线一花，一刹那间，戴濛消失了，桑绪出现在屏幕上，向她点头致意：“林警官，晚上好。”

林九微惊得说不出话来。

桑绪的脸出现在屏幕的右边，屏幕左边是他涉嫌杀死的人，坠楼死的十六个，头颅爆裂的五个，桑绪的表情却出奇的平静。

他说：“你不用报警搜索我的位置，找不到的。我已经出了北京市。”

林九微向屏幕上那第五名死者一瞥，死者死在上海。

桑绪说：“我只想和你聊一聊，弄清一些事情。或许也能帮你弄清一些事情。如果你报警，我会立刻消失，这样我们谁都了解不到更多的真相。”

“什么真相？”林九微问，脊背上冒着寒气。

“关于你究竟记得些什么。”桑绪问。

“什么叫‘究竟记得些什么’？”

桑绪说：“你应该记得我的，但你不记得了。”

那些梦境在眼前鲜活起来，林九微蓦然意识到自己被桑绪牵着走了，她闭了闭眼睛，说：“既然是为了我们两个都弄清点什么，那么你问我一个问题，我也得问你一个问题。”

桑绪笑了一下，脸上忽然有种林九微无法理解的亲切：“好的。”

林九微正悄悄报警，看见他的表情不禁一愣。

她说：“我可以回答你的问题：我的记忆力一向很好，该记得的都记得。你为什么说我应当记得你？”

桑绪的嘴唇抿起一点。他的表情总是这样，变化很小，比林九微想象中的所谓“人工智能”还要冷淡，但这变化很小的表情却表达出很复杂的感受，以至于实时情绪分析系统可以像分析一个真正的人那样分析他的表情。

“你不坦诚的话，”林九微说，“我看我们很难交流。”

“不是我不坦诚，林警官，而是有些问题我不知道怎么回答。你身上发生了一些事，我还没能弄清楚具体是什么，但我想一定是有原因的。”

林九微吃了一惊：难道桑绪知道她那两个梦的事？！

这时闻怀山的声音切进来：“小林，我们这边只能看到你，看不见桑绪，也听不见他说话。他肯定用了什么办法，技术部那边正在解决。定位专家正在搜索他的位置，你要拖住他，套他的话。”

林九微不动声色地问桑绪：“你的问题问完了，该我问了。你人不在北京，那在哪里？”

桑绪笑了笑，竟像是相当了解林九微：“林警官，看来你还是报警了。抱歉，我的位置暂时还不能透露给你。”

林九微追问：“‘暂时’是什么意思？”

“也许你会想起……一些东西，到那时也许我们能真正见上一面。”桑绪说，“林警官，我不光能看见你，也能看见你摊开在云端上的那些照片。你把这些人放在一起，是认为那些头颅爆炸的人也是我杀的？”

“难道不是吗？”

“你屏幕上的所有人，都不是我杀的。”桑绪说。

“那是谁杀的？”

“关于那场连环杀人案，我的确知道一些信息，”桑绪说，“但作为交换，我希望你也能告诉我一些东西。”

“告诉你什么？”林九微问。

“你的生平。”

林九微愣了：“为什么？”

“这是另一个问题了，我们最好先解决目前的问题。”桑绪说。

闻怀山那边听不到桑绪的声音，见林九微表现古怪，提醒道：“小林，不要被他挑衅，稳住心态。”

林九微也觉得这只能是一种挑衅，否则她的生平对于他的逃避追捕或脱罪能有什么帮助？

“我的生平你不是黑进公安局全看过了吗，还有什么可说的？”她问。

桑绪并不否认：“那么，家校、警校这些都是真的？”

“不然呢？”林九微感到匪夷所思，同时一丝隐隐的不安浮上心头，那种折磨人的直觉又来了，她直觉地感到桑绪并没有挑衅的成分，他所说的，和她讨论的，都是认真的。

“那不可能。”桑绪说。

“什么不可能？”

“不可能是你真正的人生。”

林九微感到微微的眩晕，她吩咐机器管家：“小耳朵，我要擦把脸，再给我倒杯水。”

热毛巾立刻递来了，林九微收拾了一把，问桑绪：“你那话是什么意思？”

桑绪却若有所思地盯着林九微的机器管家，迟了两秒才回答道：“林警官，之前我还不是百分百确定。我想你也许和她有关联，但未必就是她。”

“她是谁？”林九微问。

桑绪不回答，只说：“但现在我觉得，你只可能是她了。只有她才会什么都不记得，却还记着‘小耳朵’这个名字。”

林九微焦躁起来：“‘她’到底是谁？”

“她是我认识的那个林九微。”桑绪说。

林九微愣住了。

好像一瞬间被抛到外太空，无重力，无空气，只感到窒息和飘忽。

无数个念头挤在脑子里打架：桑绪在胡扯，桑绪在试图激怒她，桑绪……

“技术部已经发现了他的入侵路径。”闻怀山的声音把她拽了回来，“公安部那边指示，问案子的信息，两个案子。”

林九微看了一眼受害者们的照片，强迫自己镇定下来，问桑绪：“连环杀人案你知道些什么？”

“16个死者死的时候胸口都有六个洞，”桑绪比画自己左胸的位置，“上三个，下三个。”

“这个我已经知道了。”林九微说。

“人工智能里有一个大类是服务型产品，”桑绪说，“就和你的‘小耳朵’一样。服务型产品会和人类长期、近距离接触，安全性要求比普通的功能性产品要高。所以它们体内都有一个东西，专业的名称是‘稳态报警器’，用来监控人工智能的逻辑运行状况。报警器一共有六盏报警灯，上三盏，下三盏。位置和16名死者胸口的血洞一样。”

顿了顿，桑绪说：“林警官，我不光看了你的履历，还看了你们组的案情分析记录。有一条你们分析得没错，案子的确很像是人工智能对人类的报复性行为。”

“但是？”林九微问。

“对，是有这么个‘但是’”，桑绪苦笑一下，“但是——凶手不是我。我不是唯一的‘非人生物’。”

“证据呢？”林九微说。

“我认为杀人者也是个人工智能，能够变化成我的样子，当时好几个死亡现场附近都拍到了我的脸，但我并没有去过那些地方。而警方也没能在现场找到任何和我有关的直接证据。”

“这只是你的说辞，不算是证据。”

“的确不算，”桑绪说，“所以当年警方也不相信我的话。”

“后来呢？”

“后来我就一直被关押着。”

“你被关了多久？”林九微问。

“半年多。”桑绪说。

“一直关着？”

“没有直接证据能够定罪，我又不是人类，直接放人也不合适。”

“之后呢？”

“之后就下来了决定。”

“什么决定？”

“把我深冻、用于科研的决定。决定宣布的当天，我就被深冻了。然后我睁开眼，就到了现在。”

之前痕迹科的鉴定结果出来时戴濛很惊讶，虽然2057[75]号档案的解密时间被改动过，但纸质文档上的内容，尤其是“解档后做科研之用”这行字，鉴定的结论是没有改动过的，是原版。

办公室里曾讨论过，假设“解档后做科研之用”这行字也是改过的，那原先会是什么内容。戴濛觉得应该是“解档后立刻销毁”，但想想又不对，如果要销毁，当年就应该销毁，不需要再把桑绪的头颅保存30年。

托桑绪案的福，现在重案二组的刑警们聊起五十年前的人工智能时代，熟悉程度都堪比历史学家，也知道网络上关于那个时代的一些谣言，或者说狂想——也许是受科幻小说的影响，有一种阴谋论认为，取消意识模块事件很可能就是一场被精心掩盖的针对机器人的屠杀。以人类的屠杀本性，从人工智能时代平稳过渡到机器智能时代是不可能的。

屏幕里，桑绪问林九微：“林警官，深冻之前，我被告知深冻时间是三十年。那时候是2057年，今年是2110年，我一共被深冻了53年，这个数字显然不符合任何保密规定。你问了我很多问题了，而我想知道，解密时间为什么会被推后23年？”

“这个问题我们也正想问你。”林九微说。

“小林，”闻怀山说，“我们这边已经能看见桑绪的脸了，定位也快要出来了，继续吸引桑绪的注意力。”

但林九微说不清现在到底是谁吸引了谁的注意力。

她真希望桑绪那种亲切真诚的表情和语气都只是她的错觉，是他装出来迷惑警方的。

她想问桑绪，新的杀人案又是怎么回事，到底和你有没有关系，但看着屏幕里的脸，一出口问的却是：“你怎么会认识一个‘林九微’？”

桑绪看着林九微，他想两个人同过生死那不光是五十年，而是一百年以前的事情了，他们的过去要追溯到古老的2016年。但对他来说一百年是许多事情的超出想象，对于她来说则是完全不记得。

他也在犹豫，要不要说，说出来又会引发什么样的结果。他们到底是被命运的翻云覆雨手随机殃及的两条池鱼，还是精心设计的局里的两颗棋子，牵一发而动全身。

身后忽然有动静，晴天不知什么时候起来了，坐在床上，盯着门口。

门是关死的，门后垒了很多重家伙，以防不速之客。

这边桑绪不回答，林九微便听到闻怀山说：“拖住他，定位还有不到三分钟就能完成！”

然而林九微刚张嘴，猝不及防地，桑绪就从屏幕上消失了！

闻怀山恼恨地捶了一记桌子。

桑绪蹑手蹑脚地搬开门口的重物，打开门，门外只有穿堂呼啸的风。

他们住在这栋废弃大楼的四楼，一个可以俯瞰整片废墟地的房间。窗玻璃幸运地还存在，桑绪挂上了窗帘。此时晴天下了床，走到窗边拉开帘子，定定地望着窗外。

窗外是泼墨一样的夜，像凝固的黑色冰块。

桑绪关上门。晴天回头看了他一眼，仍旧定定望着窗外。桑绪顺着她的目光，看到黑蒙蒙的深远处，隐晦的光亮一闪。他的心跟着一跳。光亮消失了，像一个错觉，但几秒钟后，又是一闪，这次近了不少。

桑绪立刻把晴天推到床下，盖下床单遮严实。再看窗外，闪光不出现了，只剩混沌的夜。

悬浮的全息屏上跳出警报，绿色光点刺目地一跳一跳，像一个恶毒的幽灵。

警报来自废楼里原有的声感报警器，桑绪凭借过去的经验修复了线路，关联到自己的量子电脑上。这些线路同剥蚀的墙皮一样老，电线有一多半显眼地暴露在墙根外，不速之客却没有去掐断它们，任由光点在桑绪的全息屏上通风报信。桑绪盯着绿点，仿佛看见那人踏着冷酷的步伐，他的脚步轻极了，空旷的走廊里听不见脚步声，只看见屏幕上绿点一步步逼到门口，停住了，定定地闪着。

一秒钟，两秒钟，时间像皮筋，在不安的心绪中被抻到无限长。

桑绪听见自己喉结吞咽唾沫的声音。

没有敲门声，也没有曾见过的银色雾气无声地飘进来。虚空里仿佛有一个膨胀到极点的黑色气球，挤压着人的呼吸和心跳，但门内外的两个人谁也不去戳破它，都等待着。

桑绪贴在门框边，举着刀。

门板刺啦响了一声。

响声从低处传来。

一声之后静了片刻，又是刺啦一声。

接着又是一声。

桑绪举着刀，另一只手伸出去，握住门把手，一点一点拧开，然后猛地拉开门！

门外，一匹狼无声地静立着，它半边身体皮毛朽烂了，露出黯淡生锈的合金肋骨和塑料罩下的电子元件。

它抬起只剩半边脸的头颅，眼睛磷火一样闪着蓝绿色的冷光。它咧开嘴，发出的声音破碎暗哑，伴着滋滋的电流声："桑……绪？"

垂死般的声音和发着异光的独眼，像地狱的信使。

不见回答，狼的烂头颅歪了歪，慢慢地仰起来，盯着人："我找……桑……绪？"

桑绪问："你是谁？"

"我找……桑绪。"半死的机械产品像在镇静地发着疯。

桑绪探身张望，长廊依旧黑暗，没有一个人。

他盯着狼，盯了半晌，说："我是桑绪。"

"有……一个……口信，"电流声时轻时重，像随时会短路，"等我……找你……带上……"头颅忽然低下去，长长的尖牙反复切着，发出"嚓嚓嚓"的锉响，听得人脊背发凉。

"带上什么？"桑绪问。

狼强直起脖子："带上林……九微……时间不……多……了。"

"什么时间不多了？"

狼嘴半张着，不回答。

"什么时间不多？"桑绪又问。

仍是不回答，獠牙突出着，又说："等……我找……"

“你是谁？”

蓝色的电流炸开来，机械的畜生倒在地上，一个劲抽搐，一会儿就僵了。桑绪找了根木棍拨了拨，没反应。他蹲下来查看，发现自己认错了，这不是狼，是条像狼的狗，一条哈士奇雪橇犬。它脖子上套着脏污的项圈，把项圈上的名牌翻过来，狗的名字就像一根刺戳进桑绪的眼睛：烛九阴。

愣了愣，桑绪忽然摇晃起机械狗，晃得那么厉害，狗身上的零件哗啦啦作响。但那支棱着狗牙的长嘴里也再吐不出一个字，虽是无生命的东西，这时也死透了。

一只纤细的手伸过来，轻轻触着狗的皮毛。

桑绪这时忘了晴天是不通人言的，从项圈上揪着名牌，对女孩子说：“这只狗，我以前认识的。”

他像哭又像笑，但既不是哭也不是笑地那么咧着嘴。

一些事，久远的，又浮上心头。

他想起那个遥远的2016年的国庆节，海南的碧海蓝天与金色阳光下，他、小耳朵、骆沉明和林九微面对一桌子芳香的水果大快朵颐。在这无比愉快而惬意的时光中，曾有一丝像惊悚针一样扎进桑绪心里。

现在，昨日之日风流云散，桑绪才恍然了悟，这是因为那一刻的幸福太过饱满，饱满得都不真实了，太像一个不可能实现的美梦，使人害怕璀璨的阳光之外包裹着浓厚的阴影，下一秒，入口的琼浆会变成硫酸，美景尽化为灰烬，睁开眼，空空荡荡，异时空的荒原上没有星光也没有月色，只剩他一个。

桑绪将狗抱进屋，放置在墙角。全息屏仍亮着，他安抚了晴天，让她继续睡觉，然后回到全息屏前——他找林九微并不光是为了言语的刺探。

“……那个核心专家组连桑绪一共17人，连环杀人案的16名死者全是桑绪的同事。确定桑绪为重大嫌疑人的间接证据是在几个案发第一现场附近的监控里他都出现了，而桑绪认为真正的凶手是能够冒充他外表的人工智能。”林九微总结道，“死者的胸口都有六个血窟窿，而五十年前的服务型人工智能产品体内有一个稳态报警器，也有六盏灯，二者的数目和位置一模一样。”

“这些全都是桑绪说的？”闻怀山问。

林九微点头。不全是桑绪说的，有一半是齐安和钩沉系统的功劳，但也只能都算到桑绪的头上去。

“还有，桑绪也不知道为什么档案解密会延迟23年。”林九微说，“我觉得桑绪的话有一定的可信度，他骗我们没有意义。无论他是否凶手，我们现在都是要通缉他的。如果假设他不是凶手，那么连环坠楼案和爆头案的部分疑点就有了解释。”

“我认为他也没有同伙，”戴濛补充道，“否则他在医院里不用自己冒险逃脱，他应该等同伴来救，这样更保险。”

“不要预设任何立场，我们的职责是发掘线索，仔细侦查，只做有证据的推断，”闻怀山说，“还有一件事，小林，你最后问桑绪的那句话是什么意思？”

林九微一愣。

闻怀山问她：“什么叫‘你怎么会认识一个林九微’？”

那些梦和奇特的直觉，会议室里的同事除了戴濛没有人知道，那些感觉盘踞在她心里，掀起不安的浪。她说：“桑绪说他认识我。”

“什么叫‘他认识你’？”

“也许因为一开始就是我负责他的案子。”林九微思索道，“桑绪黑过公安局的网络，查看我们通缉他的进展，他还特意看了我的资料。”

会议室里有种悚然的感觉，许多关切的目光投过来，感到穷凶极恶的逃犯必不会放过女刑警，但林九微心里却在想另一件事。

她想，桑绪是个会冒险的人，但他不是个赌徒。他更像是个拆弹专家，深入最危险的地方是为了安全地摘走一只威力巨大的炸弹。他冒着被搜索定位的风险出现，和她互相打探，这就结束了？他的收获仅止于此吗？

“我觉得，桑绪找上来不光是和我说话这么简单，他也许还有别的企图。”林九微说。

技术部立刻去查，很快有结果，被林九微说中了，桑绪复制走了脑爆案的所有相关资料。

老房夸她：“我们小林是活的侦勘系统！”

闻怀山若有所思地打量她。

闻怀山也憔悴了，他平时缄默少言，有些严厉，但从不焦躁。现在他的胡子也不修出气派的形状了，剃得短短的。林九微看着这被潦草对付的胡须，想到开会前老房悄悄散布的小道消息，他说不光公安部和公安厅直接调查爆头案，现在连国安部也加入了进来。“可是爆头案再可怕，也不至于威胁国家安全吧？”戴濛问。老房神秘地摇头，国安部不是随着死者的增多而加入的，而是在得知公安部请历史专家调查2055年取消意识模块事件后才出现的。

另一名同事问：“取消意识模块那事儿有内幕？”

“谁知道，”老房摇着头，“我上网查了查，没查到什么靠谱的。不过你看，55年取消意识模块，56年桑绪开始杀那批专家，57年被抓，这几件事没关联？不可能。”

“老房，这消息你又是从哪知道的？”有人问。

老房向闻怀山的办公室瞥了一眼：“我正好听到闻组在跟同学打电话，他以前一个警校的校友在国安部。”

等到会议结束，林九微悄悄找戴濛：“我们出趟外勤？”

戴濛会意：“你找安姐查什么？”

“意识模块。”林九微说，“我本来想申请权限去国家档案馆查，但国安部一掺和，肯定申请不下来了。说不定所有资料都已经转移到国安部里了。”

但当晚他们谁也没能迈出刑侦大楼，消息从云端爆出，飓风一样席卷：重庆死了两个人，杭州一个，齐齐哈尔一个，全部爆头死亡。

“这非得是作案团伙不可了，”老房脸上挂着掩饰恐惧的不自然笑容，“我怎么感觉……像在玩那种杀人游戏？”

像杀人游戏吗？人们面面相觑，感觉更像是瘟疫！

11 问题少女

新闻报道了重庆、杭州死人的事，但警方的调查还没有初步结果。桑绪看着资料，北京和上海的脑爆案，死者一共五人。在这五桩案件里，法医断定受害人都死于头颅爆裂，此前没有中毒迹象，没有抵抗迹象，没有遭受过重击。这五人是在好端端的清醒情况下忽然头颅爆炸的，死者耳部结构和口腔的情况显示，爆炸点是在眼睛后方、额叶下部的位置，这就排除了凶手把爆炸物强行塞入受害者口鼻、耳道的可能。

也就是说，假如这五人死于他杀，凶手必然是想出什么诡异的办法，把爆炸物塞进了死者眼球后方、额叶下方的这个位置，而那时受害者甚至是清醒和有知觉的，完全有能力报警。警方推断，这对于普通人类而言不可能，对于由液体金属构成的桑绪也许并非不可能。

桑绪确信自己办不到这种事。

他或许可以把液体金属变形成流体与量子处理器的电路对接，但从人眼睛的某个部位一直游动到头颅内部，不引起对方的挣扎反抗，甚至不引起人的注意，这绝对办不到。一粒灰弹进眼睛人还要流半天眼泪。

更别说同时还要携带爆炸物。

资料上，警方爆破专家对爆炸物的描述只有一条：瞬间引起颅内极端高压。

这相当于在说长寿的秘诀是不要断气。

而爆炸物究竟是什么，体积、成分、引爆方式、爆炸强度，一概不知。因为“目前尚未找到确凿的爆炸残留物或遗迹”。

闭上眼，漫长的半个世纪对他来说只是不久以前。那时他常去妹妹的墓园，一待就是半天。墓园在山上，离开的时候走下山就是热闹的人间，人工智能产品来来往往，像人的影子一样常见而驯顺，一般来说以金属合金、塑合金居多，液体金属少见而昂贵，因为性能完备的液体金属原料是纯钼颗粒，这种金属只有月球上有。

桑绪是熟悉液体金属的，太熟悉了，这就是他如今的身体，那颗仅剩的头颅，现在每天每分每秒，费劲牵动着躯体，是一种切肤的与世界格格不入的沉重感。无可摆脱，让人对一些轻飘的东西格外留意——那片黑色闪金属银光的雾气自从出现在桑绪面前，他就没有忘掉过，因为同自己身上的液体金属同样熟悉。他在全息屏中输入“钼、氦-3”，他记得液体金属之后还有一次技术突破，是在纯钼颗粒中加入二位石墨烯，加工工艺中使用热核聚变反应，反应原料氦-3同样是月球的特产，这样生产出的成品不再叫“液体金属”，改名为“气-液合金”，这种新型合金不仅能形成液态，还能形成气态，漂在空中，黑色的一片雾里闪着银光，像在黑夜里洒下月光，于是有了“月光金属”的别名。

但月光金属的颗粒直径也大于人体细胞，无法自由地出入人体而不被察觉，但如果有新的技术突破，在这之上创造出来的新型材料未必不能。

搜索结果出来了，桑绪愕然地盯着屏幕。

月光金属的后身不是再一次技术革命，十多年前，地球与月球之间的地月运输线就因为技术缺陷而关闭，月光金属之后不是新的技术飞越，而是空荡荡的绝响，这种材料正如它的名字，成了人工智能时代最后一抹耀目的白月光。

那么爆头案只是恰巧与他的逃亡同时发生，但和他、和人工智能都完全无关？

全息屏幕上跳出来卫生部告全国居民的通知：全国发生未知原因的死亡事件，不排除爆发致死性传染病的可能，目前已发现北京死亡五例、上海一例、杭州一例……

桑绪注意到晴天无情绪地看了看屏幕，目光又转到他脸上。

桑绪打开画板问她：怎么了？

女孩不回答，只抛给他问题：那是什么感觉？

桑绪不明白，女孩子指着搜索结果：地月运输线关闭、月球开采项目全球性终结。她的好奇心像是具有某种奇特又难解的内在逻辑，异常执着，甚至有一丝莫名的冷酷。

桑绪回答说，感觉挺好的。

为什么？

因为这样的话——他指着屏幕上的一行字“月球开采项目全球性终结，含钼型液体金属终成绝响”，敲敲自己额头，这颗由含钼型液体金属构成的头颅——这样的话，日子就有尽头。

为什么？

桑绪不再回答，只是笑了笑。

液体金属也好，月光金属也好，都是有使用损耗的，性能越好，损耗率越大。但曾经钼在月球上有海量的矿藏。只要损耗能得到补充，人工智能就成了不死的。月球采矿停止了挺好，那么液体金属也是有寿限的了。一切都将有尽头——苦难、混乱和回忆，都有尽头。

12 劫持

戴濛找到齐安却费了一番工夫。几天时间里齐安又换了个地方，一个新的废墟地，也是建在地下，时间上比上一个形成得晚。

齐雪去世前正在做意识模块史的田野调查，调查地点基本是大大小小的废墟地。但意识模块的资料里还有比较关键的一部分是保存在国家历史档案馆，因为资料的敏感性，都是物质载体式保存，信息刻录在各种老式的存储设备上，网络上没有拷贝。

“最近也许有机会弄到那批资料。”齐安坐在床边组装荧惑Ⅳ116，荷电粒子光束手枪，洛伦兹力推动，她问戴濛，“罗刹海市，听说过没有？”

那是一个网络黑市，专门进行一些违法边缘的交易，有些干脆就非法，齐安的手枪就是从那里弄来的。桑绪的案子闹出动静后，意识模块的资料立刻热门起来，传闻罗刹海市近期即将举办主题市集，到时就会有人售卖一批档案馆资料。

“但是要价很高，我正在想办法弄钱。”齐安说。

戴濛算着自己账户里的存款，刚要说话，齐安倏地起身。

扔在床头的电子墨水屏幕上，一个触目的叉号正在靠近这片区域。

“你待在这里别动。”齐安把枪别在腰后，从床下拖出一只行李袋背在身上，不等戴濛反应过来就走了出去。

出门是一段坡道，静静的，只听见自己的脚步很轻地踏在地上，静得仿佛灰尘腾起的声音都听得。这里以前是一个大规模的地下停车场，一共十二层，电梯早已报废，只有坡道可走，一圈圈直径可观的环形廊道像远古巨蛇僵死的灰色尸体，盘踞在萧条的地下。正圆形的廊道向中心延伸四条直道，通到中央的正方形停车场上。

齐安住的地方是地下六层，一个上可杀进、下可退守的位置。

隐身在廊道拐角的阴影中，她拉开行李袋，从里面拿出一副手部外骨骼，外观像一只金属手套，熟铜色，每个指头之间像鸭蹼似的有一层透明膜相连。戴上以后，手套上的金属环像腕表一样自动在齐安手腕上扣合，然后她从袋子里拿出一把连环弩，背在身上，从后腰抽出手枪，解锁DNA保险栓。

地下停车场最上层西面的进口，灰蒙蒙的阳光里出现一长一短两道影子。一个佝偻着背的老头引着曹戒走进来，往六层指："你要找的人——"

"不用了，"曹戒站在尘霾缭绕的光线里，"我看见她了。"

老头扬起脸："那报酬——"

两瓶止疼药落进他枯枝样的手里。

"多谢，多谢……"药瓶在老头手中细碎地摇响，他曲着腿沿着廊道走开。

"齐小姐，你的装备很不错。"曹戒的声音从顶上空空地落下来，"但我只想请你帮我找桑绪的下落，报酬我们可以谈，不至于兵刃相见。"

"我没查到曹戒这个人，但我找到一个曹杰，九岁从上海的家校逃走。"齐安的声音像她藏身的阴影一样，冷冷地暗沉，"你的样子倒没怎么变，小时候就是一张讨人厌的脸。"

曹戒高高地站着，背阴，五官全在深黑的阴影里。他说："钩沉系统真厉害。"

齐安从荧惑Ⅳ116的微型瞄准镜里看出去，把人脸框在红色的全息射击圈里："钩沉系统还找到了亲历者口述的录音拷贝。你逃走之前，在家校里杀了三个人。逃走之后又杀了两个。你好像很喜欢杀人。"

家校……遥远的记忆在眼前一闪，幽咽的哭声，残忍笑着的眼睛，宿舍明晃晃的白炽灯冷酷地映照着挣扎的肉体。

曹戒闭了闭眼睛：“齐小姐，我的事情你要是想知道，我倒也可以说一说。只要你愿意帮助我。”

“出了家校，你一路往阖闾浮城逃，但警察没能在阖闾浮城抓到你，”齐安说，“你最后一次被人看见，是在阖闾浮城去往旧苏州的旅游专线上。后来，就再也没有人见过你。曹先生，你既然知道我有钩沉系统，也应该知道，钩沉系统是我母亲的发明。”

“姑苏大学的齐雪教授，”曹戒说，“听说是智能技术史方面的专家。”

“我母亲出事前，正在调查意识模块事件。”齐安说。

“对于她的离世，我深表遗憾。”

“旧苏州五十年前彻底荒废，那里的污染严重得老鼠都活不了，”齐安说，“曹先生，你是怎么活下来的？”

曹戒脱下破旧的皮大衣。他是边走边脱，手指扭开一颗颗被时间锈蚀得发黑的银扣，脱完以后把它搭在臂弯里，接着脱毛衣，挺不错的一件细羊绒毛衣，被他当成一张廉价的包袱皮，包裹住破破烂烂的大衣，安顿在墙角。

坚冷的脚步声再度响起，落进地下建筑恒久的空旷中，像铁块不断地沉入深水潭。

传到齐安耳朵里的说话声也更清晰：“齐小姐，你是不愿意帮我喽？”

“我不会用母亲的遗物帮助仇人。”齐安说。

“我是仇人？”曹戒解开衬衫袖口，露出手臂上的外骨骼，“齐小姐，我能问问齐教授查出了些什么吗？”

瞄准镜闪动绿色光标，目标进入高命中率射程范围。

齐安说：“不如你说说，要用钩沉系统查什么？”说完扣动扳机！

明艳的红色光团从枪口声速发射，瞬间把曹戒的脸映得血红，他猛地腾空跃起，没有助跳，却生生飞出半层高，他浑身骨裂般连绵作响，手臂上竖条状的外骨骼龇出无数尖齿般的铁片，咬住臂膀，他用这手臂在墙上一撑，身体便斜向弹出五米多，与第二枚紧追不舍的激光弹擦身而过！

齐安紧盯瞄准镜，接连四弹连发，直追半空中的人形！

焦热的气息扩散开。

曹戒落地，肩膀后面一道深深的烧灼伤，皮开肉绽，血迹迅速从白的衬衫洇到黑色的裤子上，冷汗湿透他的脸。他从衬衫下摆上撕下一条布，勒紧流血的肩膀。

齐安闪身到墙后面，调整呼吸，同时把枪悄悄伸出去，瞄准镜重新定位目标。

“我来的时候，带路的老头说齐小姐今天还有客人。”疼痛使得曹戒的笑容有些狰狞，流血的苍白与剧痛的晕红交错，脸上像挨了一巴掌，“齐小姐不叫客人出来一起对付我，看来客人没什么本事？”

瞄准镜定位成功，齐安果断出击，镜头里却忽地一空！

她一惊，刚觉得冷风从右耳掠过，右腰便挨了铁锤似的一脚，人跟着就斜飞了出去！倒地的一瞬间齐安举枪，然而又是一脚踢在她手腕，手枪一道弧线高高抛起，跌出廊道，向下落了一层，才听见它摔在地面的声音。

又一脚跟着风声扫到脸上，齐安狼狈地在地上滚避，不等起身就抽出连环弩，弩是早几千年前就发明的那种样式古老笨重的冷兵器，虽然也用一些现代的材料，唯一的好处是不难弄到。如果有得挑，她真希望手里是一把混沌5号，洛伦兹力驱动的反物质湮灭枪，能轻松干掉十个曹戒。或者烛龙89-B也行，激光轨道短突击步枪，特种部队服役的时候她管这枪叫“紫龙”，它喷射出的激光波有飘逸的紫色尾巴。她仅仅是出于个人爱好才去了特种部队，现在她的母亲死了，她要追索真相，手里却只有一把连环弩。

外骨骼冰冷地握着她的手，这是母亲送她的退伍礼物。

扣下弩机的一瞬间，透明的蹼状结构骤然发白，冰冷的表面变为温热。

这温热一直传到弩机上。

一连九支金属箭激射出去，速度之快，空气中甚至产生了焦糊的气味。

曹戒的瞳孔像是见了光的夜行生物，剧烈骤缩。

齐安看见他的身体扭曲出匪夷所思的角度，像挣扎出笼的鹰隼，又像长驱入水的飞龙，她在部队上过体术课，但眼前是她见过最擅长攻击与暴力的一具血肉之躯，一瞬间显示出的力度与不要命的劲头，让她曾见过的任何教科书式展示、经典影像与世界顶级赛事都沦为疲软的装腔作势。

她看见他一跃而起，在半空强行调转方向，好像作用于人体的各种物理规则与可能的损伤对他都无效，金属箭将他身后的墙壁凿出一个窟窿，他却借此穿了出去，齐安听见人体落地时的闷响，夹杂骨头与血肉撕裂崩坏的声音，但找过去，地上却只有粉碎的建筑材料。

站在瓦砾堆里，齐安忽然明白曹戒去了哪里——窟窿打通出来的廊道背后，就是她藏身的房间！

她发足狂奔，然而廊道尽头的门开了，曹戒满脸是血，一手钳制住戴濛的两条胳膊，一手掐在他喉咙口，他一使劲，戴濛就直翻白眼。

“齐小姐当过警察，该怎么做，比我清楚。”曹戒说。

戴濛挣扎着向齐安摇头。

齐安盯着他被掐得青紫的脸，慢慢地放下弩，顿了顿，把外骨骼也摘了。

戴濛肿胀的眼球下面控制不住地冒出泪水，透过这层颤巍巍的屏障，他看见齐安双手举过头顶，一步步挪过来。他使劲从喉咙里挤出声音，但刚吐出一个破碎的音节，卡在脖子上的手就收紧了。舌头从口腔里挤了出去，青绿的光晕在眼前旋转，缺氧的眩晕里，他看见齐安举在脑后的手悄悄向他做了个极其隐秘的小动作，才一瞥，曹戒的声音就低下来，贴在他耳朵边：“我只是借你的朋友去帮个忙，之后就放她回来。如果你报警，我就把人杀了。”说完，铁硬的拳头砸了下来，戴濛太阳穴一阵剧痛，昏了过去。

13 罗刹海市

林九微赶到的时候已经有心理准备了，但看见戴濛还是吓一跳："曹戒干的？"

戴濛半张脸像个瘟猪头，青紫肿胀，脖子手腕上也遍布掐痕。林九微立刻要通知警队，却被戴濛按住手，齐安做完手势，还向他摇了摇头，意思是不许报案。

"报案以后侦勘系统首先会把受害人的生平挖个底朝天，齐安违法乱纪的事没少干，就算救回来也会坐牢，就查不了她母亲的事了。"戴濛说，"而且她更担心的还不是这个，而是钩沉系统。钩沉系统会被没收，还会被暴力破解，唯一的结局就是报废掉。她一定宁死也不想看到这种事情发生。"

之后他说起齐安的手势，是两个数字，三、一。这是他们搭档时用过的行动暗号，表示方向，第一个数字表示小时，第二个数字表示分钟，"三、一"就是三点一刻，戴濛在房间里南北朝向三点一刻的方向找到一本纸质相册。齐安真的很喜欢这种老旧的东西。相册里只有一张相片，当年戴濛正式入队后重案组聚餐时的合影。

墨水屏幕有登录验证，一切生物验证都无法通过，戴濛试着把那张照片举到屏幕前扫描，两秒钟后，屏幕里问道："当前使用者姓名？"

"戴濛。"

扫描光移到戴濛脸上，虹膜匹配成功，屏幕解锁。

林九微看了戴濛一眼："看来齐安早就把你当成她的计划B了。"

戴濛沉默地浏览齐安的行程表，她今晚本来打算去罗刹海市。

林九微看着他流到眉骨的血迹："戴濛，罗刹海市我去吧！"

戴濛摇摇头："警察去黑市，万一被发现会记大过的。"

"搭档的时候就说过了，你是技术岗，我才是行动岗，"林九微说，"有你在外面看着，什么意外情况都好处理。你应该比我更希望这次行动成功，对吧？"

"不行——"

"戴濛，我是帮你的忙才不报案，"林九微说，"你也帮我个忙，罗刹海市让我去，好吧？"

暮色像帐幔一样从天边徐徐拉起，两人各自回到家，戴濛要了林九微的云端权限，对云端进行伪装，到时罗刹海市的筛查系统就读取不到她的警察身份，之后，他把齐安光脑里与"罗刹海市"有关的信息包加载到她的云端上。

过了一会儿，戴濛说："都弄好了，可以开VR模式了。"

"那我关通信了。"林九微说，这是罗刹海市的规则。

"如果遇到网警——"

"立刻退出，后面你来扫尾。"

"嗯。祝你一切顺利。"

入眼先是一段不算长的通道，通道尽头是铁栅门，现在关着，"罗刹海市"四个字在门上闪着绿色荧光，底下还附有这次黑市的主题——"意识之鲸"。林九微的心脏猛地突跳，好像曹戒也给她的太阳穴来了一拳。

意识之鲸，这四个字带来尖锐的熟悉感，竟使她同时感到强烈的诱惑与恐怖。

集市系统提醒她，距离开市还有一分钟，开始准入倒计时，过期不候。

意识之鲸、她的梦、对桑绪莫名而奇异的预感，一种越来越强烈的感觉陡然生出，就像最近越发频繁和严重的头痛一样——林九微觉得冥冥之中好像有一根看不见的线，牵引着她到什么地方去。

倒计时最后五秒钟，闪得人心烦意乱，林九微一咬牙，推开铁栅门。

眼前忽然黑了三秒钟，再睁开眼，就是虚拟市集了。摊贩铺面鳞次栉比，霓虹灯闪烁，闪亮的横幅悬空飘动，吆喝声此起彼伏，但满大街一个人也没有，只有影影绰绰的人形黑雾——罗刹海市规定每个用户的三维虚拟形象都不得具有任何特征，因此一眼望去，遍地都飘着鬼魂。

林九微脚下有一条只有她能看见的绿色路线，指引她找到预先联系好的交易对象，走到中途，她却被一顶暗红色的大帐篷吸引住了。

帐篷搭在集市边缘，说是帐篷，也不能百分百确定。罗刹海市是个黑市，市集上无论人、物还是建筑，一切都乱糟糟、混混沌沌、马马虎虎，力求不引人注目。那顶帐篷也是，外观模模糊糊，等走近了才看清原来并不是帐篷，而是一个洞穴，从里面闪出暗红色的光。广场出现一个洞穴多少有些不合理，而仿佛正因为不合理，反而人气最高，人形的黑雾像鬼魂投胎那样排着队进去，进去过的则排成另一队沉默而迅速往外出来，像一对魔鬼的动静脉。吸引林九微的却不是这个场景，而是洞穴顶上的标志，那是一本翻开的书，书上没写字，只画了一条鲸鱼，下方是个落款，叫“张臻”。

张臻，这个名字一下劈中了林九微，明明是个陌生的名字，却仿佛一种无解的痛楚一下从灵魂深处翻涌上来，要吞没她。

头痛隐隐袭来。

她几乎是呆愣愣地随黑色的人流走进了洞穴，走进去才发现那些红光是一支支罗列在墙壁上的红蜡烛，每支蜡烛底下写着几个字，细看过去，原来是地名，但都是林九微不熟悉的。看着看着，她看到了“北京大兴区××工厂”与“北京廊坊区××产业园地下车库”的字样，想了想，这不是齐安待过的废墟地的所在地吗？

不一会儿，她就跟着人流走到洞穴尽头，洞穴尽头没有恐怖的东西，只有一张大地图，做成羊皮纸样，每个人走过去，都拿走这张地图，沉默地离开，于是原地生出新的、一模一样的地图，提供给下一个人。

林九微依样拿了一张，发现地图上标注着全国范围内的“废墟地”地点，地图的标题是一行字：

藏有《意识之鲸》的废墟地到底在哪里？

洞穴尽头开有一个小门洞，大部分人拿着地图就离去，少数人却走进了那个黑魆魆的门洞，林九微跟过去，却被一个凭空跳出的黑色叉号挡住，叉号前面闪出灰色字样：请出示《意识之鲸》残卷或线索，通过真伪鉴定后方可入内。

林九微只得出了山洞，绿色的引导路线又出现在脚下，林九微脑子里却还在想着张臻和《意识之鲸》。

最后，在引导路线的尽头，她终于找到原定和齐安做交易的人，那也是个黑雾的人形，蹲在广场一角，面前放一个空的面口袋，他迎着林九微站起来，两人之间的虚空中浮现出“匹配成功”的字样。那人便从空的面口袋里掏出一个灰白色的包裹。

林九微正要接，却不知怎么迟疑了一下，忽然感觉对面的人影说不上哪里不太对劲，让人感觉他并不像一个黑市贩子。

也许是站姿过于挺拔，也许是伸过来的手太过理所当然，带着某种林九微特别熟悉的职业特性。

她问人影：“你是谁？”

话音未落，黑影的手臂一划拉，林九微的云端就跳出警报：您涉嫌从事网络非法交易，现已被网警标记云端身份——

天上轰隆一声炸裂，紧接着不是倾盆大雨，而是雷鸣般的长声警报！

一瞬间，所有的黑影疯狂逃窜，宛如乌云在地上狂卷，虚拟的人形四处溃散，随着警报声，罗刹海市启动了自毁程序，所有用户强制退出。退出走的是隐藏路径，黑市的组织者建议用户们暂时休眠云端，待完全退出VR状态再恢复使用，但林九微的云端已经被锚定，她的身份很快会被发现，警察参与黑市交易可不是闹着玩的，林九微一狠心，命令云端：“彻底关机！”

云端跳了三次红色警告，警告在VR状态下彻底关机有可能造成不可逆的精神损伤，重者会导致无器质性伤害的暂时昏迷，但林九微执意执行命令，于是，一股刺痛骤然穿透了头脑，林九微觉得眼前的世界被劈裂了似的迸发出一道白光，便失去了意识。

黑色的火焰在缭绕。

黑色的冰在撞击身体。

身体像既在上升，又在下坠，意识脱离了肉体而漂浮着，不知漂浮了多少年。

但这其中有一些能刺穿人灵与肉的耀眼白色，一阵阵打着闪。

是什么？

是谁……

慢慢地——也可能是非常快，感觉全都错乱了——林九微感觉到自己的存在，但只感觉到自己而没有其他东西，像跌入了时空的罅隙，跌入无尽的空虚。

遥远的，一个声音说："如果时间可以倒流，你希望人生从哪一年重来？"

心绪一霎拨动，身体跟着落了地。

她听见自己回答：14岁。

"为什么？"

"那年暑假，我看了个法医的纪录片，被迷住了。如果我没有看那个片子，我就不会遇到这些事情。"愤怒的情绪陡然萌生，林九微感觉到自己说话时咬着牙，声音像钢水，流出唇齿就变成钉子，"我也就不会碰到你这种渣滓。"

她听见了苦苦的笑声。

思绪浮浮沉沉，头好疼，眼皮重得睁不开。

很响亮的一声——啪！

林九微睁开眼。

手疼极了，手掌心红彤彤一片，面前的男人挨了这一巴掌，却冷笑着舔去嘴角的血迹。

他手里拿着一件东西，一支注射针头，针管是空的，形状粗大，像抽骨髓用的那种穿刺针——等等，抽骨髓和穿刺针是什么，医学词汇？怎么会如此自然而然地从她头脑里冒出来？

接着她认出男人的脸，不是桑绪的脸，不是桑绪那样混合着温和与疏离，眼前这张脸精彩得多，是一张热闹却冷酷的脸，热闹在眉梢嘴角的冷笑上，冷酷却在眼睛里。认出这张脸，男人的名字也就在脑子里自动跳出来：

张臻。

……张臻？！

《意识之鲸》的作者仿佛……也叫张臻？

张臻，张臻。

不知为何，从这张绝非善茬的脸上，林九微竟能读出一点罕见的伤痛来。

嘴角还在流血，张臻却不再管。他举着针头，不是像林九微担心的那样逼近过来，反而戒备地把针筒藏到了背后。

他问她："你从哪弄来的针筒？如果不是我正好进来，你打算往你的血管里推空气，是不是？"

不等林九微弄清情况，悬浮的感觉又来了，她跌入新的场景——

同一间囚室。

张臻死死按住林九微的胳膊，林九微奋力挣扎，张臻朝她脸颊猛砸了一记！

剧痛和金星都散去后，她看见张臻惊恐愤怒的脸，那么绝望的一张脸，像是恨不得掐死林九微，却又想把她从深渊里救出来。

他蛮横地从林九微手里夺去一样东西。

林九微捂着火辣辣的腮帮子，看清张臻手里竟然是一条欧泊项链，吊坠原本大概是椭圆形的，此时已被砸断，只剩下一半，锋利的断口正往下滴着鲜血。林九微感到胸口湿漉漉的，低头才发现白棉T恤的领口已被鲜血浸透，下意识用手摸摸脖子，脖子上赫然一道又深又长的伤口！

这么深的伤口，流了这么多血，她居然还能没事人一样地站着？！

"我费尽心思挑选的生日礼物，因为这是你第一次开口问我要点什么，没想到你居然这么'使用'它。"张臻攥着项链的手骨节发白，"上次是针管，再上次是床架上撬下来的钢钉，这次是我送你的项链。林九微，你——”他看见林九微的目光，抿住了嘴唇。

“我怎么了？”林九微冷笑着问他，“我一次次辜负你的好意，我没有人的心肝？你做那些变态试验之前没预想过这种情形吗？”

张臻说了什么，但声音肿胀模糊起来，眩晕的感觉再次把林九微抛入走马灯般变幻的场景，喧嚣的骚音像一阵阵的电击，鞭笞着灵魂。

林九微睁着眼躺了很久。

戴濛一直在云端上叫她，她没理，急得戴濛接连发来好几个红光乱闪的“紧急”字样。小耳朵滑行到她面前，章鱼形的上肢在她额头轻轻搭一下：“林九微，你哪里不舒服吗？”

林九微像是有生以来第一次看见它，惊异地盯着它柔软的上肢，然后伸出自己的手，盯了一会儿，闭上眼睛——白皙的皮肤忽然起了某种变化，像受到太阳照射的感光材料，细密地波动起来，变成了半透明的银色。

小耳朵后退半步，眨着晶莹的电子眼。

林九微默然地看着，变化还在继续，银色的手渐渐融化，像水银做的瀑布，慢慢从沙发上垂流到地上，淌成银色的一摊。

“你现在休眠，”林九微轻声吩咐机器管家，“删除五分钟内的记忆，删除不可恢复。”

小耳朵乖觉地沉静下来，默默回到玄关它的休眠充电位上，不动了。

林九微就任由自己的手在地上流淌着，接通戴濛：“怎么了？”

戴濛已经急过了头，这时反而冷静下来，问林九微：“你的云端在罗刹海市被标记了，是不是？”

“嗯，这次网警行动是哪个队负责？”

“不是公安局组织的，是国安局，”戴濛说，“我一知道这事儿就想通知你，一直联系不上。”

按理网络黑市一向归网警的管辖范围，林九微没想到组织这次行动的竟然是国安局。

“标记了多少人，知道吗？”林九微问。

“听说很多，”戴濛说，“光派到黑市现场的行动队就有将近三十个人。要么是齐安买意识模块史料的事情败露了，要么就是针对罗刹海市本身的。这次的黑市主题‘意识之鲸’也很蹊跷，网络上居然查不到一丁点资料。”

林九微思索：“我想想……”

但戴濛好像很赶时间，频频瞄全息屏上的钟点，打断林九微：“还有两件事要告诉你，一是又出现受害者了，三个城市同时通报的，西安、南宁和无锡，一共死了十三个人。听说上面正在争论，到底是恐怖袭击还是瘟疫，听老房的小道消息，好像还是倾向于瘟疫。”

“也就是说，桑绪的犯罪嫌疑越来越小了？”林九微问。

“可以说几乎不存在了，这一批死者里有一个精神重疾患者，身边二十四小时有监控，而且住单独的隔离病房。调查监控以后发现他根本没有和桑绪或者任何人接触的可能。闻组说，针对桑绪的重案组一个礼拜之内就会解散，交还给我们队管。但国安局的调查小组不撤，说是给我们提供一些资料上的帮助。”

林九微看着视频里的戴濛：“戴濛，你赶时间？”

“事情比较多，想一次性跟你说完，”戴濛勉强笑了笑，“而且我还得给你留点时间出来。”

后一句话林九微没听到，她正在走神，想着通常标记云端用户的24小时之内警方就会上门抓捕，按这次的情况只会更快，但家门到现在都没有警察上门，国安局的效率这么慢？

正想着，戴濛又赶着说道：“还有一件事。”

“什么？”林九微问。

“齐安给我的虽然是不完全权限，但我发现，它不光能看罗刹海市的日程，好像还可以干点别的，”戴濛说，“我就在齐安的电脑里找了找，找到一个隐藏文件夹，也是使用照片和我的虹膜双重扫描以后就解锁了。”

“是什么东西？”

“我已经全部传给你了。”戴濛说，深深看了林九微一眼，“林九微，你一定要把齐安救出来。”

液态水银般的手随着心念恢复成逼真的人类手臂，林九微从沙发上坐起来：“戴濛，你这话是什么意思？”

戴濛又瞄了一眼时间，“不光是文件夹，另外还有一批资料，也一起发到你云端了，那批资料是阅后即焚，今晚12点之前要看完，否则会被发现。”

“发现什么，被谁发现？”

戴濛笑了笑：“国安局。”

林九微听得懵了：“你疯了，从国安局偷资料？你为什么要去惹国安局？”

“是他们主动找到我的。”戴濛笑了笑，“林九微，你和齐安都愿意跟最难对付的事情死磕。我就不行，我是那些平庸的大多数。我以前以为这种中庸是聪明的做法，但我后来发现，这种只要自己日子太平、不管别人死活的做法，总有一天会反噬到自身，让我错过一辈子最重要的东西。”

林九微终于从戴濛脸上看出了一点不同寻常的东西，他尽管急躁，却并不惊慌。

她问戴濛：“国安局为什么会找到你，你干了什么？”

戴濛反倒变得很轻松：“你是用齐安的身份认证进的罗刹海市，你还记得吧？”

林九微点点头。

“而齐安的电脑，是用我的生物锁解锁进入的，”戴濛说，“你进罗刹海市前给了我云端权限，我把标记路径也替换成了我。这样，登录齐安电脑的是我，被标记的也是我，国安局当然会找到我。他们联系到我，让待在原地等待批捕，我不顺着云端到他们内部弄点意识模块的史料，有点亏吧？”

林九微惊呆了。

“假如你知道齐安的隐藏文件夹里有什么，你也会想要意识模块的史料的，这两样东西拼起来，能说明很多问题。”戴濛说，“小林姐，我实际上是把麻烦事全推到你头上，自己开溜了。所以作为补偿，我帮你扫掉了一点障碍。”

林九微嘴巴张了张，却什么都说不出来，这时戴濛那传来了敲门声，还有隔着门冰冷沉闷的说话声，看不见人，只听见公事公办的宣告："嫌疑人戴濛，你涉嫌向无关人员泄露重大案件内情、以违规手段侦查案件、以公职人员身份参与黑市非法交易、等待拘捕期间还窃取国家机密等，现将你批捕……"

林九微明白过来，桑绪案以来两人为了查案不择手段，而戴濛所谓的扫除障碍，是把这些罪名全揽到了他一个人头上。

她想，原来戴濛一直喜欢齐安。

"小林姐，我觉得有些事，也许真的发生过。"说完这句意味深长的话，戴濛切断了通信。

公寓门外是国安部的警察，戴濛平静地把手伸出去。通常都是他们这些警察对别人做这个动作，把标记枪打在别人手腕上，嫌疑人一旦逃跑，植入手腕的电钮就会电得人浑身麻痹。很轻微的一声，戴濛手腕上多了一个红色的小圆点，像一粒朱砂痣。

14 意识模块

挂了通信，林九微才发现还有不到两个小时就是午夜十二点。

她立刻将云端的时钟设定成有声，赶着秒表的滴答声，生吞活剥地看意识模块的史料。

等看完最后一个字，两眼发直地抬起头来，距离十二点还差二十秒种，在这二十秒钟里，林九微才像在水底下憋完气出来似的，张嘴长长地吸进一口气。十二点到了，文件在全息屏上消散，伴着这无实质的灰飞烟灭，林九微慢慢地把气吐出来，一面发着怔，把食指横在鼻子底下试了试，捻捻指头，发现她的呼吸居然跟真人一样带着些微的潮气。

盯着手指尖上压根儿看不见的潮气看了一会儿，她才去看戴濛在齐安那找到的文件夹。

她惊讶地发现文件夹的名字是“齐雪”。

文件夹里总共包含了近百份文件，有资料，有论文，也有各种形式的素材。排在第一份的却是齐安留给戴濛的一段音频：

“戴濛，我母亲最为珍贵的学术心血都在这里了。她将它们藏在一个废墟地里，很小的时候母亲做田野研究时带我去过，我们在那里留下了很美好的回忆。我被革职后继续调查母亲的死因，来到那个废墟地，才意外得到这些东西。种种迹象都表明，杀死我母亲的人也曾试图找过这些资料，终究没找到。如果你得到这批资料，说明我的情况很糟，也可能是死了。但我的生死不重要，重要的是不能让那拨人得到这批资料，不要让他们的阴谋得逞——我正循着我母亲的遗志调查这批人，我确信，我离弄清他们的阴谋已经很近了。”

关上音频，林九微按顺序查看这些资料——或者说是齐雪教授的遗作。

齐雪把这些资料装订成了一本厚厚的虚拟笔记册，打开来，就看见齐雪留在扉页上一行醒目的手写字迹：

意识模块到底创造出了什么？

笔记册最开始收录的是齐雪教授早期的研究内容，她研究智能技术史，在研究生时代，她的毕业课题是《阖闾浮城的历史背景如何影响它的兴建与规划》。

阖闾浮城位于旧苏州的垂直上方，是一座悬浮在天空的城市。现今的时代，气候与科技都发生巨变，陆地已经不是城市唯一的生存方式，有漂浮在空中的，比如阖闾浮城，有半浸在海中的，比如上海，这是受冰川融化海平面上升的影响，但先进的供氧系统和海水种植技术使其繁荣一如往昔；其他还有地下的和漂浮在海上的。

半个世纪之前，国家启动去意识模块项目，并拟定苏州作为已安装意识模块的人工智能的集中销毁地点。当时苏州是全国最大、最主要的人工智能生产中心，垄断了国内几乎全部人工智能的生产制造，供应链甚至铺向全球。

在当时，彻底销毁人工智能主要使用偶氮池，池中溶解在有机溶剂中的偶氮化合物会与液体金属结合形成络合物。但由于去意识模块销毁的人工智能数量规模太过巨大，需要的偶氮池规模都超过了太湖的占地面积，最后，专家们研究决定使用无人机空中喷洒偶氮溶液。但这样会造成土壤和水源的污染，新研发的“月光金属”由于挥发性甚至会污染空气，预计三百年之内无法完全消除影响。

阖闾浮城就是在这样的情况下作为苏州的替代城市兴建的，建成后，从苏州大市范围内迁出的居民从临时居住区回迁至阖闾浮城。

而阖闾浮城这个名字，就来源于苏州在春秋时作为吴国都城时的名字“阖闾大城”。苏州成为又一个废墟地，渐渐地，人们提起它的时候习惯在它的名字前加一个“旧”字，这个“旧”，就代表了现代人对这片废墟地的遥远和陌生。

林九微伸出手，在灯光下端详自己的手臂，银色的波浪再度泛起，这次一直从指间向全身辐射。就是这种散发出非自然美感的东西，毁灭了一座历史悠久的古城。

不过似乎也不可惜，这世上的一切，有什么是没有被人类毁弃糟践过的？

连她生活着的这个北京，也已经不是原来的那个北京。假如这新的北京城有灵，它会怎样定义它自己？

看见人们在城内用AR技术重建的紫禁城与圆明园，它会感到茫然而痛苦吗？

而“林九微”这个名字与镶嵌在头脑里的记忆，原本又属于谁？

也许只有那些诡异的梦是真的。

也许，连梦也不是真的，只是机器的运转故障而已。

林九微继续翻阅资料，发现由阖闾浮城开始，齐雪又对苏州产生了兴趣，继而开始研究意识模块的出现与消失对苏州、阖闾浮城两座城市的影响，她搜集、整理和研究了海量的资料，最后从中发现了一个问题：人数不对。

人数不对——或者说人工智能数不对。

那时齐雪已经是姑苏大学历史系的教授。为研究去意识模块对苏州的污染有多严重，她带着研究生实地考察了苏州东部的人工智能产业园，这座产业园早已荒废，但还比较完好地保留了当年集中销毁人工智能的厂区。取样调查后通过计算机高精度模拟和计算，齐雪发现计算得出的被销毁的人工智能数量比政府公布的少三百多台。

被销毁的人工智能总数有二百多万台，但齐雪反复计算后，计算结果始终不变，就是比官方公布的数字少三百多台。

她又花了好几年时间调查、核实官方的统计数据，发现官方的数据来源可靠、计算方法准确无误，并且为避免民众联想到种种科幻故事里人工智能与人类的恩怨情仇，引起不必要的恐慌，统计数据在反复核对后才公布，并向民众保证，销毁过程中绝对没有一台遗漏。

两边的计算结果都绝对正确，只是由此导出了一个绝对诡异的结论：去意识模块事件里，有三百多台人工智能不翼而飞，国家、个人、制造商、智能技术专家——没有人类知道被销毁的人工智能里神不知鬼不觉地少了这么一小批。

于是齐雪计划再来一次苏州之行，调查那三百多台人工智能的下落，但就在即将启程的前一天，她死于意外坠楼。

看着满屏的论文、资料，林九微想，齐雪教授终其一生所寻找的那块缺失的拼图，真相祭台上那瓶让人惊艳也要人性命的鹤顶红，今天终于被戴濛以自毁前程的方式从国安局找了回来。

同时也明白了和齐安第一次见面时，齐安为什么在看见桑绪的素描画像以后放他们进了门。

国安局的资料里有一样最为关键，是一段口述回忆，回忆者是当年调查连环杀人案的重案组组长。他提到，连环杀人案虽然在桑绪被深冻后就结束了调查，但他始终不能彻底放下，自己又追查了一段时间。他从法医那里得知了一个疑点，案件一共有16名受害者，但第16名受害者的死亡时间在法医科中曾经引起过争论，有一名经验丰富的老法医认为，第16名死者的尸体可能被处理过，其真正的死亡时间可能反而早于所有的死者。

谈到这里，组长又想起一件似乎是不相干的事，他说清点第16名死者的财物时，发现他有一台人工智能管家找不到了，检查死者的日程，发现他曾经联系人工智能维修站上门回收这台管家，并且在联系单里填写了处理要求“彻底毁弃”，但第二天维修站上门时，他又说管家已经被他扔掉了。由于当时一台管家价格并不高，报废时一般人为了省运输费和处理费，直接扔掉的不在少数。或者叫了维修站，又变卦不想出费用先行扔了的也有。最后核实过这台管家并未安装意识模块，这件事就被划出疑点清单了。

林九微出神地望着屏幕：一台下落不明的待报废智能管家，三百多台不翼而飞的待销毁机器，一个死亡时间成谜的死者。

旧苏州——如今人们是这么叫那座城市的，被污染、被废弃，那样的一座废城里，埋藏了怎样的往事？

戴濛临走前的话在耳边响起来：“小林姐，有些事情也许真的发生过。”

林九微盯着自己银色的手臂，成瘾症患者那样克制不住地盯。这些银色的流动物把造物主人类模仿得以假乱真，以致在发现真相后，林九微就像任何一个遭受打击的人类那样，感受到从灵魂深处开始龟裂。

没来由的，一片幽眇的、不知为何有些走调的歌声又从脑海深处渺渺茫茫地飘出来：

问君此去几时还？

来时莫徘徊……

这么说来，她追捕桑绪还真是无巧不成书，一个赝品人类追逐另一个赝品人类，已经超出了巧合的范畴，近似阴谋了。

15 旧苏州的囚徒

导航仪显示，距离苏州还剩半小时的路程。

齐安一上车就被注射了镇静剂，一路都歪在座椅上昏睡，趁着难得闲暇，曹戒从口袋里拿出两张纸，他把两张纸都展开，对照着看，一张纸上是他身体情况的倒计时，还有不到一个月的时间，常年超负荷装备外骨骼的恶果就会让他失去行动能力，但他只在这张纸上扫一眼，注意力就全集中到另一张纸上，这是一张生命日程表，表上显示，琉璃的时间只剩下二十天。

二十天之内，如果还找不到桑绪……

疲倦、疼痛，而心情的焦虑更放大了身体的不适感，曹戒感到身上像慢慢浸入冷水那样，一阵阵的发沉。

车开进苏州上空，天色暗了。这不光是黄昏的缘故，阖闾浮城就悬浮在苏州城上方，如同一片固定的阴云，阖闾浮城渐渐兴旺发达的半个世纪，也是苏州城再也见不到阳光的半个世纪。

现在的人都管苏州叫“旧苏州”，这个习惯是从当初阖闾浮城建成之后兴起的，经过半个世纪，“旧苏州”已经约定俗成地成了一个地名，就像新奥尔良或者新西兰一样。但琉璃一直称呼这座废城它的本名，因为他生于斯长于斯，苏州对他来说一点也不旧，就像你很难从朝夕相处的人身上太清晰地感知到岁月的流逝。

天色越发阴晦，不久，雨滴就噼啪地打在车窗上。

曹戒对于苏州最初的印象就是雨，终年没有日晒，阴湿多雨。这雨在人去城废之后，就再也没有江南水乡的那种温柔，一旦下起来，满世界的雨从天上冲杀到地面。许多年前，曹戒就是在一场大雨里被追赶着，慌不择路地闯到苏州，那一天，灰蒙蒙的雨幕里，一个银色的幻影月光一样流照进他年少惊惶的眼睛，在岁月中磨损的智能合成音有种诡异的温柔："要是一辈子都得在逃跑中度过，可不能算活过。想真正活一回吗……我教你。"

心魔作祟，回忆织成的梦境里，人世间的雨水不断倒灌进他栖身的地下室，那银色的幻影却迟迟不出现，狂暴的水流逐渐淹没陋室，从曹戒下巴、鼻子、耳朵，一直淹到头顶，于是他叫着"琉璃"这个名字惊醒过来。

原来车子到达目的地了，正颠簸着降落——这是台破车，和苏州的一切东西一样，老旧、满身病痛、无人问津。车一落地，门还没打开，等了许久的同伴们就都围拢上来，抻着脖子往车里张望，乱哄哄地问："还是没抓到桑绪？"

曹戒戴上呼吸面罩，推开车门："琉璃怎么样？"

"在休眠。"有人回答他。

"他这几天都休眠多久？"曹戒问。

"每天十六个小时，"那人说，"从昨天开始，增加到十八个小时了。"

曹戒抬头看了一眼天，雨在天上急惶惶地狂奔。

再见到齐安是三天后的事。

齐安已经憔悴得有点脱相，但没有发疯。

这三天里，同伴们遵照曹戒的吩咐，只供应给她极少量的水和食物，狭窄逼仄的囚室没有窗，四壁都爬满从潮湿里孳生出来的霉斑，青黑的连成片。强光灯在三天中二十四小时不间断地照射，饮食也故意不按时提供，意在扰乱囚徒的睡眠和生物钟，破坏她的时间概念，让她崩溃疯狂。

曹戒预计到齐安是块硬骨头，只是没想到开门进去时，齐安在强光底下闭着眼，竟低低地哼着一首歌，调子还有些耳熟。

曹戒提了一把凳子，放在齐安面前，坐下问道："你唱的什么歌？"

齐安抬起头，三天内迅速苍白枯瘦的脸上，一双眼睛被衬得很大，很深，一笑起来，脸像是有碎裂的危险。“审讯嫌犯，要么是先震慑，给个下马威；要么怀柔，先套近乎。看来你挺会套近乎。”

曹戒说：“我们也可以不套近乎，只做交易。”

“什么交易？”

“你用钩沉系统帮我找到桑绪，我告诉你齐雪教授的死因。”

“我母亲的死因是他杀，这我已经知道了。”

“但凶手还没找到。”曹戒说，“你找到桑绪，我就告诉你凶手是谁。”

“你帮我杀了凶手，我才帮你找桑绪。”

曹戒伸出手：“成交。”

齐安却不和他握：“曹戒，做生意就要有诚意。你先说说凶手是谁。”

曹戒不说话。

齐安说：“你作为一个人类，混在一群非人玩意儿里面，是什么感觉？”

曹戒仍不答，拇指慢慢地抚玩皮衣上的银扣。

齐安说：“在一群拼命扮演人类的工业废品里面，作为一个人类特别满足吗？这是你的特殊癖好？你当年从家校逃出来，一路逃到旧苏州，才终于找回点做‘人’的自信？”

有一瞬间曹戒像要站起来，但最终没动。“继续说，齐小姐。”

齐安不说话了。曹戒反倒遗憾地叹了一声：“齐小姐，要说家校真正教会了我什么——那就是让我的忍耐力，比普通人要稍微强一点。”

“其实不用激将，我也很愿意展示我的诚意。杀齐雪的凶手，是我。”他顿了顿，欣赏齐安脸上呼吸一滞的表情。“不过我做得很体面，我对齐雪说，‘假如不希望您女儿遭遇不幸，您就应该从家里的阳台不小心摔下去’。”

齐安猛扑向曹戒，然而刀光一闪，雪亮的匕首尖逼刺住她的喉咙。

“齐小姐，”曹戒冷酷的眼睛盯住齐安通红的眼眶，“你最好冷静下来，把交易做完。”

齐安把嘴唇上的哆嗦吞咽似的压下去，眼眶的红色浸到眼球里，眼球充胀着血丝：“交易？你准备在我面前自杀谢罪吗？”

曹戒点点头：“我的确是这么打算的。而且我说话一向算数。”

“那你现在可以死了。”

“不急，”曹戒笑道，“等抓到桑绪，我才能死。”

“外面那些人工智能和桑绪有什么恩怨？”

“这一点，不便告知。”曹戒说。

“为什么要杀我母亲？”齐安问。

“齐小姐，你帮我找到桑绪，我一条命赔给你。既然是交易，就应该讲个有来有往，不能太贪心，对吗？”

“警方审讯犯人一般来讲遵循循序渐进的原则，”齐安说，“如果一来就上猛药，断水断粮强光照射，说明破案时间特别有限，狗急跳墙了。你急，我不急。曹戒，我再问你一遍，你为什么杀我母亲？”

曹戒的眼睛像两粒硬石子，冷硬地嵌在眼眶里。

“曹戒，”齐安说，“我不光要知道我母亲的事，还要知道相关的所有事。你回答我，我们交易，你不回答我，杀了我你也破解不了钩沉系统。”

“知道了你打算怎么样，逃出去？”

齐安一笑：“但咱们俩都是不信命的人，不是吗？”

半晌，曹戒说：“齐雪要调查当年发生在苏州的事。”

“当年在苏州发生了什么事？”齐安问。

曹戒不答，齐安说：“世界上都流传人类当年屠杀过机器人，来这里这么多天，观赏了你的那些‘同伴’，我更加相信这事儿了。”

曹戒说：“齐小姐，我跟你聊聊你母亲关心的那个‘真相’，你告诉我钩沉系统是怎么来的，它的搜索能力为什么强大到超过现今机器智能的水平，怎么样？”

“可以。”齐安说。

曹戒收回刀子：“说起来，那个‘真相’和我们找桑绪这件事也有关系。你之所以发现这里除了我全都是人工智能，不是你特别有眼光，而是他们根本瞒不住，对吧？”

的确是瞒不住，送水的也好，看守的也好，每一具活动在齐安眼前的人造躯体，都带着不同程度的残损：一张容貌姣好的脸孔，脖子以下却是泛着森然冷光的金属身体；或者两条肌肉充盈的臂膀，配一副可怜的骨架；还有一个人的下肢只是两根细杆，完全没有腿的形状。

每具躯体都像怪异的拼盘。

“人工智能使用的主要材料有两种，液体金属和月光金属，”曹戒说，“这两种材料都要用到月球上开采的钼。但地月运输荒废了这么多年，钼在这个世界上基本是不存在了。桑绪的出现，等于一个雪中送炭的补给包。”

齐安恍然：母亲的遗作里写到过，人工智能在使用中会消耗自身的材料，需要按时检修与补充。那些“拼盘”原来是牺牲了外形，用自身有限的材料来维持基本功能。而人工智能的材料在升级换代后，大多使用月光金属，只有早期产品才使用液体金属，根据母亲的统计，现今世界液体金属比月光金属更罕见。桑绪的身体是液体金属构造，因此需要用他来“补给”的，必然是一台年代古老的机型，这台机器即便在这个人工智能的小王国里也是独一无二的存在，没有同类能够匀点材料来接济他。

“那个需要补给的，是你们头儿？”齐安说，“你们现在狗急跳墙，说明这个老东西就快要报废了——”

曹戒伸出手，但只伸到一半，他的手一直到手指都装有外骨骼，在日光灯下森森地闪着光：“齐小姐，你刻意激怒我，是为了趁机搜集有价值的信息，说不定还打算等我一怒之下掐你脖子的时候，顺走我袖子里的匕首。”

他平静下来，说：“在我们这不说‘报废’这个词，我们说‘死亡’。”

“这么沉迷于扮演人类的游戏？”齐安憔悴乌青的眼睛里泛出讽刺的笑意，“我倒不觉得‘人’是多么值得羡慕的身份。”

“这一点我同意，”曹戒说，“但死亡有葬礼和悼唁，报废的下场仅仅是垃圾场。我们不是模仿人类。建立与探索‘死亡’的意义，是所有智慧生物都会做的事。”

“你们是比人类更高级的智慧生物？”

“未必高级，但至少是另一种。”

“那你们是怎么来的呢？”

“和人类一样，产生于一个自然意外，成就于我们自身。”

“什么样的‘意外’和‘成就’？”

“五十年前，意识模块刚刚研发成功，还没过实验室标准检验的时候，17人的核心专家团队里面有一个技术狂，他偷偷把自己的家庭服务型人工智能带到实验室，安装了意识模块。”

像一粒火星落到干草堆上。

那些被母亲的死亡所烧灼不能成眠的夜晚，疯魔一般地彻夜钻研母亲留下的遗作，现在，曹戒的话像一道强光，把那些烂熟于心的资料洞穿了——那无故消失的三百多台人工智能！

意识模块被叫停时，按照估算，人工智能中安装意识模块最长的也还不到一年，发展出的意识不会超过一只蚂蚁，人类剿灭白蚁，不能算是杀戮。但假如有一具人工智能早早地安装了意识模块，从它安装到意识模块叫停，时间超过四年——意识的发展是呈指数形式增长，一年与四年，用人类来打比方，相当于两岁的孩子与十六岁的青少年，而人工智能的运算能力还要远超人类大脑。

“去意识模块事件里有三百多台人工智能不翼而飞，是他干的？”齐安问。

曹戒一笑：“这之后，他还杀了发起去意识模块项目的所有核心专家。”

“他为什么……”

为什么要救人工智能和屠杀人类——齐安觉得也不必要问了，许多故事，甚至不光是那些仅仅关于机器生物的荒诞不经的科幻故事，都讲述过孤独的人是怎样失去理智般地疯狂抵抗孤独。让这样一具机器目睹几百万同类即将被销毁，哪怕那些机器从思维和精神上来说并不能算他的同类，只是几百万和他有相似躯壳的蚂蚁，他的心情……

囚室内有片刻的空寂。淡淡的，代表陈腐与肮脏的霉潮气味在两个人类的周围飘荡。

所以有些事的确是发生过，齐安想，屠杀的确是发生过。

不过不是单纯的人类发明人工智能，赋予它们灵魂又毁灭。而是意外“活”过来的生物出于生存这一远古又原始的本能，充当了自身族类的创世神。

“但桑绪不是你们的一分子，他的诞生要早于意识模块。”齐安说。母亲的资料里提到过，意识模块只是人类从人工智能向机器智能迈进的种种试探之一。“桑绪醒来以后，全国各地像瘟疫一样开始死人，是你们干的？出于什么目的？”

“齐小姐，”曹戒说，“说了这么多，我的诚意你看到了，现在该你谈谈钩沉系统了。”

沉吟片刻，齐安说：“其实，我一直以为钩沉系统是你们这些人的发明。”

曹戒无奈地摊开手。

齐安说：“近十年前，我母亲在罗刹海市一次交易中换到了这个东西，当时它只是一段完成度不高的数据材料，有完整的设计框架，但细节欠缺得很多。母亲对它进行了修复和完善，命名为钩沉系统。她的本意是用它查找一些传统搜索工具会忽略的可信度不高的资料，比如人类屠杀机器人这样的谣言，用来调查那三百多台人工智能的下落。没想到它的实际搜索能力远超预期。母亲根据钩沉系统的框架结构寻找这东西的来源，结果发现，它的设计思维远超现今所有的搜索工具，甚至有一多半她并不能够理解，让计算机分析，不管分析几次，结果永远是一堆乱码。”

曹戒听得很认真，眉心微微皱起，不像作假。

“我母亲也问了一些懂行的人，结合她自己的使用体验，她觉得钩沉系统的原始设计者不太像是人类。”

“所以才猜测是我们的。”曹戒说。

齐安点点头：“现在看来，如果你们的文明水平已经远超人类，你们也不至于连身体的残损都对付不了。”

“齐教授最后找到钩沉系统的来路了吗？”曹戒问。

“我母亲最后认为钩沉系统也许是偶然的产物，并没有一个明确的发明者。”齐安说。她用钩沉系统的来由从曹戒这换到了足够多的信息，现在话说完了，一种冷冷的快意从心底里孳生出来，她想，曹戒大概很崇拜那个急需桑绪做急救包的“头儿”，也许还不只崇拜，总之他是把钩沉系统当成了最后一根救命稻草，但是——“曹戒，有一个事情我最好还是提前告诉你，你找我之前我就用钩沉系统搜过桑绪了，结果是根本找不到他。我虽然是很愿意帮你，但你最好不要抱太大希望。”

曹戒愣了片刻，但随即，他微微笑起来。他的笑意总是很浅，好像这个世界是有那么点可笑，但说到底又没什么值得他笑的东西。

“齐小姐，活的人找不到的话，死的建筑钩沉系统总能找到吧？不管桑绪怎么逃，有一个地方他是一定会去的——可能连他自己都还没明白这一点。那地方是一个地下实验室，建造者是一个叫张臻的人，更多的资料我会派人送过来。请你找到那间实验室的地址。”

说完，他打开囚室的门，一张底端带滚轮的写字桌被推进来，上面放着曹戒从齐安的住处一并带走的电子墨水屏、全息投屏器等设备：“齐小姐，你可以开工了。提醒一句，免得你做无用功。数据流我们已经设置了只能流入，不能流出，你发不出任何消息到外界。”

“对了，”走到门口，曹戒回过头，“还有一本书也请你一并找一下，书的名字叫《意识之鲸》。”

“《意识之鲸》？”

“这本书在世上留下的痕迹很少，网络黑市里也只能找到一点很零星的残卷，真假难辨。只有一条消息是比较可靠的——《意识之鲸》的作者也是张臻。”那种冷酷的浅淡笑意又出现在他嘴角，“免费告诉你一件很有意思的事情，这个张臻，据说还是桑绪的制造者。”

囚室的门关上了。

齐安闭了闭干涩困倦的眼睛，打开全息屏。

钩沉系统出现在界面上，但齐安没有立刻建立《意识之鲸》和桑绪的搜索项目，而是从右眼取下一片软膜。软膜是透明的圆环状，空心。这是一种老式的人眼摄像设备，早就停产了，唯一的功能是拍下眼睛看见的东西，没有任何数据处理与联网功能。因此搜身的时候没有被人工智能们扫描出来。

齐安把软膜放到墨水屏上，两样淘汰设备彼此匹配，全息屏上立刻重现了曹戒用刀抵住齐安喉咙的画面。

齐安让计算机抓取画面上的所有建筑物细节，拼凑、建模，得到全景图像。

十分钟后，钩沉系统定位了她的地点，齐安输入指令“搜索建筑布局”。

整个过程中，齐安都轻声哼着小调以保持清醒。

歌是在一个废墟地学的，据说最早到那里的人很喜欢哼这首歌，还老用一台老式录音机放来听，后来去的人渐渐就都学会了。齐安还记得母亲带她徜徉在废墟地中，跟她解释做历史学田野调查的目的和方法，看她小孩子家听得烦了，就说起这些传闻故事来，并且指给她一间屋子看，和废墟地的其他住民相比，那间屋子几乎没什么修缮，异常简陋，母亲说：“那个人就住在那里，但他行踪不定，我想见他一面却始终约不上。”

歌的调子很好记，小孩子学一遍就会了：长亭外，古道边，芳草碧连天……

齐安记得自己还问过母亲，为什么要见那个人，当时母亲回答：“我在找一本书，对我研究有帮助的。从钩沉系统找到的一些信息来看，那个人也许知道。”

“那书叫什么名字？”

“《意识之鲸》，鲸鱼的鲸。”

母亲出事之后，那所废墟地也发生了一次意外，齐安听到消息去查看，发现正是母亲曾指给她看的那间屋子被烧成了焦黑的废墟。

16 老照片上的陌生人

林九微回过神来。

失重感消失了，引力、质量和呼吸涌回到身上，身体像一具石膏像那么笨重。也许这就是金属的质感——非人的质感。会议桌两边，同事们时不时会看她一眼，一些熟稔的同事觉得林九微虽然看起来还是那样，但不知什么地方憔悴得厉害——自从戴濛被捕之后。

公共全息屏上放着一篇案情汇总，内容是近期的脑爆案。大家正在分析桑绪有多大可能性是凶手。

戴濛被捕有源源不断的好处，揽走她的罪名，给她找来关键的资料，而现在，林九微在会议中始终沉默也不会有人苛责。

也许坠在身上的不光是金属的质感，还有失去了搭档的空虚感，不光是搭档，已经能说得上是战友了。不知道为什么这种感觉倒好像并不陌生。好像她早在某个奇异的时空里就已经失去过什么人，并且再也没找回来过。

那些梦也越来越频繁了，前世回忆一般让人崩溃的梦。在那些凌乱错综的片段里，桑绪出现的次数很多，林九微看见他和她一起闯进一个叫“万方”的科技公司，梦里的桑绪沉着、冷酷、心思缜密，林九微则深谙法医学知识，为桑绪提供人体医学上的有效帮助——他们弄晕弄伤了好几个人，梦境的最后总是他们被抓住，而抓住之前，是桑绪把刀捅进一个人的心前区，刀拔出来的时候，血一直流到他胳膊肘，脸上的那种面无表情是彻底绝望之后还要咬着牙再挣扎一下，那种表情不用仪器分析也能读懂，他杀人只是为了给她争取逃脱的最后机会。

同事们围绕着桑绪作为凶手的可能性横分析竖分析，听进她耳朵里却只是些胡说八道。

那样一个桑绪不会连环杀人，不会把别人脑子炸掉。

他不会泄愤，不会虐杀。

但这些没法在会议室里说，没法对任何人说。

这些疯狂的想法在她心里面日生夜长，戴濛的被捕、齐安的被绑、曹戒乃至她自身的谜团，这些事情彼此之间牵牵绊绊，遮遮掩掩，其中始终绕不开的，仿佛就是桑绪。

隐隐的，睡梦里意志比较薄弱的时候，她感觉到另一个自己说话，那声音是站在远一些的地方发出来的，站得虽然远但也更高，有着更广阔的视野，能看到她所看不见的一切前因后果，那个自己用虚渺的声音遥遥地，一遍遍地告诉她，桑绪不是凶手。因为他不可能是。因为她知道他不可能是。从她认识他起，她就知道。

但她是什么时候认识他的呢？

似乎想起这一点，就能把她现在所有的难题和秘密都解决，就像推倒第一块多米诺骨牌，之后就是无可阻挡的一泻千里，但不知道什么力量冥冥中阻拦着，就是想不起来。

只知道从桑绪的头颅在档案馆出现开始，一切就急转直下，现在想来，越想越觉得档案解密实在不像是一个单纯偶然的开端。

闻怀山说："从桑绪的行踪和脑爆案地点的——"

"闻组，"林九微起身，"我好像偏头痛又犯了，想请半天病假。"

在同事们的印象里，林九微是只要没心梗就要死活跑在侦查第一线的工作狂。但现在闻怀山一准了假，她就头也不回地出了会议室，仓皇的背影像要去找寻什么。

旧苏州对林九微来说是陌生的城市，在把野外应急灯、自热睡袋和滤水器行李胡乱塞进旅行袋时，她让全息屏自动播放旧苏州的介绍视频，那些“历史悠久”“园林古迹”之类的旅游废话耳旁风一样地过去，只有“污染”两个字进了耳朵。

齐雪想要去而没去成的荒城，埋藏着秘密的废墟地。

桑绪是人工智能，她也是，而人工智能的兴盛与灭绝都发生在旧苏州。

空梭订票系统发来提示，去旧苏州的只有旅游专线，从首都机场直飞旧苏州，当天可打来回。

小耳朵无声息地靠过来，险些吓她一跳。

“怎么了？”林九微问。

“门外有人。”机器管家回答。

“有人？”

“已经站了超过十分钟了，但既没有敲门，也不离开，建议你报警。”

林九微失笑：“我自己就是警察啊！”

调监控来看，一开始什么也看不见，好像那人故意隐藏在监控的死角，等镜头往下，才看见一个穿着寒酸的小姑娘，瓷人一样面无表情，直挺挺地站在门前。林九微登时就感到后背发凉。

她瑟缩一下，吩咐小耳朵：“你去开门。”

小耳朵晶亮的电子眼转了转，把门打开，机械的身躯微微鞠躬：“您好，找谁？”

女孩子一言不发，比机械管家还机械。

林九微走过去，女孩子总算有了动作，抬起眼睛看她一眼，把一个信封塞过来，林九微茫然地接过来，一抬头，女孩子已经转过身下楼去了，林九微赶着叫她，女孩却像是压根儿听不见，径直进了悬梯舱，林九微鞋都来不及换，穿着拖鞋追出去，坐另一部悬梯下到公寓一层，街面上光秃秃的，洒满冬季的冷漠日光，人影子都没找见。

小耳朵拿着一件大衣跟到楼下：“林九微，旧苏州一日游的票再不订，就要等到明天才能走了。”

林九微却看着手里一个白色塑料圆片，大小和厚度都像一粒感冒药片，它是一打开信封就滑出来的，云端自动识别出来，是一个五十年前的信息存储卡，内有一段音频等待读取。

“读取。”林九微说。

音频开始播放，先是一段沙沙的空白，接着桑绪的声音忽然出现。林九微吃了一惊，立刻吩咐云端：“有新警情！联系——”

“林小姐，贸然找你，希望你不要报警。这不光是因为我不是任何案件的凶手，更重要的是事情现在已经到了十分危急的时候，我需要你的帮助，其实你也需要我的帮助。我们都跟那些案子有关系，但这关系也许比你——甚至也比我所能想象的更可怕，而且我感到有什么事正在以非常惊人的速度发展。也许你认为死了十六个人，或者六十个人十分严重了，但我觉得等我们弄明白到底发生了什么，也许现在所谓的重大案件不过是海啸前的一阵微风。”

云端提醒林九微：“请选择警情联络单位。”

但桑绪还在继续说：“要说杀人，我是杀过，但只杀过一次，不知道你能不能想起来，是我们一起去万方公司那次，我杀了一个安保人员。我们没有时间耽搁了，所以我真的希望你能够相信我。我让晴天带了点证据给你，我从妹妹那里借来的，希望有帮助。”

云端仍在提醒：“请选择——”

林九微犹豫了一下，说：“取消报警，我弄错了。”

她看着手里的照片。

非常古老的照片了，居然是纸质的，林九微只在家校历史课上见到过，但不知道为什么一摸到手里，一阵莫名的心酸就涌上心头，等到她看清照片上是什么——那是被时光染黄做旧的阳光，但仍然看得出那种灿烂，还有远景里辽阔的天和海。近景里是一把大遮阳伞，伞下是四个人，三个大人，一个小女孩，小女孩有一张没表情的娃娃脸，但看着不像生气，很放松地被一个女人抱在手里，捧着个圆溜溜的椰子，眼睛却紧紧盯着旁边那男人手里的象牙芒。男人在对着镜头大笑，露出铿亮的上下牙。

抱孩子的女人有着和林九微一模一样的脸，笑得很开心。

林九微陡然有一种落进冷水缸的感觉，冰冷，窒息，几乎要痉挛。

那个与她一模一样的女人抱着孩子在最中间，左边是捧着象牙芒的男人，右边也站了个人，看体型也是个男的，脸却被一张白纸贴住了，贴得并不算牢。

林九微想了想，命令云端："彻底关闭。"

云端关闭后，她轻轻地揭下纸片，男人的脸露出来了，桑绪的脸。

海南、国庆节——这样两个词忽然从脑海里掠过，接着是一阵剧烈的头痛，像是后脑勺冷不丁给人砸了一下，疼得她立刻站不住蹲了下来，却进入了一片忽如其来的回忆——她蹲下来，蹲在一块造型小巧的大理石墓碑前，墓碑上嵌着一个女孩子肉鼓鼓的脸，就是照片上她抱着的那个小丫头。之后身边也有一个人蹲下来，她转过头，看见桑绪的脸，他捧着一个小盒子，里面放着女孩子心爱的玩具，还有那张合照，那时候照片上的天和海水还是一片湛蓝。桑绪把盒子埋在墓碑前。

信封掉落在地上，里面最后一样东西滑了出来，是一张对折着的便笺，打开来，上面没有署名，只有一行最简单的字：空梭KL9243。

那字迹，明明是第一次见，却熟悉得一眼辨认出来，是桑绪的。

那阵头痛也许有一个世纪，但也只是几秒钟，过去了，林九微发现自己坐在地上。她扶着小耳朵回到公寓，开了口，被自己的声音吓了一跳，这么一小会儿她的声音就沙哑得不像话。

"启动云端，"她说，"搜索空梭KL9243。"

答案很快出来，是从北京飞往阖闾浮城。

她把桑绪的脸遮上，让云端扫描照片，半分钟后，云端给出了可靠的检验结果：纸质照片，拍摄年代在2000—2030年间，无篡改、仿造、作假痕迹。

小耳朵说："林九微，旧苏州一日游的票——"

"不去旧苏州了。"林九微说，攥着手里的照片。

空梭是一种等离子束动力飞行器，由蓝色塑料合金覆盖，外面看起来像一个巨大的纺锤，是如今长途旅行的主要交通工具。

从北京到阖闾浮城，乘坐空梭仅需十多分钟，就在这短暂的旅途里，林九微收到警局的内部消息，全国各地接连又发生了五起新的脑爆案，死亡人数多达十八人，消息暂时还没向公众公布。看完云端的消息，再看空梭机舱内聊天、吃零食和打盹的乘客们，一种不真实的荒诞感随之而来。

在浮城机场航站楼内，林九微再次见到了那个诡异的女孩子，还是那一身寒酸的衣服，只是这次手上多了一样新玩具，一架粉色的纸飞机。她仍然交给林九微一张纸条，写着：我叫晴天，请跟我来。

林九微拉住她："你怎么会认识他？"

小姑娘回过头来，脑袋像鸟类动物那样微微歪了一下，一双黑白分明的眼睛里没有人的目光。

林九微不由想，这也是个人工智能？

用非人般的眼神和动作打量过林九微后，晴天面无表情地转过身，自顾自往前走，黄昏把她的身影照得细长，粉色的纸飞机在手里晃晃悠悠。

林九微猜想桑绪会躲在哪里，阴暗的旮旯，一间劣等小旅馆，一座废弃棚屋，或者干脆只是一个阴湿透风的角落，晴天却一径带她走进一间陈设干净整洁的中档酒店，找到房间门牌后，女孩子示意林九微蹲下来，伸出手掌，从后面捂住了林九微的眼睛。

黑暗之中，林九微听见门开的声音，她说："我的云端是关闭的。"

一个熟悉的男声回答她："我担心你的云端被跟踪监控，我需要你的云端权限，修改你这一路上的行动轨迹，之后彻底关掉它。"

迟疑片刻，林九微说："我还没有完全相信你。"

"我知道。"桑绪说，"谢谢你冒险过来。"

沉默了一会儿，林九微用口令开启云端，调到公开共享模式。

"好了。"桑绪说。

晴天的手慢慢地松开。

桑绪就在她面前。

"你不担心我带警察来？"林九微问。

桑绪笑了笑："如果你看了照片仍然不相信我，我一开门就会有警察一拥而上了。"

一拥而上……保安围上来的画面便在林九微脑海里闪回，桑绪的脸，还有他被血染红的胳膊。

她把室内里里外外都检视一番，确定环境安全，桑绪没有藏匿武器或陷阱。她检查时，桑绪就站在窗边，目光一直望着渐沉的夜色。

林九微问他："你在等人？"

"嗯。"

"等谁？"

桑绪转过脸，望着林九微："我在等一条哈士奇雪橇犬，它的名字叫烛九阴。"

一种虚空的痛觉猝不及防在林九微心里揪了一下。

又仿佛有一个听不见的声音在耳边骤然惨叫了一声。

桑绪观察着林九微的表情。

林九微等浑身电击般的麻木退去，找了把椅子坐下来，塑料扶手带来一点真实的触感，她问桑绪："你说过，你认识一个'林九微'，就是照片上那一位吧？跟我聊聊那个她吧，还有你为什么找我来。"

"抱歉，现在还不能说。"桑绪说。

"为什么？"

"因为我也不确定发生了什么。"

林九微疑惑地望着他，但桑绪的声音有恳切的味道："我只知道我要带你去一个地方。"

"什么地方？"

"我不知道。"

"那你怎么知道要带我去？"

"一个我现在还不能够确定身份的人，给我送来了一点消息。"

"你不知道那个人是谁？"

"有一些猜测，但还不能肯定。"

"你就敢到阖闾浮城来？"

"和你一样，心魔作祟，不管不顾地就来了。"

他站在窗边的身影是沉静的，但这个沉静的人却在遵照一个身份不确定的对象的指令，只有愚勇的莽夫或者疯子才会这么做。桑绪凝望窗外时，并没有激烈的情绪在他身上躁动，他好像只是在心甘情愿地做着一件非做不可的事，如果为此要付出代价，那他愿意付出任何代价。

这种义无反顾，让人无法理解。

“来了。”桑绪忽然说道。

说完，他走到门口，等了一会儿，打开门，一条机械犬站在门外，皮毛朽烂斑驳，肮脏不堪，依稀能辨认出是仿造哈士奇雪橇犬的式样。它僵直地转了转脖子，示意人跟上，然后转过身向酒店走廊小跑出去。

桑绪抱起晴天，林九微急忙跟上。

阖闾浮城仿照旧苏州，宽大的主路旁横斜着错综曲折的羊肠小巷。夜色下，机械犬有意选择那些最偏僻的小路，带着两大一小三个人在料峭的寒风里疾走。林九微一开始还想记住路线，在拐了六七条小巷后，只剩下埋头苦赶的份。

最终他们来到一间出租仓库门口。仓库的外观看上去多年无人问津，门锁还是老式的声控锁，摁动按钮之后，机械的电子声问道：“妹妹的小名？”

桑绪答道：“小耳朵。”

他的声音很低，但“小耳朵”三个字传进林九微耳朵，却像一记重锤。

声控锁滴滴响了两声：“声纹与内容双重匹配。”同时，仓库门发出令人牙酸的吱嘎声，拖拖拉拉地向两边拉开，库内的感应灯过了几秒钟才迟钝地亮起，闪了闪，投下一片青白的光，偌大的仓库，一辆古董越野车无声地等候在蒙昧的光线里，像是从旧时光里直接开过来的。

车钥匙就放在车前盖上，是比仓库门前的声控锁还要古老的电子锁，桑绪拿在手中端详，林九微看着他：“这车你见过？”

桑绪摇摇头，也不知在想什么，打开车门，让晴天坐在后排，机械犬乖觉地跟着跳上车座。桑绪坐进驾驶位，林九微坐到副驾。车上装载的无人驾驶系统和飞行模式都是旧版，如今早已淘汰，需要人工选择目的地和路线，幸而目的地和路线都被人设定好了，但都以星号显示，没有文字注释，只看得出方向是往浮城东面。

“这是去哪儿？”林九微问。

桑绪摇头，看着车载显示屏上的路线图：“这个距离要是放到旧苏州，倒像是人工智能产业园的位置。”

汽车发动机发出低沉的嗡鸣，开启了夜间红外照明系统，这种照明系统曾经也是重大的技术革新，替代了灯光照明。最后，汽车平滑地开出车库，像一个庞然但灵敏的远古巨灵，升入浓黑的夜空中。

车开了一会儿，林九微终于按捺不住问道：“刚刚仓库门口，你开声控锁的时候提到的那个‘小耳朵’——”

“是我妹妹的小名。”桑绪说。

“你妹妹……”

桑绪看了她一眼：“你是想问，为什么我的妹妹和你的机器管家同名？”

林九微更惊讶了。

桑绪说：“我的妹妹叫桑迩，所以小名叫小耳朵。我不知道你的管家是怎么回事。”

林九微记得给管家取名的时候，它刚启动，两对圆溜溜的眼睛注视着自己，由有机玻璃与精密量子元件制成的眼睛毫无杂质，一瞬间，林九微感到心中涌起一股强烈的酸涩，竟像是无限伤感，“小耳朵”这个名字没来由地从心里冒出来。她一直以为这个名字只是自己的突发奇想。

“你什么时候给管家取的名？”桑绪问。

他这么一问，林九微忽然发现取名这件事的始末她记得清清楚楚，但什么时候取的名却想不起来。

“你的履历上写，是家校长大的？”桑绪问得似乎漫不经心。

“你到底想问什么？”林九微问。

“我想知道，你发现了哪一部分真相。”

林九微不答，桑绪便探身到后座，从机械犬脖子上解下项圈：“给。”

项圈上的金属名牌已经刮花生锈，但“烛九阴”三个刻字还依稀可辨。一瞬间，头痛又开始了，并且伴随一股想要摧毁什么的猛烈冲动。林九微不由攥紧了项圈。

“从我醒来到现在，”桑绪说，“找上我的机械犬前后一共有五条，都是同一个品种，名字也一样，全都叫‘烛九阴’。”

“你究竟想说什么？”

“我想说，我相信世界上每一件事情都是有原因的，未必合理，但没有事情会无缘无故发生。你成为现在这个样子，一定有一个原因。”桑绪转过脸，窗外，夜空无垠地向前铺展，“我最初认识的那个林九微，她是很快乐的。”

“也许我和她压根儿就是两个人。”

“也许，”桑绪说，“每个人做出的选择，都是当时能做出的最好的选择。”

林九微忽然有种异样的感觉，仿佛桑绪并不是在望着窗外，而是像她偷觑他的投影那样，他也正通过光滑的车窗玻璃，在静静地观察着她，欲言又止，又仿佛永远不打算开口。他们两人的脸部分重叠地映在车窗上，随着车子前行，像一片浮萍在透明的水波上无根地摇曳。

阛阓浮城

卷二

1 拿象牙芒的男人

阖闾浮城的城市规划大体上和旧苏州对应，唯独东面在旧苏州是人工智能产业园的地方，浮城却建起一座城市森林。森林没有围墙，到了这个时间，所有的景观灯都熄灭了，黑魆魆一片之中，寒风吹动萧疏枝叶，在零下的气温中吹奏出金属般的窸窣铮鸣。

汽车按导航停进森林入口处的地下停车场，机械犬跳下车，绕远路到森林西面，这里快接近城市外延的荒僻区域了，没有铺设像样的道路，夜色中，狗的轮廓渐渐被浓厚的黑暗虚化，过了一会儿，三十步远的地方传来两声低吠。林九微三人循声进入一丛坚冷浓密的冬青树林，树林深处，两盏鬼火一样的眼睛闪闪烁烁，磷火一样发着蓝绿色。

跟着这两点微光，又是一阵让人不辨东西的七拐八绕，来到一片毫无特征的林地，脚踩下去，能感觉出厚厚的苔藓与蕨类植物。

机械犬绕了两圈，找到一丛焦枯的南苜蓿，狗爪扒开层层枯枝残茎，刨开底下半湿的泥土，直到刨出塑料合金。合金嵌合在地上，外观做得酷似岩石。机械犬抬头看看三人，低头又刨两下，狗爪在塑料合金上击打出咔咔的声响。桑绪和林九微都不解其意，机械犬便重复相同的动作。

桑绪蹲下身，借着尾戒式光脑的微光，发现塑料合金上有一个规则的小凹槽，成人拇指指腹大小，他伸手试了试，拇指刚一按上去，指腹便被尖锐地扎了一下，一疼缩回来，凹槽里已经落了一粒小血珠。

林九微狐疑地问："液体金属模拟的血液能行吗？"

话音未落，脚下的地面微微震了一下。

接着，塑料合金陷进地面，一道裂缝从它两边生出来，活物一般在土地里延伸、折转，勾勒出一块门扇大小的长方形。地下发出不算响的一声，土地平整地向上掀起，土壤和植物都像黏合在上面，随着地面的倾斜一动不动，只有少量的泥土和碎石滚落下来。

土地下面是一块光洁的金属平板，机械犬向前两步，站在平面上，向三人摇摇尾巴。

桑绪和林九微对视一眼，带着晴天试探地站上去，不等站稳，金属平面就开始缓缓下降，同时，掀开的土地在他们头顶慢慢阖死，隔绝了最后一丝自然光。

下降的过程好像永无止境，桑绪的尾戒亮着，在人的侧脸打出两片斜长的青光。林九微的说话声回荡在狭小的空间里："你说你在万方公司杀过人，我也在场？"

"嗯。"

"万方公司是什么地方，我们为什么去那里？"

"为了救人。"

"救谁？"

脚底下一阵震荡，到底了。

绿幽幽的光线像一根针轻巧地划出一道门缝，门向左右分开，眼前是一条长廊，两边墙根有绿色的应急灯，但灯之间的距离相隔很远，灯光也非常微弱，连身边人的轮廓都看不清。

迟疑片刻，三人走入长廊，越走，四周温度似乎就越低，脚步声如涟漪般一圈圈扩散，发出寂寥而深远的回音。

走了好一阵，长廊终于把他们引向一间空房间，房间里干脆连应急灯都没有，像一块纯然无实体的黑暗盘踞在走廊尽头，林九微和桑绪不约而同停下脚步。

"烛九阴呢？"林九微问。

两人都往脚底下看去，才发现机械狗不知何时竟消失了踪迹。

桑绪便伸手摸后脑勺，林九微看见银色的刀刃状的东西在那里凝聚，但凝聚到一半就化回了不规则的液体，重复了五六次，桑绪终于还是放弃，气馁地低声说："我的材料不够，而且身体的设计偏重思维控制，体能是弱项。虽然我以前给自己融合过一套格斗和武器的程序——"

正说着，面前的黑暗中忽然传来微弱的电流声，嘶嘶的，好像这房间跟他们来时的那间仓库一样的反应迟钝，到这时才感应到闯入者。天花板上两盏顶灯闪了闪又灭了，但一闪一灭之间，室内的景象却被他们窥探到一丁点，这一丁点就够林九微犹豫和震惊了，她下意识地抓住桑绪的胳膊："刚才是不是……你有没有看见……"

黑暗中传来桑绪同样受到视觉冲击后的声音："……嗯。"

林九微说："假的……吧？"

"不知道。"

嘶嘶的电流声又来了，灯光一下闪亮，跳了跳才稳住。

房间一下子光明雪亮，桑绪立刻捂住晴天的眼睛。房间里是一幅噩梦里都不会有的景象：十几具死状惨烈的尸体诡异地悬浮在空中。

"好像是你杀的那16个核心专家。"林九微喃喃地说。

"我没杀人。"桑绪说，但声音也轻。

"但的确是那16个人。"林九微说着上前。

"喂——"桑绪叫已经来不及，眼睁睁看她伸出手去，摸了一把最近的一具尸体。

手从尸体身上毫无阻碍地穿了过去。

"是全息投影。"林九微松了一口气。尸体被她一触，一大段文字便冒出来，死者的姓名、死亡日期、原因，好一篇详尽的案情资料，仿佛是这里死过一个一根筋的警察，做了鬼还执着地查案。

林九微看得咋舌："早找到这里就好了，破案就有希望了。"

"也未必，当年这些资料都有，我还是重大嫌疑人。"桑绪说。

"是什么人弄了这些全息影像在这里，你有眉目吗？"林九微问。

桑绪指着墙顶："看那里。"

林九微顺着他看到南面墙上原来安了一溜监控视频，视频里是不同的房间，有的摆着餐桌，有的罗列着书架，还有的放着健身器材，有几个则是黑屏。监控视频保养得不错，至今仍正常运转，只是看着不太对劲，林九微想了想才意识到——每块屏幕都是一张室内静物照，镜头里没有一样活着的东西。

全息影像，监控视频，来时的通道，再加上和通道相对的一扇关着的门，就是房间里的所有东西。

三人穿过满房间的虚拟死尸，来到那扇门前，门也是自动感应的，人一靠近，便吱吱嘎嘎地挪开了，门背后是又一条狭长的通道，也亮着异常昏暗的绿色应急灯，被房间的亮光映照着等于一片漆黑。

林九微抻着脖子张望，什么都没看见。

"继续走？"她问桑绪。

没等桑绪回答，通道尽头蓦然传来脚步声。

两人第一反应都是去看监控视频，但除了黑屏的监控以外，其余正常工作的监控视频里都看不见人。

脚步声不紧不慢，冰凉瘆人地从黑魆魆的通道深处一步步靠近。

桑绪把林九微和晴天挡在身后，低声说："要是有情况，你带着晴天快跑。"

一个轮廓渐渐从黑色的背景里稀释出来。

"好像是个男人。"林九微低声说，看到烛九阴一声不吭地伴在那人脚边。

桑绪忽然动了一下。

林九微听见他嘴里嘟囔了一句话，但没听清，待要问，却看见桑绪大步向前走去，边走边展开臂膀，和阴影里来的男人用力地拥抱！

那个男人的目光越过桑绪肩头，看见了林九微，他拍拍桑绪的肩膀："我知道你准能把她带来！"

是照片上拿着象牙芒的那个男人。

看着照片的时候只觉得茫然，现在看着真人，在很短的一瞬间里，一些画面裹挟着一堆繁杂的情绪，凌乱迅疾地从林九微眼前刮过去，脑子里像有一个自动的图像生成器，看见那个男人的一瞬间，这个人喜悦的、促狭的、愤怒的、绝望的——种种富有个人特质的表情全都不可抑制地生发出来。

他正问起晴天来历，桑绪说：“我暂时收养的，她不愿意让其他人照管——”

“你到底是谁？”林九微突兀地打断他们。

男人看了桑绪一眼，桑绪说：“林小姐想起了一点以前的事，但想起的不是太多，还没到愿意透露给我的程度。”

男人叹了一声，走过来，向林九微伸出手：“你好，我是骆沉明。”

“我应该认识你吗？”林九微问。

“这不是个一两句话能说清楚的问题，我们换个地方谈。”骆沉明说，见林九微警惕地盯着他，笑道，“放心吧，我不会害你的。我还欠你一个救命之恩呢！”

“什么时候？”

“我们一起闯进万方公司那次。”桑绪替他回答。

骆沉明引他们走进通道，他的声音比桑绪低沉浑厚一些，在黑暗的通道里嗡嗡地回响。“本来这些地方都有灯，电是从浮城核电站偷过来的，但那帮人自从盯上了我，就开始监控核电厂的电网，逼得我把通浮城的电路关了，用这里的备用电机，主要是维持升降梯和监控。”

“那帮人是谁？”林九微问。

“缩在旧苏州的一窝老鼠，”骆沉明问，“旧苏州去过吗？”

林九微盯着他的背影，贸然问道：“你也是人工智能？”

“算是吧！”

“‘算是’是什么意思？”

“你觉得你算严格意义上的人工智能吗？”骆沉明问她。

林九微一怔。

他又问：“你把自己归在哪类？”

2 电解液

通道尽头居然是一间书房，骆沉明打开灯，占着一整面墙的书架上放满了书，书架前面是书桌，桌前摆着一把轮椅。

桑绪扫了一眼架上的书，大多都是和智能技术相关的，人工智能、意识模块和机器智能都有，书架中间最方便取用的一格上，还插了几本法医学犯罪学专业书，便问骆沉明："这地方是怎么个来历？"

"你猜是谁的？"骆沉明反问他。

"张臻？"

骆沉明点点头。

桑绪说："当年万青川死后他就消失了，我找你的同时也在找他。"

"你知道万青川怎么死的？"骆沉明问。

"我一直猜是他杀的，"桑绪说，"我还在万方公司实验室里的时候，他找过我，说要放我走，那时候我看他状态就不太对劲。结果他放我走的第二天，就出了万方公司总裁万青川在家里上吊的新闻。我想，万青川既然疯狂到想要长生不老，用我们这些活人做意识移植实验，他怎么可能自杀。"

骆沉明坐在桌子上，接着桑绪的话说："万青川死以后，他的公司资产转卖，但这以前其实大部分股权和债权张臻都已经转进手里——万方公司意识移植实验是违法的，只在私底下偷摸做，没有明账，张臻又是这一块的总负责人。除了那些资产，实验室的大部分设备也都被张臻吞了，钱和设备，他全用来搞意识反移植。”

桑绪问：“反移植，他想干什么？”

“你忘了我们怎么来的？”骆沉明问他。

桑绪一点就透：“他是想——”

骆沉明点点头：“我们是被他们复制了人类的意识，放到人工智能躯体上合成的怪物。但人的大脑其实承受不了这个，复制完也就毁了，成了脑死亡的植物人。”这些桑绪原本就知道，骆沉明更多的是对林九微在讲，“张臻良心发现，杀了万青川之后，他就一心研究怎么把复制的意识传回人体。后来去意识模块的事出来了，阖闾浮城开建，浮城城市森林招标，他披了个假身份投中了，然后在森林底下造了这么个地方——”骆沉明敲敲桌面，“就是这儿，张臻把万方公司实验室的设备全都搬这儿来了，弄了个实验室2.0版，避人耳目地搞他的研究。”

“成果怎么样？”桑绪问。

骆沉明苦笑了一声，摇摇头。

林九微听他们两个人说话，说的全是她闻所未闻的人和事，却偏偏有一种熟悉得浑身战栗的感觉，心底里近来拼命压抑、刻意忽略的东西仿佛就要呼之欲出了。她的那些梦、那些莫名其妙的预感，现在都变成剧烈得要爆炸的痛觉在头颅里沸腾，她不由捂着脑袋蹲下来，眼前浮现出一件仿佛是不相关的事：之前某一天，她又把手臂变成银色的液体，并且不光是手臂，乃至肩膀、胸脯、胳膊、腿，最后连同头颅，全都从沙发垫的边缘流淌到地上，淌成一摊银色的液体，她不知道自己在干什么，只觉得全身都痛，那痛觉极端强烈而怪异，好像非得干一件什么事才能解脱，但又无论如何想不起来，几乎窒息……

一股冰凉的液体被灌入喉咙，过了好一会儿，林九微才回过神。桑绪正托着她的头，骆沉明捏着她的下巴，托着一个瓶子往她嘴里倒。

林九微本能地想挣扎，但那又辣又酸的液体顺着喉咙滚进肚子里，头痛竟然减缓了，她不由贪婪地吞了好几口，骆沉明看她表情渐渐放松，才把瓶子收了回去：“这个喝多了对身体也不好，喝几口就够了。”

林九微这才看清他手里是一个便携的金属扁形酒壶。

他拧上酒壶盖子，问林九微：“你这是第几次犯病，头一回？”

林九微诧异地问他：“你怎么知道？你瓶子里是什么东西？”

“电解液，”骆沉明晃晃酒瓶，“可以提高液体金属的活性。”

他又问她：“除了头疼，你还有其他症状吗？”

“想……干一件什么事，好像很紧急，又想不起来。”

那小小的人类酒器上映出她困惑茫然的脸，骆沉明摇动酒瓶，那脸就在金属的瓶身上滑来滑去，严重变形。

“这到底……”她有太多的事情不明白。

骆沉明仿佛能读懂她的心事，他伸出一根手指头，指尖延展伸长，化成一根银色的软金属丝：“你知道人工智能最大的好处是什么吗？就是很多事用不着谈，只要这么碰一碰就行了。”

林九微没有立刻伸出手去，面对自己非人的身份，她远没有桑绪和骆沉明这一份从容。她到现在也没好好想过身份的问题，她刻意忽略它，让它像一团雾那样远远地飘着，不去触碰，免得被刺痛。

“长痛不如短痛，”骆沉明说，从见面到现在第一次露出一种很真切的目光，那些碎片般的画面便又在林九微眼前飞旋了一瞬。他说：“没什么的，林九微，我们那么多事儿都挺过来了。”

林九微看着他的眼睛：“我会从你那知道些什么？”

“你想知道什么？”他问。

林九微答不上来，她想知道的太多了，从最早的连环杀人案的凶手到底是不是桑绪，到最近频繁发生的脑爆案到底是怎么回事。

他又问她：“或者，你不想知道些什么？”

不想知道的……银色液体从沙发上流下，想死的冲动没来由地在体内暴涨，剧烈的疼痛。

那首歌的旋律又开始无意识地盘旋在脑海里，像劝慰，又像引诱：……问君此去几时还，来时莫徘徊。

来时莫徘徊。

微微的眩晕中，林九微不自觉地把手指伸了出去。

外形的变化并不痛苦，只感觉手指连同掌心微微发热，金属丝延展出来，触碰到另一股。

桑绪也从脑后伸出一根银色液体金属丝，和骆沉明的触到一起。

三段液体金属倏忽融为一股，记忆的洪流轰然而至。

湍急的信息流中，首先抓住林九微注意力的是一张人脸，她分辨出这段记忆来自桑绪——

桑绪和张臻面对面，张臻坐着，桑绪则只剩头颅。他们所处的房间很窄小，布置倒有些眼熟，林九微环顾四周，看出这里应当是警察局的会见室，专门给嫌疑人和亲友、律师见面用的。

“杀人的感觉怎么样？”张臻问桑绪。

“我没有杀人。”桑绪回答。

张臻挑了挑眉毛。

原来这就是张臻，林九微想，跳脱的一张面孔，三四十岁，脸上有年轻的影子。她注意到他的一双眼睛，莫名觉得这双眼睛年轻的时候一定是漂亮且冷酷，没有心肝的一双玻璃眼睛，闪着棱面的光。现在那些残酷不见了，里面沉淀着的不知是些什么。

桑绪说：“第16个死的人叫罗济舟，他出事之前约我见他最后一面。我认为他被掉包了，跟我说话的不是真正的罗济舟，是个能改变外形的人工智能，也就是真正的凶手。”

“这话你跟警察说了吗？”

“说过。”

张臻冷笑一声：“看来警察没把你的话当回事。我听说你的案子已经结束调查了，案卷这两天就会移交区法院开审。你说的那个人工智能，有什么证据没有？”

“如果有证据，你我也不会坐在这里了。”桑绪说，“警察审我的时候提到过一句，罗济舟的智能管家下落不明。”

“你什么意思，那个会变形的人工智能就是罗济舟的管家？”

“我不知道。杀人的人工智能把罗济舟模仿得惟妙惟肖。我和罗济舟同事多年，但假罗济舟骗我和他见面，我们面对面聊了很久，我居然一点都没察觉出来。”

“你怎么确定凶手也是人工智能，他在你面前变形了？”

“和我聊完天之后，他砍下了我的头，除了偶氮溶液，这是唯一可以让我丧失活动能力的办法，他没有变形，仍然是以罗济舟的形象离开的。警察找到我时，我告诉他们罗济舟一定是杀死前面十五人的凶手，警察却告诉我，罗济舟死了，死于一模一样的杀人手段，我则成了重大嫌疑人。”桑绪说，“后来我想起来，跟假罗济舟谈话的时候，我遗漏了一个细节，如果没漏掉这个细节，也许后面的事情就都不会发生。”

“什么细节？”

“聊天的时候，他拿出半瓶威士忌给自己倒了半杯，那气味我当时觉得有点怪，但因为注意力全在谈话的内容上，就没多想。我后来才想到，那气味并不是威士忌的味道。”

“是什么？”

“是自驱动-光能激发型液体金属专用的那款电解液的味道。”桑绪说，“我跟警察说了，但警察最后并没有在罗济舟家里发现类似的酒瓶，应该是被凶手处理掉了。”

张臻揉揉太阳穴，意有所指地说：“你的意思是，除了你之外，还有别的……”在警察的监控下，他不能明说“除了万方公司当年用意识移植技术造的那批人工智能，世界上还有别的人工智能存在，不是意识移植产生的但也具有独立完整的意识”，桑绪意会，说：“是的，我也非常意外。”

“但安装意识模块的人工智能时间都不长，不可能产生意识，我看你们项目组的内部报告是这么说的。除非有人私自提前安装，”张臻问桑绪，“有人提前安装吗？”

“意识模块的保密程序非常严格，据我所知是没有。”桑绪说。

“知道了，”张臻看看时间，“刚听到你成了连环杀人犯，我还挺意外，想不出你还有这种才华。不过再想想，才华这种东西哪有活了半辈子再爆发的。你的案子我要是有闲心就帮你查一查，没闲心就不好说了，毕竟我也挺忙的，年纪也大了。”他笑起来眼角堆起细密的鱼尾纹。

“谢谢你特意赶过来。”桑绪说。

张臻摆摆手：“顺路而已，过来看看你这么惨，我也挺欣慰的。回见。”

另一段记忆林九微一开始以为是骆沉明的，后来才发现第一视角却是张臻，应该是张臻曾经把自己的记忆传输给了骆沉明。

一开始视线里一片茫茫的浑浊昏黑，只听有人贴在张臻耳朵根上要断气似的使劲喘，喘了好几声，林九微才明白，那是张臻自己的喘息声，他整张脸都套在一顶呼吸面罩里，猫着腰，提起十二万小心地往前走，一面竖起耳朵听周围的声音。

周围有一种很不同寻常的寂静，衬得喘息声、脚步声都放大许多倍，听在耳朵里让人心惊肉跳。呼吸面罩闷得汗像小溪流一样一道道地从额头上挂下来，张臻使劲眨着眼，面罩的目镜崭新透亮，但看出去的景象始终是一片死气沉沉的废墟，颜色浑浊，轮廓模糊，看不出是什么地方。张臻手里拿着个定位仪或者探测器一类的东西，走两步低头辨认一下，过了很久，伸手向前，摸到一扇门，开始往腰里掏东西。他浑身都穿着防护服，手套裹得手指十分笨重，掏了好几下才掏出一个单面凸出的椭圆形盒子，贴在门锁上，贴了一会儿，咔哒一声，门锁解码，门开了。

他推门进去，突如其来的刺目光线满眼乱闪，嗡嗡的声音像一大群蜜蜂兜头扑下来。等适应过来睁开眼，才看见是一间内厅，靠墙森严地罗列着四排处理器，对面墙上则是一整墙的屏幕，拼出一张全国地图，地图上闪着红绿两色光点，绿的少，红的多，但那点稀少的绿色光点却像一条寄生虫，正恶毒地一点一点蚕食红色光点组成的庞大躯体。

张臻从腰上的口袋里拿出一个事先准备好的数据截流器，接到处理器的外接口上，才接上，手里的环境探测仪就闪起警报灯，显示有活动体靠近。情急之下，张臻按照探测仪的提示闪出内厅，在黑暗中七拐八绕，被紧追不舍的脚步声催赶着，慌不择路地撞进一个广大的空间，像是一个大礼堂，地上乱七八糟地摆着许多障碍物，像一堆巨型积木，这时脚步声近了，直追进礼堂来，张臻慌忙蹲到一块积木后面，啪的一声，天花板上所有的灯一起亮了——

等适应了光线，张臻向四周一看，只觉头皮狠狠地一麻！

哪里有什么巨型积木，偌大的礼堂里，整整齐齐，密密麻麻，全都是长方形的棺材。

它们寂静地陈列在一起，在偌大的空间里形成了一片恐怖的棺阵。

脚步声越来越多，逐渐杂沓起来，许多身影鱼贯进入礼堂。张臻按照探测仪的指示，从侧门慢慢地退了出去，在离开之前，他数了数，那些似人而非人的机械生物一共来了一百来个，棺材则是近两百具，二者加起来，差不多是三百之数。

林九微睁开眼。

骆沉明说："张臻去的地方是旧苏州。那群人工智能就躲在那里，领头的叫琉璃，名字据说是他自己起的，好像跟佛教有关。"

一台人工智能却信佛，林九微不禁冷笑一声："最近频繁发生的脑爆案，罪魁祸首就是这个琉璃？"

骆沉明摇头："他只是16人连环被害案的凶手。"

林九微问："那脑爆案的凶手是谁？"

"张臻。"骆沉明说。

林九微感到难以置信："怎么会？"

骆沉明指指太阳穴："新输入的记忆要有个内化的过程，你想想看。"

林九微生疏茫然地，但还真从乱哄哄的新记忆里找到一段：

仍旧是张臻的记忆，地点就是林九微三人现在这间书房，但书桌前没有轮椅。书桌上多了一台光子工作站，插着林九微看见过的数据截流器，不过截流器上的工作灯已经不闪了，似乎数据的读取已经完成。

张臻坐在桌前，样子比上一段记忆里苍老了不少，头发也花白了，他看着工作站，前段记忆里的那张红绿光点地图如今出现在工作站的全息投影屏幕上，工作站已经分析出所有光点的来源和去路：红色的光点显示的是一种新型智能产品，植入型个人量子电脑——"云端"。

而绿色的光点，则代表着全国范围内有多少“云端”已经被病毒感染。

根据截流器弄到的资料，这个病毒倒是有个名字，叫“净琉璃”。

张臻调出一个名为“桑绪”的文件夹，文件夹里是连环杀人案的所有资料，里面有个子文件夹“意识模块”。他找到意识模块程序，与净琉璃病毒分析比对，比对结果显示，二者结构相似，都是兼具生物神经特性与量子框架的复合程序，此外，二者的核心代码相似度超过70%。

张臻看着比对结果咋舌：“他们想干什么？”

他将净琉璃在光脑中模拟运行，一个多小时后，模拟运行结果出来了：净琉璃能敏锐地识别出云端，但它的行为模式和一般病毒不同，入侵云端后，净琉璃并不立刻进入高速增殖，而是潜伏下来，以一种耗能极低的方式极其隐秘地缓慢发展。张臻算了一下，照这个速度，净琉璃要拿下一个小小的云端居然要花上近十年的时间。

简直是世界上最没出息的病毒了。

模拟运行到这里却没有结束，净琉璃完全侵占云端之后还有一个附加进程，完成这个进程的时间相当的短，只需要三分钟。张臻本来已经起身去倒茶，这时不禁放下杯子，戴上老花镜，去细看那最后三分钟的模拟结果，一看之下，他就忘记了倒水，慢慢坐回到椅子上发起呆来。

像所有上了年纪的人那样，他呆着呆着就似乎要朦胧睡去，喃喃地说梦话般地说道：“你肯定不会当成没看见的，对吧？”

又看了一眼屏幕，他起身，拿起茶杯，他微微佝偻着背，走出书房时留下了一句得不到回应的叹息：“但我答应你的事还没办成呢……”

记忆到此为止。

林九微问骆沉明：“什么叫‘答应你的事’，张臻的那个‘你’是谁，你吗？”

骆沉明摇头，看着林九微。桑绪也看着她。林九微感到一阵不安，勉强笑了笑：“总不会是我吧？”

“这个不急，我们可以之后再说。”骆沉明说。

林九微问：“那么，那个附加进程又是什么？”

“琉璃把意识模块与病毒程序合并，制造出净琉璃，它入侵宿主之后就进入漫长的潜伏期，慢速、低耗能地发展。”骆沉明说，“潜伏期结束，就进入附加进程，开始孵化。”

“孵化什么？”

“完整的意识，像旧苏州的那些人工智能所拥有的一样。”

林九微问道：“既然净琉璃就在云端上孵化出意识，琉璃为什么不用量子电脑繁殖，非要入侵人脑？”

骆沉明笑了一声：“我从张臻那也没听多明白，桑绪比我懂，让他说吧！”

桑绪想了想便明白过来是怎么回事：“意识模块只是培育出机器意识的技术方法，还需要神经网络做物质基础。”

“没听明白。”林九微摇头。

桑绪说：“你可以把意识模块看作是一张设计图纸，能接这份活把产品做出来的工厂因为缺乏原材料而倒闭了，这原材料就是月球上的钼。现在只能退而求其次，找到一家差得多的小作坊，就是人脑。小作坊原本做不了图纸上的产品，但它新雇佣了一个很厉害的帮手，云端，靠这个帮手勉强能把产品最核心的部件生产出来。但即便有帮手，培训工人，再根据图纸把生产流水线安排好，这些准备工作也要十年。最后花上三分钟一鼓作气——”

“就孵出了机器灵魂？”林九微问。

桑绪想了想：“我想，以人脑作坊的能力只能生产出图纸上的核心部件，那顶多是一个初级意识体。我想，净琉璃这辆运输车不光是把意识模块送进人体，之后还负责载着新生的意识体从云端进入公共网络。”他问询地看了骆沉明一眼。

“没错，这些初级意识会自己找回到旧苏州，它们虽然还不是成熟的意识，但已经具有生存的本能，一路上会吸收有效的网络数据成长发育，”骆沉明说，“但人脑作坊就惨了。大脑活动靠的是细胞之间的生物电，提升人脑作坊的生产能力，也就是强行加大生物电的电压。所以附加进程孵化出初级意识的同时，会在人体内瞬间形成颅内高压。那最后一鼓作气的三分钟虽然把初级意识生产出来了，人脑也毁了。”

一个个脑爆而死的受害者乍现在林九微眼前：“那些脑爆案就是这么产生的？”

骆沉明摇头道：“是张臻发现这些人云端里的净琉璃就快要结束潜伏期，于是他抢先启动了这些人的附加进程，导致他们在孵出初级意识之前就死亡了。”

林九微听得毛骨悚然，震惊道：“这个张臻是疯了吗？他怎么能、他是怎么——”

骆沉明说：“他也是实在没办法出的下下策。”

“没办法就杀人？”林九微气得脸色发白，“那他和那些鬼机器有什么区别？”

骆沉明叹了一声：“你知道到第一起脑爆案发生的时候，已经有多少人的云端感染了净琉璃？”他从书桌上下来，做了一个跟上的手势。

出了书房，偌大的地下建筑里到处只亮着应急灯，每一条通道都又窄又长深入虚无。骆沉明却熟门熟路，带着他们穿过两条长廊，推开一扇门：“这里是整座地下城的控制中心。”

控制中心也只贴墙根亮着一盏应急灯，暗暗的光线里，林九微看见庞然大物一样矗立在中央的机器，像一头沉默的野兽。骆沉明打开机器最外沿一块全息屏，一张地图出现在屏幕上，看起来很眼熟，林九微想起来，和张臻在旧苏州看见的那张几乎一样，只是这一张上的绿色光点比那张要多得多。

“张臻一直在监控净琉璃的感染程度，”骆沉明说，“除去跑到废墟地的人类不算，到今天为止，中国境内36%的人类成为琉璃的潜在同伴。以前有社会学家计算过，一群人中有某一族群占到某一个比例，这个族群就很难被消灭。”

“那个比例是36%？”林九微问。

“总人口在10亿到15亿的时候，是36.5%。所以我说张臻是无奈，”骆沉明问林九微，“杀一个人救一亿人，换成你，你杀不杀？”

“我不会杀一个无辜的人。”林九微说。

“那一亿个无辜的人，你救不救？”骆沉明问。

林九微哑口无言。

桑绪问："脑爆案既然是张臻做的，他还活着？他把自己也人工智能化了？"

"用的新材料，月光金属，不知你们听说过没有，"骆沉明说，"他老成了个糟老头才智能化。"

"他现在在哪里？"桑绪问。

骆沉明看了林九微一眼，才说："死了。"

林九微心口忽地跳空一下，好像心脏有自己的思维，在这一瞬间惊愕得忘记了泵血。

跟着头也疼起来。

这时听见桑绪问："怎么死的？"

"琉璃找了很多年，终于找到他。"骆沉明说，"张臻本来有个计划，但还没来得及完成，就发现旧苏州那伙人工智能盯上他了。"

桑绪问："这计划跟你叫我把林九微带到这里有关？"

骆沉明点点头，瞥了一眼捂住额头的林九微，说："张臻一辈子都在研究意识的复制、传输和反传输，他受净琉璃启发，制造了一个与它极端相似但完全无害的程序，同样可以感染云端，挤掉净琉璃的位置。有点像疫苗的作用机制。他改造自己的身体也是为了实施这个计划。"

说着他掏出酒瓶递给林九微："喝一口。怎么又疼了？"

林九微灌了一口电解液，头痛好了一点，她说："好像想到什么东西，一下疼起来了，又想不起到底是什么。"她把瓶子还给骆沉明，"那计划后来怎么样？"

骆沉明说："被盯上以后，张臻找到我，跟我约好，如果他出意外，就给我发信号。"

"由你执行那个计划？"

"差不多。"骆沉明说，"但我不是最关键的。"

"那谁是关键？"林九微问。

骆沉明抬了抬眼睛。

林九微转脸去看桑绪，发现桑绪也看着她。

骆沉明咳了一声："是这样，执行张臻的计划，需要一台性能比较好的量子计算机，原本张臻把自己改造了，就是为了充当这台机器。发现有人追杀之后，他不敢再把鸡蛋全放在一个篮子里。他把原计划拆成三个部分，计划、执行和设备。计划全盘在我脑子里，桑绪适合当执行者。"

——原来她是那台"设备"。

骆沉明解释道："我造得早，技术上不达标。桑绪的情况你也看到了，只剩脑袋是原装的。只有你在技术和体量方面和张臻相当。"

林九微有种飘浮在空中般的虚幻感，既茫然又荒诞：一切的一切到最后都和自己有关？

并且就在这么一个连盏灯都不舍得开的地下室里，没有毁天灭地的核爆炸，也没有万人空巷的鲜花掌声，只有一个不知从哪里冒出来自称和她很熟的骆沉明，告诉她，她肩负着挽救兆民于水火的神奇伟业？

骆沉明伸手在林九微脸上晃了晃："喂，头又疼了？"

"不是，我……要干些什么？拯救人类要做什么准备活动吗？"林九微问。

"能开玩笑说明心态还不错，"骆沉明一笑，"你是得干一件事。"

"啊？"林九微问。

"你的身体有点问题，你肯定也发现了，你的记忆缺了一大段，有的那些大部分又是假的。"骆沉明说，"头疼也是记忆问题的副作用之一。这样会影响你的数据处理能力。"

林九微惊讶道："你怎么知道……"

"我跟你们讲了这么多，一个是因为有些记忆不方便共享，它们跟你被屏蔽的那些记忆有重叠，会加重你的头痛，"骆沉明说，"还有一个也是为了打发时间。你们一进来，我就开了跟浮城核电站的输电线路，等电全通好了，你才能进那道门。"

林九微正要问"什么门"，忽然四下里一片光明，控制室的所有仪器嗡嗡地运转起来，正对着进来那扇门的墙上也有一扇门。骆沉明指着那扇门："那后面是恢复记忆的功能室，张臻专门为你建的。基本上你现在所有的问题，那里都有答案。去吧。”骆沉明轻轻推了她一把。

林九微身不由己地往那扇门走去，走到门口想起来：“旧苏州和琉璃这些事，张臻为什么不报案？这明显已经威胁到国家安全——”

骆沉明却只是对她挥手：“去吧。”

林九微看着他的脸，莫名有种熟稔：“你每次憋着坏招都是这个表情。”说完自己也愣了——“每次”是什么意思？

骆沉明却只是说：“时间紧急，真的，要是被琉璃他们找到这里，就什么都晚了。”

那扇门嵌在墙壁里，像一个极简的几何形状装饰品，门上有一个银色的金属弯柄把手，光泽已经黯淡了，把手和门都不是现在流行的式样，但也不是任何年代的式样，像是刻意自我放逐在时间之外。

林九微的手刚握上门把，它自己就开了，仿佛它也有某种意识。

金属弯柄上的凉意顺着人造的血管一直流进心里。

林九微回过头，骆沉明抱着手臂，桑绪向她点了点头。

那个被她推到脑后的问题，那团尖锐的雾气在心里浮沉：从哪里来，要到哪里去，人，非人……

林九微深吸一口气，跨进了门槛。

门自动贴着她后脚跟关死了。

3 访客桑绪

桑绪问骆沉明："她多久能出来？"

骆沉明说："张臻说不超过半个小时的事。有件事我不能当着她面说，现在咱们通个气。"

"什么？"桑绪问。

"让林九微恢复记忆这事跟脑爆案的情况差不多，都是实在没办法才出的下下策。张臻本来打算好，意识反传输研究出来之前都不会恢复她的记忆。"骆沉明说，"张臻说，等我们完成计划，还把林九微推进那间房间，张臻已经设好程序，重新封闭她的记忆。而林九微必定不肯这样，咱俩到时候要是骗不了她，就得来硬的了。"

桑绪惊问道："这是为什么？"

骆沉明摇摇头："张臻跟我见面非常仓促，来不及说太多，只说林九微的记忆不能恢复太久，否则会死。"

桑绪沉吟道："会不会……跟意识衰减有关？"

骆沉明耸耸肩，拿出酒瓶喝了一口："你意识衰减严重吗？"

"还行。"桑绪说。

骆沉明把电解液递给他，桑绪接过喝了一口，问骆沉明："你呢？"

骆沉明干笑一声："也就那样。"

万方公司意识移植创造的人工智能都有意识衰减的问题，这是他们都知道的事。

桑绪还要再问，忽然控制中心的警报灯亮了一下，不由一悚，问道："怎么了？"

"刚通电偶尔会有这种现象，"骆沉明打开安全监控，地下城的各条走廊里并没看见人影。警报显示的位置在入口处，"旧苏州那伙东西应该进不来。"骆沉明边说边往外走，桑绪把晴天留在控制中心，跟了上去。

入口处果然空无一人，骆沉明巡视了一圈，和桑绪往回走。

空荡荡的走廊现在都亮着明晃晃的顶灯，骆沉明问桑绪："什么时候猜到是我的？"

桑绪微微一笑："早就猜到了。"

"多早？"

"第一次烛九阴送信的时候，但还不太确定，第二次烛九阴再来，就觉得八九不离十了。"

"为什么？"

"也说不上为什么，就觉得是你。"桑绪说，侧过头看了骆沉明一眼，"你比那时候还年轻了点，你以前一笑眼角有三条褶。"

"是么，"骆沉明摸摸脸，"我自己倒没在意，现在没褶？"

"现在只有一条。"桑绪说。

骆沉明一哂："这鬼地方也没块镜子，我都快忘了自己长什么样儿了。"

"你一直待在这里？"桑绪问，"待了多久？"

"快一年吧。"

"为什么？"

骆沉明叹了一声："张臻是被琉璃追杀以后，才定了咱们仨这么个补救计划。他找到我的时候情况已经很糟了，他告诉我，为了以防万一，他正在逐步地销毁自己的记忆。张臻跟我约定了暗号，如果他死了，同时会触发两件事，你的档案解档和林九微醒过来，这都是提前安排好的事。所以你的新闻一出来，我就知道张臻出事了，我本来要按照计划去找你和林九微，结果简直成了那伙机器的活靶子，我想琉璃果然提取了张臻剩下的记忆，知道了补救计划，尽管不知道补救计划的具体内容，但张臻最后没来得及删除的记忆里肯定有我的脸。”

“你就只能躲回这里。”桑绪说。

骆沉明说：“月光金属比起液体金属来——”

正说着，距离不远的主控室里传来短促的滴滴声，桑绪问道：“又是警报？怎么跟刚才的警报声不一样？”

两人迅速回到主控室，骆沉明盯着监控屏幕，表情疑惑多于紧张：“这种声音不是警报……是有访客进入。”

桑绪意外道：“访客？”

骆沉明调出监控操作界面，回答道：“入口那块假石头上是DNA锁，你们坐的那架升降梯其实是一台大型的全身扫描仪，不光扫描你的外形，还有你身体的组成材料、金属含量和种类。张臻设定了准入条件，全世界只有四个人能通过这里的身份验证，他自己和我们三个人。其他任何人类和非人类除非我们四个人带进来，否则别想进。”

桑绪说：“难道说进来的是张臻，他没死？”

“我让监控系统显示访客身份了。”骆沉明说。

操作界面很快回应了他的指令——

访客人数：1人

访客身份（DNA锁分析比对结果）：桑绪

访客成分（升降梯扫描仪结果）：人类

也就是说，有一个人类桑绪进入了这座地下城。

桑绪转过脸，正好骆沉明也回过头，桑绪说：“你应该相信我——”

“我当然信得过你，”骆沉明说，“人类的桑绪早就死在一百年前万方公司的变态实验室里了。我再去入口一趟。”

“我和你一起。”桑绪说。

两人一路无话，疾步跑到入口升降梯长廊外的大厅。

白湛湛的光线中，大厅里仍静静呈现着16名死者的全息影像。

骆沉明嘱咐桑绪：“你在这里看着，我去升降梯那。”

桑绪点点头。骆沉明无声地挨近升降梯，摁下开门按钮。

老旧的金属门颤巍巍地向两边打开，骆沉明用自身的液体金属变化出一柄适合近身战的直刀，举在胸前，升降梯里却是空的。

骆沉明谨慎地探头看了看梯舱上下，似乎没有藏匿什么。

他转过脸向桑绪摇摇头，两人正要说话，四下里忽然猛的一黑！

紧接着就听见黑暗深处刺出一声凄厉的尖叫！

桑绪只觉浑身血流通了电一样直轰脑门，脚下已飞奔起来，大喊："晴天！"

骆沉明紧跟在他身后，也失去了镇静，大骂道："那王八蛋断了电闸，林九微还在密室里面！"

4 蓦然回首（上）

门后面是一架下行的楼梯。

绿色的应急灯光幽幽地浮动。

楼梯很深，林九微走得有点慢，少了桑绪和骆沉明，整座地下建筑的现实感仿佛也随之被倒空了，充填进来既是寂静又像是低语的迷幻暧昧。她感觉自己正慢慢走进一个不受物理规律控制的无尽深渊，一个过去与现在的诡秘裂隙，里面绿雾迷蒙，五官六感仿佛慢慢地从现实里融化，陷入一片虚无之中。

智能心理医生那非人的温柔声音莫名在耳边回响：

“林九微，我们来聊聊你的梦吧！”

“那些梦让你产生了什么样的感觉？”

“梦是大脑潜意识的活动，清醒时被压抑的思维借助梦境再度泛起……”

还有桑绪的声音：

“那‘张臻’呢，还记得他吗？”

张臻，张臻，张臻，脚步声仿佛应和着心跳，那个名字随着心脏的搏动闪映在心里，又近又远。

然后她看见了一小片床角。

它从紧挨着楼梯尽头的墙壁后面露出来，是一张靠墙放的单人床，白色，平坦，曾经使用过但已经很久没有人触碰。

楼梯尽头原来是一个窄小的房间。

白色的床，白色的垫着厚厚的软塑料的墙壁，白色圆角写字桌板，白色单人沙发。所有东西都固定在墙上，拆不烂，撞不疼，掰不碎。

是她梦见过的那个白色的房间。

林九微轻抚过床垫，老化的布料上覆盖着一层细细的暗尘。床垫固定在床板上，没有床单，为的是防止被束成长条勒在脖子里自杀。

自杀……这个念头像一根针，扎得她骤然一阵头疼。

等这感觉过去，她注意到床头躺着一只老旧泛黄的信封，没有署名，也没有封口。

林九微抽出信纸。

林九微小姐：

很久不见。

看到这封信的时候，相信骆沉明已经跟你说明了大概情况，希望桑绪也顺利跟你们会合了。

你、骆沉明和桑绪是当年万方公司使用意识传输技术制造出来的。所谓的意识传输实际上是从一名作为原型的人类身上提取出一份意识副本，植入造好的机械躯体中。躯体的材料是液态金属。

这种技术会造成两方面的严重损伤，一个是原型人类的大脑会严重损毁，成为植物人或者直接死亡，所以一名人类原型只能提取出一份副本。另一方面，意识副本的数据会随着时间的推移而越来越不稳定，导致制造出来的机器人（“机器人”这种说法当然不确切，但比较通俗）会产生一种机械故障，我们把这叫作意识衰减。

我认为屏蔽一部分记忆也许能减缓意识衰减。

是我太蠢太自负了。人不光有大脑的显意识记忆，还有潜意识记忆、神经记忆和肌肉记忆等等，记忆的运作机制远比人类已经了解到的复杂得多，我以为我只是动了一小块砖头，但随之而来的层出不穷的状况完全超出了我的想象。

后来发生了很多事，你的意识衰减越来越严重，最终我只能屏蔽了你的所有记忆，把你休眠。我原本打算有生之年解决掉意识衰减，但我卷入了另一伙机器生物的事件，我不得不暂缓研究，专心对付那伙人。

为此我给自己也做了意识传输，把自己变成了和你一样的生物。

当年我问过你，意识衰减到底是什么感觉，你引用了一句话——如今，你身在一切灰飞烟灭之处。

当时我以为我理解了。

但我理解的其实不到你痛苦的百分之一，直到现在，我才有了真正的体会。

没有言语能形容我的愧悔。

你苏醒的时间、地点和假身份都是我预先设置好的，按照计划如果一切顺利，你醒来后不久骆沉明会找到你，告诉你旧苏州事件的始末、我的补救计划，之后桑绪的档案就会解密，而你的刑警身份、你所在的辖区都能为你们解救桑绪提供最大的便利。

屏蔽记忆意味着冻结数据流，禁止部分虚拟神经元的活动，记忆屏蔽得越多，你本身的数据处理能力就越差。

现在为了完成补救计划，不得不解除屏蔽，提升你的性能。

为了避免记忆一下子恢复造成太强的刺激，解除屏蔽会分阶段进行，并且解除的同时会辅以外源记忆的同步传输——那些外源记忆是我的，是我参与你成为人工智能的全部过程的回忆。因为我的这部分记忆和你有很强的关联性，我做过模拟，解除记忆屏蔽的同时把我的这些记忆也传输给你，能够激活你的非显意识记忆（也就是深藏在你的潜意识、肌肉和神经中的记忆）。

你的主记忆（显意识记忆）被屏蔽的时间太久，数据会散失，虚拟神经元之间的联结也会老化消失，而激活的非显意识记忆能补充那些散失的数据，还能催生新的虚拟神经元联结。这样，补救计划应该跑得起来了。

但恢复记忆以后，意识衰减也会随之而来，所以补救计划一完成，你最好再次屏蔽掉记忆。骆沉明知道步骤，你们三个最好都这么做。相信随着智能技术的发展，意识衰减总有一天能够解决，你们会等到那一天的。

如果你准备好了，就说“我准备好了”，声码控制会启动记忆修复程序，这整间功能室就是一间一体操作机舱，你水平躺在单人床上，面朝上就行，注意不要让身体的任何部位遮住前额和胸口。

衷心祝你一切顺利。

张臻

另：神经联结产生的过程会产生电流波动，可能伴有轻微的刺痛，这是正常现象。如果觉得不舒服，可以小幅度地调整姿势，这时解除屏蔽和传输外源记忆都会暂停，当你再次躺平成标准姿势后，会自动继续。

林九微放下信，坐到单人床上。房间白得人心里空荡荡的，墙壁后面传来通风扇页转动的轻微嗡鸣。

她躺下来，双手放在身侧，望着白茫茫的天花板，轻声说：“我准备好了。”

一阵嗡嗡的机械低鸣声响了起来，不一会儿，额头便感到尖锐的疼痛，伴随强烈的眩晕。白色的房间开始旋转，一片恍惚里，却有一个人影越来越清晰。

那是一个女人，坐在一张椅子上，表情呆滞，身上穿着白色无纺布袍子，袍子是手术服的样式。这是张臻的记忆，林九微冷不丁透过他的这段记忆看到了自己“初生”的状态。

地点是同一间白色的房间。

张臻拿着一块平板电脑，坐在林九微对面，疲惫地揉揉眉心，问她：“今天感觉怎么样？”

“感觉不错。”林九微说。

“昨天呢？”张臻问，“昨天圣诞节，吃了蛋糕，记得吗？”

“我喜欢抹茶蛋糕。”林九微说，“我想吃抹茶蛋糕。”

“昨天吃的就是抹茶的，”张臻说，“记得吗？”

“我昨天吃抹茶蛋糕了？”林九微问。

张臻无奈地摇摇头，换了个问题：“你想出去吗？”

“去哪里？”林九微问。

“去外面，逛逛公园，或者逛逛街，”张臻问，“或者想不想换个大点的房间？”

“多大的房间？”林九微问。

“比这个大两倍。”张臻说。

“那是多大？”林九微问。

“两个这个房间大。”张臻说。

“那是多大？”林九微问。

张臻深深地叹了一口气，问：“那看见我感觉怎么样？”

“没怎么样。”林九微问。

“你不生气吗？”张臻问。

“为什么要生气？”林九微说。

张臻指指自己：“我，叫张臻。万方十界记得吗？我在万方十界干了很多坏事，你很讨厌我，记得吗？”

林九微恍然：“万方十界，我记得。张臻这个名字也记得。你是张臻？”

“对，”张臻说，“我就是张臻。”

“那你是我认识的第二个张臻。”林九微说。

张臻长叹一声：“我就是你认识的第一个张臻。同一个张臻，没有第二个张臻。”

平板电脑上记录着林九微的“本次调试结果”：时间概念，无；空间概念，无；逻辑概念，无；自我意识，无；自我与客体的区别认知，无；对客观事物的认知，无……

附注：为降低意识衰减的影响，15号实验体部分记忆被屏蔽，屏蔽部分占总记忆量的12%。

张臻摇头叹气：“认知恢复训练已经做了两轮了，唉……”

平板电脑上显示出结论：实验体进行意识传输术后，由于本体记忆被部分屏蔽，出现自我意识离散、基础逻辑混乱等情况，具体表现与其他屏蔽记忆的实验体基本一致。

出了囚室，张臻看着长长的结果栏里整齐划一的“无”，给技术部打了个电话：“要不把15号的记忆屏蔽给解除了吧，现在还谈什么人工智能，整个一人工智障。”

电话里也是叫苦不迭：“13号实验体就是因为解除屏蔽，结果死了五个同事，重伤三个，实验室砸烂一间半，差点把数据库都给毁了，人也跑没影了。实验室现在定了死规定，绝对不能恢复记忆——闭眼前还是个人，一针麻醉过后睁开眼成了机器了，这打击没人受得了。”

“13号那个骆沉明本人就是个暴力狂，”张臻说，“意识衰减的具体表现跟本体性格有关，林九微不太可能会那样。”

“那14号那个桑绪怎么说？他恢复了记忆倒是不打砸抢，但跟死人一样天天瞪着天花板也够我们受的，投入多少人力物力下去，我们组熬夜就熬了多少，弄出来一个活僵尸，心血全打水漂。”那边说，“心理部不是提出用假记忆来替代吗，没用？”

“假记忆真实感太差，跟本人的原始记忆匹配度也不高，装了更混乱，我给卸了。”张臻不耐烦地敲着平板，想了想，问，“志愿者还没找到？”

一提起志愿者，那边就一声长叹：“愿意来的吧，不符合要求，合要求的谁又能自愿干这事呢？不过我们还在接着找……”

他说接着找也不是敷衍，因为这是让实验体恢复认知的最后一个办法了，从理论上来说这个设想是很有前途的：为已植入记忆的实验体再植入一段真实的新记忆，如果新记忆和实验体本身的记忆有比较明显的对比性，也许实验体能够通过对比而获得自我认知。

设想是新近提出来的，很有创造性，但新记忆找起来却像是大海捞针：首先所谓的对比性要求新记忆的提供者对林九微有比较全面的了解，这样才能像镜子一样让她观照出自身；其次新记忆的分享和意识传输不同，记忆只占人整个意识中的一部分，不包括思维习惯、逻辑推理能力等等，不能像意识传输那样在实验者昏迷的情况下整个照搬，只能在提供者处于清醒、平静的状态下才能传输到林九微体内。

原本桑绪和骆沉明是最适合的提供者，但他们在林九微之前就成为了实验体13号和14号。

而其他了解林九微的人，譬如她的父母和朋友，也正在苦苦寻找莫名失踪的林九微，找他们无异于通知警察——原本万方十界出了事故后，万方公司已经成了警方高度关注的对象，实验室和项目全都转入最隐蔽的状态，有限的实验体在不断的实验过程中接连报废，到林九微已经是最后一个。

其实大家也都心知肚明，眼下就有一个最最符合要求的理想的记忆提供者，他了解林九微，了解记忆传输实验，如果他愿意，他就会高度配合。

但谁也不敢提——万青川除外，他已经旁敲侧击过张臻好几次，提醒他是谁把他从监狱里弄出来的。

张臻却始终不松口。

这不能怪他，这是本能，是人类从树上下来，摘下叶子挡在腰间时就形成的共识：我们要把自己遮蔽起来。

一开始用树叶，后来是兽皮、麻葛、丝绸、冠帽、饰物、仆从、姓氏、学识、头衔、社交账号。

越隐蔽，越安全；

越虚饰，越畅快。

譬如绝大多数人在游戏世界里流连忘返，建立数不清的账号只不过是不想面对自己那唯一一个黯淡无光的真实人生——不仅黯淡，可能还是潦倒、绝望，甚至是畸形的。

绝不能端出来做什么疯狂的科学实验，被公司近百个同僚研究调试，说不定还会陈列在演示视频里，供后世无数人品评。

如果他把自己的记忆拿出来，供林九微恢复认知，那么——

张臻眼前逼真地呈现出一幕幕：

全世界围观——张臻哈密瓜过敏；

全世界公认——张臻有帕金森的祖父、帕金森曾祖父、帕金森高祖父，他们手臂颤抖抽搐的模样和频率高度雷同，甚至可能产生共振；

全世界流传——张臻5岁时尿床被扔到门外罚站两个小时。

张臻捏着手机，几乎要把手机捏碎。

他真不想做这个鬼实验了，但他几乎立刻就能想起来万青川会怎么跟他算账，他会问他，张臻，谁把你从监狱那个烂地方里弄出来的？谁托的关系，谁花的钱？谁大大缩短了你的刑期，让你舒服得像度假？

你现在能人模狗样地摆弄实验，是花谁的钱上的学？

又是花谁的钱留的学？

谁摆平了你的无赖父母？

就算这些统统不谈，张臻，我也不用你回答，我只问问你这么个问题：你摸摸你自己那副心肠，它算得上一副正常的人的心肠吗？那个游戏万方十界也好，现在的意识传输实验也好，你那么沉迷，完全只是因为被强迫吗？

这是另一大篇不愿被任何人公布的记忆。

手机上跳出万青川的语音通话，张臻吓了一跳，接起来："嗯……我刚跟技术部那边聊过……办法我还在想……我知道了，会尽快的。"

通话结束了。

人活着好像免不了做选择，张臻想，但别人都是在天堂和地狱之间做选择，他的选择却是一个地狱和另一个地狱。

几天后，张臻躺上手术台，他旁边另一张并排的手术台上躺着失去知觉的林九微。两人头上都戴着一个嵌合了集成电路的脑电波收集放大头盔，头盔是灰色半透明的，通过一台量子处理器相连。几个小时后，操作处理器的技术员对张臻点点头："好了，你的记忆已经全部共享给了林九微。"

张臻脸色有点白，不自然地笑了笑："现在她对我可是了解得一清二楚了。"

"希望比较过两段记忆以后，实验体能分辨出自我和客体。"技术员说完，退出了手术室。

"等等。"张臻叫住他，拿起平板电脑，"我和你一起走。"

技术员疑惑地问："您不等实验体醒过来做评估了？"

张臻看一眼昏睡中的林九微，他的全部记忆已经尽数导入林九微的头脑，无异于比赤身裸体还要彻底地暴露在她面前，这让他实在不太想和林九微立刻面对面。

他说："把她挪到5011室去，评估在那做。"

"那间房间被13号实验体砸了个稀巴烂，还没完全修复好。"技术员说。

"能用就行。"张臻说。

5 蓦然回首（中）

手术后过了一天，林九微才醒来，醒过来就发现自己被挪了位置，不在手术室里了，在一间空荡荡的房间里，三面围墙，第四面墙上嵌着一大块单面反光玻璃，整个房间没有窗。

“你醒了。”张臻隔着玻璃幕墙看着她，看她循着声音，找到了墙上的传声口。

“你的身体有没有不舒服？”他问，“头晕、头疼或者视力模糊？”

林九微转了转脖子：“太阳穴这里感觉发胀。”

“伴随疼痛吗？”张臻问，“胀得严重吗？”

“只是胀，不疼，也不严重。后脑勺也觉得有点闷。”林九微盯着玻璃。玻璃不透明，她只看见了自己的影子，于是问道，“你是谁？”

尽管知道她看不见，那探究的目光还是让张臻不舒服，他下意识地退了两步，说：“枕叶和颞叶的闷胀是术后的正常感受，如果没有加重的话不用担心。”

林九微紧盯着玻璃幕墙：“你是谁？”

张臻不理会她，看了一眼平板电脑上的诊断表格：“对于你自己，你还记得些什么？”

“差不多都记得，所有的事，我现在研二，暑假开始要去实习了。”林九微说，她眼睛里逐渐浮现出淡淡的神采，显示实验体正在从术后的茫然麻木状态恢复过来。

张臻翻看平板电脑上的手术记录：

15号实验体记忆改造术

手术目的：帮助实验体获得自我意识与认知。

实验体手术前状态：

①自我意识离散、基础逻辑混乱、无基础认知；

②部分记忆被屏蔽：本体自然年龄27周岁，意识传输时年龄为27周岁。为缓解传输手术后遗症，即意识衰减，实验体记忆被部分屏蔽（屏蔽为可逆，可解除屏蔽恢复记忆）。被屏蔽的记忆占实验体记忆总量的12%，时长为700个自然日，具体时段是以其接受意识传输术当天为终点，向前推移700个自然日。

手术内容：输入外源记忆“张臻”，让实验体和自己已有的记忆相比照，以期区分开“自我”与“他人”，进而获得自我意识、认知。

透过反光玻璃，张臻看见林九微下了床，不安地张望：“这都是怎么回事？你是什么人，这里是什么地方？张臻是谁？为什么我记得他的所有事？”

张臻咳了一声：“你精神出了点问题，有重度的精神解离症状，你分不清自己和别人，对时间、空间的概念也乱七八糟。现在存在于你头脑里的这个‘张臻’的记忆是一个虚构的人生，目的是为了帮助你的治疗。”这些都是找心理学专家编造的标准借口，真假参半，外行辨别不出真伪，同时也化解了他被人窥视记忆的尴尬。

林九微将信将疑：“那这个虚构记忆是怎么到我脑子里的？”

“通过催眠术。你刚从一场专业的催眠术里醒来。这里是精神治疗中心。你现在不宜接受任何外来刺激，它们都会加重你的解离症状。你现在所处的是特制的治疗室，我是你的心理医生，我会通过传声口跟你交流。”

“但是我不记得我得病了，”林九微皱眉，“我爸妈呢？”

张臻继续编：“记忆的缺失正是精神解离的显著症状之一。你爸妈每周可以探视你一次，需要的话我可以帮你联系他们。”

林九微慢慢从玻璃前退后，坐回到窄小的病床上：“为什么我要待在这样的房间里，为什么不让我看见外面？”

“那样会加重你的症状。”

张臻兴致盎然地观察着林九微的所有动作，也许因为不得不复制自己的记忆给林九微，他甚至对她产生了一点微妙的敌意。

林九微坐在高高的病床上，茫然无措，她问那面黑漆漆的玻璃：“那我现在干什么？”

“对于张臻，你记得些什么？”张臻问。

“张臻，新疆乌鲁木齐市人，汉族，1985年生，AB型血，哈密瓜过敏。家族有帕金森病遗传病史。张臻5岁时尿床被扔到门外罚站两个小时。张臻的父亲是乌鲁木齐市第三食品厂——”

“行了，行了！”张臻狼狈地打断她，“够了。”

林九微抿起嘴。

“那你是谁？”张臻问。

“我是林九微。”

“你和张臻有什么不一样？”

“完全不一样。”

很好，张臻在表格上记录下：能区别自我与客体。

“你记得昨天晚上吃了什么吗？”张臻问。

“肉丝炒面。”林九微回答。

“你觉得你的病房怎么样？”

“太小了，像个牢房，颜色也很单调。”

时间概念、空间概念、逻辑概念，具备。对房间颜色的补充说明体现出对客观事物的认知。而且林九微本人性格外向，善于交流和表达，现在她说的话很到位地体现了她的性格。

张臻放下了平板电脑，欣慰地伸了个懒腰：“林九微，你成人啦！”

“什么意思？”林九微问。

“没什么意思。”张臻说，“我是说你的病快要好了。”

“谢谢你，医生，”林九微说，“张臻这个人的确是虚构的，对吧？”

张臻伸懒腰的手停在空中：“你什么意思？”

“我的意思是，幸好张臻是虚构的。”林九微说。

张臻凑近反光玻璃：林九微神色坦然，不像是看穿真相之后在拿话试探他。她套着宽大简陋的白色手术袍，胳膊和小腿细瘦伶仃地从袍子里支棱出来，透过微暗的玻璃幕墙，有种虚幻的存在感。她仿佛是一个封在瓶子里的精魂，一缕出窍的元神，吐露着人间黑色的秘密却毫不自知。

张臻心底泛起一丝紧张：“你为什么这么说？”

“是故意这么制作的吗？”林九微问。

“什么？”张臻问。

“张臻的记忆，”林九微问，“他的童年——”她闭上眼，摸索着头脑里崭新的外来记忆，“不光是童年。少年、青少年……一直到十八岁离开家，张臻的记忆都是不连贯的。但好像又不是失忆，感觉上是刻意忘掉了。”

“什么刻意忘掉？”张臻不自禁地凑近了幕墙。

“在他记得的事之间，有一些时间段是灰黑色的，”林九微说，“像是给涂抹掉了，变成一团模糊。”

张臻说不出话来。

理智上，人对自身无疑是事无巨细地全盘通透，但被林九微一说，张臻猛然回首，那本该清楚明晰如建筑图纸的记忆竟是一片雾气弥漫的瘴泽。不想被人看清，连自己也不愿去看清。

“医生你看，”林九微说，“比如小学的记忆里，有一段是张臻在学校吃午饭，但这个时间点是三年级下半学期，而前一段关于张臻吃午饭的记忆是小学二年级下半学期。为什么没有三年级上半学期吃午饭的记忆？故意没有制作吗，为了帮助我治疗？”

反光玻璃背后静默着，林九微只能看见自己的影子在黑色的玻璃上滑动。

“医生，”她问，“你走了吗？”

张臻过了两秒钟才回答：“没有。”

“还有这里也模糊掉了，”林九微问，“六年级结束到初一开学的这个暑假，为什么？等到了初一，张臻忽然住进了舅舅家，这段记忆里的头一件事是从舅舅那讨到初中学费，张臻还订了个行动计划，第一步是给舅舅家做家务，底下还有备注，要让老师相信自己的父母出差去了国外，开不了家长会。张臻还给这个计划起了个名字，叫‘大富翁’，好像这不过是个游戏。”

“我觉得这段人生制作得有问题，”林九微说，“因为在张臻的记忆里，他的父母对他都好极了，有带着他出去玩的，给他买名牌牛仔裤和球鞋，几乎花光了刚到手的所有工资。他妈妈还带他上馆子，点菜的手笔非常浪费。他父母带给他的生活我觉得——”

“觉得什么？”张臻问。

“这段记忆是模拟人生之类的软件自动生成的吧？一点也不真实。”林九微说。

“为什么？”

“因为张臻父母和张臻相处的记忆制作得一点也不像真正的家庭生活，父母和孩子之间哪是这样的？”

“那应该是什么样？”

“疯狂购物、下馆子、开车兜风——张臻的父母不是在抚养张臻，”林九微说，“是在给他开一场又一场的嘉年华。这不现实。”

玻璃背后静默无声。

林九微补充道：“在拥有这种父母的前提下，张臻不可能缺掉吃饭的记忆，更不应该住到亲戚家里去。”

平板电脑因长时间没有使用而黯淡下去。张臻索性放到一边，问：“那你认为，现实应该是什么样的？”

林九微说：“拿我自己的记忆和张臻的比较，我就能确信自己的人生是真实的，而张臻是虚构的。”

“你是真实的，张臻是虚构的……”张臻嗤笑一声。

他的声音低下去，很久没再说话，久得林九微开始怀疑自己的推断是否错误，这是否意味着她的“精神解离”依然严重。

过了一会儿，张臻问：“你觉得，张臻这种人生离奇荒诞，十分可笑？”

“你是在判断我的思维正不正常吗？”

“你当成普通的问题就行。”张臻说，他的声音变成过度的冷静，甚至超过了医生的职业标准而显得冷酷。他拿起平板电脑。

林九微也许感应到了什么，惴惴地打量着漆黑的玻璃平面。

这时张臻正在手术记录的效果评估一栏里写下：未达到预期效果，15号实验体未获得意识，目前认知水平低于14号，拟销毁13号实验体，改用14号继续实验。

屏幕上跳出“确认评估”图标，鲜红的，不停闪光，像一颗挣扎跳动的心脏。

这是我的心脏，张臻阴郁地想，现在它被掏出来放在外面了，谁都可以参观它，连一个刚刚获得意识的实验体都胆敢对他评头论足。

这感觉比裸照挂在天安门城楼还要可怕。

林九微的声音还在从传声口流出来，流进张臻的耳朵，像一剂毒药：“你问我张臻的人生是不是离奇、荒诞和可笑……”

张臻慢慢地抬起头，问林九微：“你说什么？”

“我说我有点困。”林九微打了个哈欠。

“不是这句，”张臻说，“之前的那些。”

“我说假如把张臻当成一个真实存在的人来分析，”林九微说，“我不认为他是离奇、荒诞或者可笑的。他很有趣，还很顽强。”

“顽强？”

“我回答得不对吗？”林九微问，“我的精神状态还是不对劲？”

“你为什么认为张臻是顽强的？”

顽强，这个词散发出一种咬牙切齿的窘迫，太可笑了，张臻的人生怎么会窘迫？

“因为张臻始终在竭尽所能地活下去。”林九微说。

心里陡然生出一股冰冷的怒意，张臻说道：“胡说八道。”

“是你假设张臻真实存在让我分析，反过来说我胡说八道？”林九微一点不示弱，“就算我精神有问题，医生，你也没有好好研究过张臻这个虚拟的人生。”

张臻失笑：“我没好好研究过？”

“你根本不理解张臻。”林九微说，“你的不专业和敷衍让我很难信任你，我要换一个医生。”

张臻盯着她那张一无所知的面孔：“不专业，敷衍……你才知道张臻几天？”

“虽然我才接触到这段记忆，没有你研究的时间久，但研究也分方法，”林九微争辩起来口齿伶俐得可厌，“你有没有设身处地为张臻想过？”

张臻气结：“你倒是为他想了？”

“他就在我脑子里，没有人比我更了解他。”林九微居然用一种语重心长的语气，“想要弄明白张臻，你不能把他当作一份死的资料，要把他当成一个活生生的人。”

张臻脱口道：“他本来就是活生生的人！”

一瞬间，两个人都愣住了。

林九微惊呆了：“张臻是……活的？”

她轻声轻气地，像是怕惊动了脑子里那段回忆的主人：“真有张臻这么个人？”

张臻狠狠砸了一记墙壁！

响声吓了林九微一跳，她走到反光玻璃前，摊开手掌扒着玻璃，脸上的表情一时难以述说：“真有这么个人的话，你们怎么能把他的记忆弄到我身上。他……同意这种事吗？”她想了想，“以他的性格，绝不可能同意。”

平板电脑屏幕暗了，但心脏般的搏动还在继续。

“医生，我猜张臻也是这里的病人？”林九微说，“你们不经过病人的允许干这种事……”她低头想了一会儿，拢了拢头发，抚平手术袍，“放我出去，我不在你们这治了。”

还说他顽强，张臻想，她这张脸现在的表情才叫“顽强”。这个世界真令人作呕，竟然存在如此伟大高贵有碍观瞻的顽强——他厌恶顽强，一如厌恶认真，厌恶负责，最厌恶的是一本正经。

“我要出去。”林九微说。

“你想干什么，”张臻恢复一贯的语气，饶有兴致却又懒洋洋，“出去给张臻通风报信？”

“你们伤天害理。”林九微说。

“行了，”张臻说，“张臻的确是虚构的。”

林九微却摇头：“我现在明白了，张臻不可能是虚构的。”

“为什么？”

“只要设身处地地想一想，就能发现他的记忆非常细致。”林九微说。

张臻嗤笑：“论起细致，什么东西能比过计算机？”

“那这台所谓的计算机可真厉害，”林九微冷笑道，“张臻在舅舅家写游戏计划的时候，他有点不安，又有点自信，还有点竭力掩盖的伤心，又在不断地自我安慰；一边写，还在一边审视自己的计划，不断评估和改进；随着他写写画画，他的兴趣逐渐真正进入到这个自己发明的游戏里面，变得兴趣盎然。”

林九微冷冷地盯着玻璃，那目光甚至让张臻错觉到尖锐的穿透力：“光是一个这么小的细节，就有这么多真实的感情在里面。世界上要真有这种技术，机器人早就满街跑了！”她顿了顿，补充道，“还独具匠心地设计出记忆里灰色的模糊带，这还是台艺术家型的计算机！”

张臻不禁问：“你知道那些模糊带是什么？”

“是一些有内在关联的记忆。一开始是被刻意忘掉的，后来就习惯性地记不住了。”林九微说，见张臻没回应，她又说，“张臻的父母有钱就狂花一气，没钱的时候连个影子都找不到，根本不管孩子的死活，有一次甚至连舅舅给张臻的学费都骗走花光了。为了不崩溃，张臻试着把这些事看成是游戏，所有的不幸只是游戏里面的趣味关卡，但再怎么自我欺骗，他潜意识里还是明白没有哪个游戏会对一个孩子这么残酷，所以有些事如果用游戏当作借口都粉饰不过去，他就干脆让自己忘掉，那些被模糊掉的记忆就是这么来的。”

一阵又一阵的困倦使林九微睁不开眼睛，她等了一会儿，没等到回应，说道：“医生，你不回答我，要么是被我说对了，要么，你根本不知道张臻是怎么回事。”

“你知道吗，很多心理医生都猜不出模糊带的意义。”张臻说。

“放我出去。”林九微拍着玻璃幕墙。

“这是不可能的。”

林九微困得站不稳了，却还试图威胁外面：“我父母会找过来，我还在实习期，学校也会……”

“谁都不会做任何事，”张臻说，“你也会很快忘记今天的事。”

“什么？”

“一旦具有了意识，你的神经网络就开始产生交互联结，”张臻说，“你需要大量的休眠来应付这种接连不断的生长变化，就像婴儿需要大量的睡眠一样。而醒过来以后，更新的神经联结网络会覆盖旧的，所以你什么都记不住。”

林九微困得摇摇晃晃。

“就像儿童记不住两岁以前的事情一样，你什么也记不住。”张臻说着，看着林九微慢慢委顿在地，失去知觉。

十多个小时后，林九微从休眠中醒过来，果然什么也不记得了。

张臻再次隔着单向玻璃墙评估她的认知发展程度，林九微考虑问题的速度和语速都比昨天快了一些，但聊着聊着，聊到了“虚构记忆”的问题上，张臻正要岔开话题，林九微却说：“医生，我认为张臻这段虚构记忆是真实的。”

这一次张臻的情绪控制得比上一次好，他平静地反驳林九微的观点，编出一套说辞来搪塞她，但林九微也比上一次更难缠，这让张臻想起从前，“万方十界”那个美妙无比的虚拟世界正是毁在了她这种令人作呕的顽强之下。

世界上没有比这更荒诞的事情了——林九微坚持要出“医院”去告知张臻，他的记忆正在被非法使用。张臻本人因此怒不可遏。

他隔着玻璃幕墙再一次失去控制，顾不上会造成什么负面刺激，直截了当地告诉林九微：“想都不要想，睡一觉你就会忘记所有事。”

林九微再次昏睡过去，醒过来之后果然还是什么都不记得，但在张臻问她第一句话“你觉得怎么样”时，她没有回答，而是睁着眼睛发了一会儿呆，才慢吞吞地说：“张臻这个人是真实存在的，是不是？”

实验室的心理学顾问说这可能是一种记忆上的“累积效应”，一种由显意识获得而最终沉淀到潜意识里去的思维惯性，就算删除了她的记忆，这种惯性却无法消除。

顾问说，记忆的存在方式有很多种，人们通常所理解的那种记忆虽然很主要，但并不是记忆的全部内容，也不是记忆的唯一表现方式。

人之所以为人，并不光是头脑指挥、躯体执行这么简单。

人是复杂的有机体——这是一句人人都会说的完全正确的废话，但至于如何复杂，如何有机结合，人类还远远没有全部弄清楚。并且——顾问说，请替我跟万总说一声，出于个人原因，我无法胜任公司的雇佣了。不过我跟公司签合同的时候也签过保密协议，所有的事情，我走出实验楼的大门就会全部忘光的。

于是张臻了然，这个顾问一定是不知怎么得知了实验的内幕。但林九微的事情纠缠着他，他没闲心为难顾问。也许是感激张臻的大度，离开前，顾问说："如果评估实在进行不下去，勉强下去对双方都不好。可以考虑找个人替代你做评估。实验体要是获得了基础认知，以后评估不聊那段虚构记忆也没问题，然后差不多就可以把对比记忆去除掉了。"

张臻没有找人来替，他还是不愿意让别人窥自己的隐私，不过他按照顾问的建议，接下来几次评估都完全避开那段虚构记忆，居然进行得挺顺利。

按理说，为了减小伤害，对比记忆至少两个月后才能去除，但张臻安排林九微半个月之后就做去除术。

评估的时候他告诉了她这个消息："你恢复得不错，我们决定去除你的对比记忆。"

"也是通过催眠？"林九微问。

"嗯。"张臻含糊地应了一声。

"什么时候做？"林九微问。

"半……"张臻看了她一眼，顿了顿，说，"三个礼拜之后。"

他临时延后了一星期，说不上是出于什么心理。

"所以一会儿要做一个身体素质测评。"他说。

林九微脸上闪过一丝害怕的神情。

"你害怕？"张臻问。

“没有。”她说。

测评不需要张臻在场，时间定在下午。那时张臻正在跟他的狗烛九阴玩抛接球，实验楼后面有一片挺不错的草地，下午的阳光也很好，这时一个电话打过来，让他去看看15号实验体。

“出什么状况了？”张臻一边问，一边从狗嘴里往外扯裤腿，烛九阴大概预感到他要临阵脱逃，非常愤怒。

“你来看看吧！”那边说。

到了测评室，张臻发现林九微在休眠状态。

“怎么又睡过去了，意识衰减？”张臻问。

测评人员说：“不是，我们带她体检的时候她反抗比较激烈，我们就让她休眠了。”

“反抗激烈？为什么？”张臻问。

“可能是不想让我们发现这个。”测评人员掀开林九微的袍子。

张臻先看到的是她的腹部，被皮肤上那片颜色吓了一跳，然后才看清这些纵横的一道道暗红色是结痂没多久的伤疤，它们不是无规律排列的，而是组成两个字和一个标点符号：

假的？

接着他看到她的大腿，两条腿上都划满了，一条腿上是两个词“真的”和“我是”，另一条腿上是“救张臻”和“他是”。

连起来理出顺序，加上腹部的，就是：救张臻，他是真的。我是假的？

“她把这些字刻在衣服能遮住的地方，从疤痕来看，是近几天分几次刻上去的。我看了一下你做的评估，说她还在神经联结阶段，记忆还不具有连续性。她是怕自己忘了，用这种方式来记住？这个时候去除对比记忆是不是有点早？”测评员说完，没得到回应。她抬起头，发现张臻死死盯着15号实验体，脸色白得可怕。

6 蓦然回首（下）

林九微醒过来，还是那间观察室，三面围墙，一面单向玻璃。

她从床上坐起来，左右张望一番，试探地问道：“有人吗？”

没有人回答她。

张臻隔着玻璃沉默地观察，看她低头摆弄身上的袍子，检查玻璃墙，屈起指关节扣了扣，又扒上来耳朵贴着听了听。她趴到玻璃上的时候，张臻不自觉地屏住呼吸。

林九微回到床前，百无聊赖地坐了一会儿，然后就感到手心有点痒。

张臻阴郁地看着。

林九微挠挠手心，发现手心有划伤，摊开来一看，是几个刻字：信息在身上。

另一只手心也有字：无人时看。

张臻看过了监控视频，他知道这之后林九微会趁黑灯时偷偷摸索身上的划痕，照着笔画，琢磨出一个个都是什么字。黑灯是模拟人类作息，不让实验体发现自己的非人身份。林九微不知道，即便黑灯，红外监控也会拍下她的一举一动。

现在灯亮着，林九微发现了手心的字以后自以为无人觉察地伸手摸了摸肚子，果然摸到腹部有相同的伤痕，她垂下手，乖觉地坐在床上。

“你什么时候发现自己记不住事情的？怎么发现的？”张臻问。

冷不丁的声音令林九微吃了一惊。

“谁在说话？”她问。

张臻要开口，却被一名专家制止。

那种被赤裸裸展览的感觉又回到了他身上，折磨得他心底寒气四溢。但他身边不光站着那群该死的专家和技术员，万青川也来了，就站在他们身后。张臻极力压制着一股不知名的破坏欲。

一名机器学习与生物神经方面的专家替代了张臻的位置，在例行用那套谎言骗过林九微之后，专家问：“你为什么认为张臻这段记忆是来自一个真实存在的人？”

林九微露出思索的神情。

张臻攥紧拳头，指甲掐进肉里：他知道林九微会怎么说，他听过那套屁话，现在轮到其他人来听了，他所有不愿回想也没必要回想的记忆就要被剖开来供人消遣了。

林九微想出了头绪，她回答道：“我不知道。直觉吧！”

张臻诧异地抬起头。

她不知道？他看着她的表情，别人不了解，他是了解的，林九微想不明白问题时可不会露出这种平静的目光。

专家又问：“你为什么要在身上刻字？”

“我不知道，”她说，摊开手，“我刚刚醒过来，我现在什么都不知道。”

“对于那些刻字，你是什么感觉？”专家问。

林九微摇摇头：“不知道，说实话，挺疼的。”

除了这名专家，还有其他两名相关学科的专家轮流向她问话，总共问了一个多小时，什么都没问出来。万青川问张臻：“15号每次休眠之后都是这样？”

张臻点头：“她现在还在生成神经联结，什么都记不住。”评估报告每次也都是这么写的，没有什么不同。不同的是表情，张臻想，他以前怎么没注意到呢，不知什么时候开始，林九微醒过来之后，脸上的惊慌就越来越刻意了——原来都是装出来的。

那天晚上项目组开了研讨会，会后张臻和万青川单独聊了很久，最后他顶着夜色重新回到实验楼。

监控室一片漆黑，张臻打开灯，看见玻璃幕墙后面的床是空的，林九微抱膝坐在角落，忽然间的光明刺得她眨着眼。

“谁？”她站起来问道。

“我。”

“你是谁？”

张臻一时回答不上来。

像是冥冥中感应到了什么，林九微走近幕墙，自残过的手掌心扒在玻璃上，徒劳地张望：“你是谁？为什么这么晚了来找我？”

说不上是什么心情，像是无明火一样的愤怒，但愤怒里又有别的什么，张臻做出了一个自己都感到意外的动作——他啪地把灯关了。

世界一下子没入黑暗。

良久，张臻说：“现在你每次醒过来，记忆不全是一张白纸，你能记住一点东西，对吧？”

林九微没回答，在掂量对方的身份。

“明天开始，还会有人来问你问题。”张臻说。

“像今天这样？”林九微问。

“对，像今天这样。只要问到张臻的记忆，你就什么都不许说。”

对面传出一声轻笑。

“你笑什么？”张臻问。

“我笑你发号施令的样子。”

“我的样子怎么了？”

“色厉内荏。命令别人要么用威胁，要么用条件交换，”林九微说，“你这样直愣愣下命令，显得既蠢又坏。”

张臻怒道：“我可以立刻销毁你。”

“如果可以你早就销毁我了，”林九微说，“而且‘销毁’是什么意思？我果然不是人类，那我是什么？你不告诉我，我天天和人聊张臻。”

张臻气得说不出话来。

林九微问："你为什么不让我跟人聊张臻，你跟张臻是什么关系？"

她等了一会儿，外面却静悄悄的。

"人呢？"林九微问。

没有回答。

过了十来分钟，张臻冷静下来，才走回监控室，打开灯："你的条件是什么？"

"回答我刚才的所有问题，"林九微说，"还有，我要见张臻。"

"我可以回答你的问题，但你不能见张臻。"

"为什么？"

"跟你没关系。"

"张臻跟我有关系。"

好不容易压下去的无名火又蹿了上来，张臻没意识到自己说话时甚至有点咬牙切齿："你连自己是哪来的、是怎么回事都不知道，你连玻璃外面是什么样子都看不见，为什么紧咬着张臻不放？还想救他，救个屁！他用你救？你有什么本事？你顶多只能割伤你自己！"

他以为林九微会被激怒，但她没有。

她看了一眼自己伤痕累累的手心："你不会懂的。"说着居然轻蔑地笑了一下，"能制造出我这种东西来的人——你们怎么可能理解张臻对我来说意味着什么？从你们把张臻的记忆弄到我脑子里，他跟我就不再是无关的两个个体。当你深深地理解了另一个人的痛苦以后，你怎么能对他视而不见？"

她说："是的，我是没本事救他。但没有本事，就不救了吗？就不想办法了吗？可能因为我不是个人类吧——虽然我还不知道自己是什么，可能真正的人类不这么想，但我知道，张臻遭受的很多事情其实在他心里一直没有痊愈，所以我不能不去想他现在怎么样了。也许我救不了他，但我至少能让他知道他不是唯一被你们残忍对待的人，他不是独自一个人在遭受这些。至于你们觉得我是愚蠢还是可笑，我不在乎。"

"早上你跟专家们没提张臻，现在怎么跟我聊了这么多？"张臻问。

林九微沉默了一会儿："直觉吧。"

“你骗那些专家也是这么说的。”张臻说。

林九微莞尔：“这次是真的。”

“你的身体是液体金属制造的。”张臻说，他下意识地避重就轻，没提意识传输。

“什么液体金属？”

“一种有自发动力的液态形式的金属，”张臻说，“有一个问题你要回答我，按理说你现在每次休眠之后，之前的记忆应该就没了，连记不住东西这一条都不应该记得。你是什么时候开始在身上刻字的，工具是什么？”

林九微狡黠地提出条件：“我要见张臻。”

“这不可能。”

“那就告诉我，我是怎么制造出来的，原理是什么，我的记忆是制造的，还是有原型？”

这些问题不知是她忽然从脑子里冒出来的，还是不为人知地想了很久。

张臻说：“你回答我的问题，我回答你的。”

林九微权衡片刻，点点头，走到床铺边，蹲下来，从被床架遮住的地面死角上摸出一块碎瓷砖，往胳膊上做了个划拉的手势。

张臻惊呆了：这不可能！工程监理不可能出这种极端低级的岔子！

“先是我看见这里地上有字，”林九微指着床下，“不知道为什么，看见这些字我心里就有一种很奇怪很难受的感觉，好像身体里什么地方裂开一条缝，里面流出滚烫的熔浆来——”

之前那些实验体对意识衰减是怎么描述的？

“……说不清那种感觉，像被人从里面劈开了一样……”

“像一道雷劈在身体里，打得浑身没有地方不疼，一道之后又有一道……”

“……然后就什么都不知道了，醒过来发现被你们绑在床上……”

还有实验室同事的叫声——“13号实验体爆发型意识衰减！把监控室砸得不成样子，安保队呢？安保队！”

张臻回过神来，林九微还在讲，但脸上慢慢地有种奇异的表情，拿着碎瓷砖看入了神似的。张臻隔着玻璃墙使劲看了两眼，看不清床架下面是什么字，就问：“地上写的是什么？谁写的？”

林九微恍若未闻，伸出手指触摸瓷片锋利的一边。

“林九微！”张臻叫道。

林九微对着碎瓷砖喃喃自语：“怎么说呢，就好像有一件事你非干不可，否则脑子——不，全身，否则全身就会炸得粉碎。熔浆从裂缝里流出来，在身体里到处乱窜，脑子烧糊了，什么也想不了，只有去干一件事才行。”她把瓷砖的锋刃按在胳膊上，痴痴地，没有知觉似的，使了劲长长地向下划去，白惨惨的灯光下，红得发黑的鲜血很快便浓稠地渗了出来。

林九微把流血的胳膊举到眼前看着。

张臻只觉得浑身汗毛都挓挲起来，眼前青光乱闪，一个诡异的念头在太阳穴上乱跳：他竟然一时想不起来，实验体身上有没有痛觉神经传导？！

这时林九微居然凑到血肉模糊的胳膊上嗅了嗅，拿起碎瓷砖，她转过头对着玻璃幕墙，但这只是一个无意义的动作，她的眼睛里什么都看不见，意识衰减引发的疯魔控制着她，让她把碎瓷砖摁在自己的脸上，向下切割——

张臻跳起来把门禁卡狂拍在电子门锁上，他飞奔出去又飞奔回来，手里提着一只塑料桶，刷开监控室的大门冲了进去！

林九微半边脸已浸在血浆里，张臻掰开她的胳膊，夺过碎瓷砖甩在玻璃墙上，发出震耳的当的一声，他拧开塑料桶瓶口，捏住林九微的下巴，把电解液对着她喉咙口蛮横地灌了下去。

林九微在他手下狂咳不止，手脚并用地扭打扑腾，张臻只管往死里灌，渐渐地，电解液使液体金属的表面张力增加，交互运动速度快了几倍，林九微安静下来，疯狂的眼睛里慢慢有一丝理智的清明浮上来，眼瞳也找到了焦点。她看着张臻的脸，脸上的狼狈和茫然渐渐变成了惊讶，进而变成愤怒——张臻？

你是张臻？

原来，你就是张臻？！

地下城，林九微睁着眼，花了两三秒钟才从张臻的记忆里摆脱出来，意识到这里是哪里，是哪一年。

再慢慢周转思绪，才想起张臻已经死了。

但那种被背叛和愚弄的感觉却像一块铁冷硬地坠在心里。于是明白张臻信里说的非显意识记忆是怎么回事，她发现张臻的记忆的确激发了深藏在她身体里不知什么地方的记忆，但不像通常意义上的记忆那样成逻辑、有完整的情节，而是一种感觉的记忆——使她想起来被灌入电解液是什么感觉，而灌她的人居然就是张臻，一瞬间，被背叛的痛楚和羞辱是如此剧烈。

自以为深深了解的人，自以为是共患难，以为也和她一样被囚禁，实际上却是研究、囚禁她的人。

甚至还是炮制她的人，虽然她当时还不清楚这一点。

由这种刻骨的感觉作引，张臻记忆里后续的那些片段她也都有了切身体验，张臻如何遮遮掩掩地跟她讲意识传输和液体金属，讲她并不是凭空诞生而是有一个原型叫“林九微”，当她问起那个原型的下落，张臻本不肯说，她威胁测评的时候不再装傻，他才说，意识传输术后，原型会遭受不可逆转的脑损伤。

也就是说，那个真正的、人类的林九微已经脑死亡了。

失去的记忆以某种神秘的方式回溯到林九微身上，她想起来，那一刻，自己的心脏被彻骨的冰凉死死攥住了。

张臻还说：“所以现在你是世上唯一的林九微。”

林九微盯着他，盯得他不自然地挪开眼光，才一字一顿地说：“你真的让人很恶心。”

比起善意的关切，张臻显然对恶意攻击要熟稔得多，他愣了愣，随即笑起来，是他标志性的讽刺笑容，他笑着站起来：“也不用恶心太久，记忆去除术就安排在今天下午。”

他气定神闲地走出监控室，十足的人渣模样。在旁人看来是和平时完全没有两样的，而且照例午饭后散步遛狗，在实验楼背后那片大草坪上，他把玩具飞盘铆足劲扔出去，那距离是前所未有的远，烛九阴撒着欢儿箭一样冲出去，眨眼跑没影了。

张臻独自站在青得中了剧毒一样的草海里，站在方圆百里空无一人的阳光里，远远眺望越来越小的飞镖和狗，那目光说不出在想些什么。

手术时张臻在现场。

林九微在素质测评时就被强制休眠了，手术进行得很顺利。

结束之后，张臻不放心地问技术员："都删光了吧？"

"这要看你怎么理解了，"技术员回答他，"从你这复制过去的记忆的确是全删光了。"

张臻意外道："还有别的？"

技术员打开两张相似的颜色分布图："这是林九微手术前后的记忆数据，红色的是她的原始记忆。"但红色里有一小块区域蒙着阴影，张臻问："这是什么？"

"这是她被屏蔽的12%的记忆，"技术员说，"绿色的这块，在第二张图上就没有了，只用虚线表示原来的位置，这就是你给她的记忆，用手术已经去掉了的。"

张臻看着两张对比图上都有的一小块黄色区域："这是什么？"

"这就是我要说的，"技术员说，"这一部分是15号实验体因为你的记忆输入而产生的记忆。"

"产生的记忆？"张臻拧起眉头，"那是什么？"

"对你的记忆的直观感受、心理活动、分析、结论——"

分析、结论……林九微说过什么来着？

——"从你们把张臻的记忆弄到我脑子里，他跟我就不再是无关的两个个体。当你深深地理解了另一个人的痛苦以后，你怎么能对他视而不见？"

——"也许我救不了他，但我至少能让他知道他不是唯一被你们残忍对待的人，他不是独自一个人在遭受这些。"

张臻的表情一瞬间乖张起来，要吃人一样，厉声道："这个也删掉！"

"不可能。"技术员说。

"我说删掉。"张臻满嘴泛血腥味。

“万总说删掉也没用，”技术员说，“这东西没法删。”

“为什么？！”

技术员为张臻这一瞬间的失智而感到好笑：“张总，你又不是不知道，这只是个示意图。真正的记忆哪里会有这么清晰的边界，不都像大杂烩一样你中有我我中有你的吗？你复制给她的记忆好删，因为那是外源记忆。黄色的这片是实验体自己长的，跟癌细胞一样，要切干净，除非损伤一部分本源记忆，还会加重意识衰减。”

“那也删。”张臻说。

技术员怪异地看着他：“张总，就是有了这部分新生记忆，实验体才有了认知和意识。删除的话，可就不保证是什么状态喽？还是说，这事万董那边已经点过头了？”

等了好一会儿，张臻脸上的愠色退下去，只眼底浮出一点的红血丝，明明是狰狞的，却又让人莫名觉得有点凄惨。他嘴巴张了张，又张了张，一出声，声音却哑了一半：“不用删了。15号醒过来，第一个通知我。”

林九微术后就被挪回了最初的那间白色囚室。如果一切顺利，术后她应该不会记得和外接记忆有关的所有事情，5011室那面单向玻璃、评估、在身上刻的字，这些都会随着外接记忆的删除而消失。她应当再次回到初始的状态，只记得自己是研二实习期中的准法医。

但张臻总有点不安心，在林九微醒来前，他打视频电话给之前辞职的心理学顾问，确认手术效果。但顾问的回答总有点模棱两可：“……人的记忆不光是个容器，也是个器官，是个活的东西。有些记忆方面的功能人类到现在还没弄清楚。不过从一些对失忆患者的研究来看，记忆有一个‘自圆其说’的功能。就是当一个人失去一段记忆以后，可能是为了保持理智，或者是认知和心理状态方面的健康，记忆会自己给自己讲个故事，把缺失的记忆给糊弄全。林九微删除的虽然是外接记忆，也许也会有一些我们想不到的变化。”

“怎么个糊弄法？”张臻问。

顾问耸耸肩：“这就五花八门了，每个人的记忆都有他的独特性。”

林九微苏醒的消息一到，张臻立刻赶了过去。林九微安安静静坐在床沿，看见张臻，竟然微微笑了一下。

张臻提防地盯着她，好像她随时会捅他一刀，即便拖凳子坐到她跟前，他的目光也不离开她的脸。

“你好。”张臻冷冰冰地说。

林九微点点头：“你好。”

“那么，”张臻顿了一下，“你认识我吗？”

林九微看着他，眨眨眼睛，张臻等待着，看着，看她困惑地摇了摇头。

心里松了一口气，但松懈之后，又有一点不是滋味，促使他追问了一句：“那张臻这个名字呢，有没有印象？”

林九微再次摇头，歉然微笑。

“那你是谁，记得起来吗？”张臻问。

“我叫林九微，今年读研二，学法医学，暑假开始要去实习了。”林九微说着转头看看四周，“这是什么地方，我为什么在这里？”

“还有呢，还记得什么？”张臻问。

“我小时候有个玩伴，隔壁邻居家的男孩儿，他父母是极端不负责任的两个人。他们有钱就乱花一气，没钱了就不管孩子死活，那孩子被寄养到亲戚家好几回，连学费也只能问亲戚要。还因为犯错大冬天被关在门外。”林九微说着有些奇怪地“咦”了一声，不好意思地朝张臻笑了笑，“我不应该说这么多的，但看见你不知道为什么就有一种以前好像认识的感觉，不知不觉就话痨了。”

张臻目瞪口呆地看着她，下意识地问：“那后来呢，那男孩儿怎么样了？”

“不知道，”林九微说，“后来我们家就搬走了。我一直想找他，也没找到。”

“你找到了，想怎么样？”这句话有点咄咄逼人的意思。

林九微不悦地冷下脸：“这是我的私事。”

张臻那张冷面孔却忽然装不严实了，眼底闪出一点焦急，上身往前一倾，像要去掐林九微的喉咙，吓得林九微朝后一缩，却听他问：“你找到了，想怎么样？！”

林九微不知道他的怒火从何而来，却隐约有点眼熟，心里莫名生出一股又恻隐又厌恶的奇异心绪，说话没了章法，却有了火药味：“我只是想找到他，还能想怎么样？！你这个人怎么这么变态，非打听人家的隐私？我找到张臻，他要是过得好，我替他开心，他要是过得不好，作为朋友我有义务帮助他！”

说着说着忽然愣了，“张臻”两个字从嘴里骨碌碌滚出来，这时她才回过味来，盯着张臻：“你刚刚是不是提到了‘张臻’这个名字？”她仔细地盯住他的脸，被删除过的记忆在使劲地淘澄所剩不多的蛛丝马迹，慢慢拼凑出一些模糊而熟悉的轮廓，使她的声音颤抖起来：“你……是张臻？”

她起身揪住张臻：“这到底是怎么回事？！”

张臻张口结舌，被人揪着领子，被一双生气的眼睛逼视着，她凭什么用这种眼神盯着他？世界就这么大，好东西就这么多，人不互相抢夺、六亲不认，还能怎么样呢？古人诗里不也说“人生得意须尽欢，莫使金樽空对月”，父母不负责任，亲戚躲他像躲瘟神，他自己也把这个人间当成一场盛大的游戏——各自须寻各自门，不就是这回事吗？

这个人是怎么回事，才认识他几天就一根筋地要找他，问她找他干吗，其实又不干吗——他又不是失了主的狗，有什么好找的？

他活了快三十年，辗转过很多地方，也算见过很多人，她这样的，却一个都没见到过。

连跟她稍微相像一点的也没见过。

没有人是这样的。

也许因为她不能算是人？

人不会这样。

但她那个“原型”，那个真正的林九微，不也是这样吗？

那个林九微已经死在实验室的手术台上了，不是他亲手所杀，但他脱不了干系。

当时知道她死了，他只是郁闷了两天，不去深想也就过去了。

但现在这件事忽然在脑海中沉渣泛起，他好像是第一次意识到那个人类的林九微是死了，头脑瞬间发懵，一种作呕般的不适感传遍了全身。

张臻脑子里乱糟糟地跑着念头，手里下力气跟林九微抢夺自己的衣领，却冷不防林九微手一松，眼神一下子不对劲了。

“喂！”张臻叫她，她不应。

“怎么了？”张臻不耐烦地问，也没有回答。只见她目光四下里扫着，像找什么东西，没找到，忽然一头撞到墙上！

一下还不算完，紧接着哐哐哐撞个不停，像砸核桃一样不觉得疼。

张臻立刻叫人送电解液过来，四个男人差点都摁不住她，电击也无法强制休眠，最后费了牛劲才把电解液灌下去。

等她平静下来，张臻气喘吁吁地把人扶到床上去。

按理说发作过意识衰减之后就要强制休眠一段时间，但张臻刚打开电流开关，听见林九微疲惫地叫了一声：“张臻。”

有人在，张臻不能不搭理，只能回过头问：“怎么了？”

“我是生病了，对吗？”林九微问，灰头土脸，声音也轻轻的。

张臻敷衍地点点头。

“会好吗？”她又问。

“会的。”张臻说，不胜其烦地背过身。

“我没想到咱们俩再见面会是这样，”背后却还在喋喋不休，“等我好一点，我们得好好聊聊。好多事我都不太记得了。”

“不记得就不记得，也没什么要紧事非得记住。”张臻说。

“幸好我还记得你。”

7 诛心

记忆传输暂停了。

因为读取到接受者不是标准姿势——林九微从单人床上坐了起来。她还在这间地下室，时间也只过去一小会儿，却让人莫名地难以忍受。

如果可以选择，林九微不想要后面来的一长段记忆，她宁愿张臻再写一封信，告诉她从那之后很长一段时间里，由于记忆的“自圆其说”作用，和张臻的某些不可告人的心理因素，他们两人的关系前所未有地缓和，张臻顶着“青梅竹马”和“主治医生”的双重假身份堂而皇之地窃取了林九微的情谊，慢慢地他们开始像朋友一样聊天，有时损对方一下，再后来还一起过过一个中秋节……这就够了，已经够她受的了。

她不想知道那些聊天的细节，不想知道阳光是怎样透过窗户照到桌子上，照到人的脸上，也一点都不想体会把人损得特别到位时心里怎样的轻松得意，还有中秋节的月饼是什么馅儿的，餐刀怎样慢悠悠地把月饼切开，月光底下，人的脸看起来有多么亲切……

张臻这个王八蛋该下十八层地狱！

但他已经死了。

一腔恨意还没发出来就落进虚空的感觉让人彻底地丧气，林九微靠在墙上，失神地盯着天花板，心里爬过一种很可怕的感觉，像有一条毒虫，怨毒地伸缩着磷光闪闪的身躯，淌下浓酸的黏液，一路从心脏、肺叶和肝肠烧灼过去。

这种感觉之前也有过，只是没有现在这么强烈。怪不得骆沉明给她喝电解液。原来这种感觉就是“意识衰减”，是你从另一个真正的人类身上偷来记忆、人生和生命的代价，是你非人身份的原罪。

天花板上闪烁着红色光点，提示她记忆传输暂停中。

可继续传输的话，她会看到些什么？她和张臻的虚假情谊继续发展，同时她的意识衰减越来越严重，终有一天不得不彻底休眠，张臻心痛不已，从此一心研究解决办法，并且顿悟自己的种种过错，然后洗心革面做个好人，然后桑绪出事，他仗义相助，孤身深入旧苏州，于是他不仅是个好人，还荣升为拯救全人类的英雄……

太让人恶心了。

林九微抱着头，跪倒在单人床上，伸出手一下、一下，徒劳绝望地敲打墙壁。

怎么会是……这样的一种人生……

怎么会有……这样的一种过去……

不能算是人，但是到这种地步，却只能肝胆俱裂，无声地扪心自问：人生何如，为什么是我落得这样？！

天花板上的红光却等得不耐烦了，发出了滴滴的催促声。

林九微抬起头，有一瞬间，她像是打算躺下，但盯着那只白色的枕头看了一会儿，她慢慢地、疲倦地从床上站起来，走到床脚，转过弯，仰脸看着那道楼梯。

旧苏州、琉璃、脑爆案……

如果是那个林九微，那个人类的林九微，她会想要阻止琉璃的。她知道，因为她就是她。

但她又不是她——那个人类的林九微，她没有尝过意识衰减的滋味。

她死了，死在一切开始之前，从她的死亡里诞生出一个非人的林九微，来承受此后一切非人的经历。

心里的一部分，甚至是绝大部分，都毫不怀疑张臻的补救计划是势在必行的，是拯救万亿人类性命的壮举。但在这绝对正确的宏大前提之下，那些过往却像一根坚硬的刺卡在林九微的喉咙里。

只要走上楼梯，推开尽头那扇门迈出去，她就逃开了这一切。也许人类林九微在这样的情况下也会想要逃跑——林九微发现自己无法不去想那个死去的人类原型处在她的情况下会怎么处理每一件事。

像是为了一遍遍确认，她死了，而她存在着。

她存在着……

林九微从楼梯上退了下来。

她不是林九微，不是那个人类林九微，是一个非人的林九微，一个畸形的存在，是畸形，但也是存在。

那些记忆，那些人类林九微死之后发生的事情，造成了她的畸形，但也造成了她的存在。

人类林九微不认识齐安、戴濛、闻怀山。

人类林九微不知道张臻已经死了。

人类林九微没有一个机器人管家叫小耳朵，也没吃过代餐剂。

人类林九微死在遥远的一百年前。

而非人的林九微要得到属于她自己的记忆，只有这样，才能决定之后是要爱、要恨、要自戕还是苟且偷生，要拯救世界或者毁灭世界。

林九微回到床上，躺平，有些颤抖地呼出一口气。

记忆传输再度开始。

5011室之前用来观察评估13号实验体骆沉明，后来被骆沉明砸烂了，人也逃了出去。15号林九微被送进去时，地面还没有全修好，骆沉明不知什么时候在地砖上刻了字，被林九微发现了。这些都是之后看监控视频才知道的，视频里，林九微蹲在地上，用手指一笔一画地摹写那些字，有的字是完整的名字，比如“桑绪”“桑迩”，有的砖碎得只剩下零星的单字，比如“林”“骆”。

按理说删除外接记忆之后，她应当不记得这些，但张臻调出她在那间白色囚室的监控，发现每次意识衰减发作之前，林九微几乎都在写那几个字。

现在张臻隔三差五去白色囚室看望林九微。他会装模作样地问一问近几天的“病情”，然后说：“记忆训练你要认真做，别不当回事。”

林九微盯着窗外一只蝴蝶，心不在焉地“嗯”了一声。蝴蝶翅膀在阳光下异常柔软，一瞬间，某种思绪就从心上忽闪过去，正恍惚，就听见张臻急躁地说：“你还在琢磨那些字，是不是？！”

林九微茫然地回过头：“啊？”

“让你别想那些字了，”张臻说，“否则病就会越来越严重，最后就没得治了！”

她的记忆出了问题，她知道，她总产生一些特别逼真的幻觉。张臻说她不应该沉迷在那些幻觉里，否则会加重她的病情。他说她从来没去过一间有单向玻璃的房间，更没在地上看见过什么字，那些都是她的臆想。

“怎么不说话？”张臻问她。

“那些字我真的觉得很熟悉——”

“那是你的错觉，我强调过很多遍了。”张臻不悦道，“你越想这事，你越会觉得是真的，就会犯病。根本没有那样一间房间！”

“但是你看。”林九微伸手蘸了水杯里的水，在桌子上写下一个“迩”字，看了张臻一眼，又写下了“小耳朵”三个字。

“这是什么意思？”张臻问。

“对啊，”林九微看着他，“为什么这几个字会自动从我脑子里冒出来？”说着又写了个“骆”字，“这是那间房间地砖上的字，对吧？那么这个又是什么？”她在“骆”字后面补出了“沉明”两个字。

张臻瞪着那几个字，像是看见活的诅咒。

那诅咒在说记忆不光存在于大脑，还有身体记忆、肌肉记忆、副交感神经的记忆，这些虽然微不足道，但不知为何往往比大脑的记忆顽固千百倍。

实验体由金属液体构成的身躯本身也是对原型的完全仿造。

于是人造的头脑不记得了，人造的手还记得，手指临摹着那些生硬的、绝不肯认输的刻痕，那些笔触大脑没有感觉，却在心上激起过往的涟漪，心脏一阵抽紧，泵出的血流量顿时锐减，能量供应不足，手指一霎冰凉，指尖微微颤抖着，去补足那些未竟的文字。

张臻攥起了拳，说：“你——”

林九微摊开手：“我完全不知道是怎么回事，手自己就把这几个字写了出来。而且写完以后，我忽然觉得特别难过，那种伤心简直没办法形容——怎么说呢……”

张臻紧盯着她：“怎么说？”

林九微看了一眼窗外：“庄周梦蝶，你知道的吧？我觉得我就是那只蝴蝶。”她看着张臻，笑了笑，“庄周梦见蝴蝶，他会思考这个梦，会反思自己的存在。可蝴蝶梦见庄周有什么意义呢？蝴蝶不是人，它梦见人的梦，但它没有人的记忆，所以那个梦对它来说没有意义，因为它本身的存在就是没有意义。”

林九微说：“如果我忘记了会让我那么伤心的事，现在快快乐乐、平平安安在这里治病，我觉得我的人生也不能算是人生。我只是一只昆虫。”

那眼神太过坦率真挚，灼得张臻心脏突地一跳，心绪一乱，就说错了话：“你是不是知道了什么？”

“那个房间，那些字，真的只是我的臆想吗？”林九微说，“我什么都不知道，但是张臻，我觉得你知道什么，却不肯告诉我。”

她的手摸着窗玻璃：“张臻，咱俩从小一块儿长大的，对吧？”

张臻下意识地点头。

“可是，咱俩真的是一起长大的吗？你的口音和我的口音差好多啊，”林九微仍看着窗外，但这时已经没有蝴蝶了，“你到底是什么人，我之于你，又是什么？我……是什么？”

她转过头，眼睛里灼人晶亮的光不见了，变成一种无底的深暗。

她说：“张臻，就在你进来之前，我发现这扇窗不是玻璃做的。它是一个电子屏幕。你知道这种感觉有多恐怖吗？”声音低下去，自语般地说，“如果我求你救救我，会不会，很可笑？”

那一双深暗无底的眼睛，曾经有过笑容，有过他的影子，现在什么也没有了。

张臻在走廊上走。

一开始是茫然地踱步，渐渐地越走越快。

走廊尽头是电梯，这里是在地下，要坐九层电梯才到达地面。电梯舱里，张臻看着显示屏上数字缓慢地变动，不知怎么让人想到九的倍数是十八，十八层地狱。

叮咚，电梯停了，他走出去，走廊窗外是货真价实的风景，一大片绿草坪，每天午后，他的宠物狗都能在这片草地和阳光下面吐着长舌头撒欢儿，而林九微只能盯着假窗户上的电子风景发呆。

手机响了，通知他林九微又一次出现意识衰减，程度比前几次还要糟糕，张臻吩咐那边："休眠之后直接抬到手术室，通知技术部抢救，我马上过去。"

他在走廊上狂奔，喘着粗气刷开手术室门禁，林九微已经被休眠，无知觉地躺在手术台上。他问技术员："手术还没开始？"

"刚刚准备就绪，"主操作员看了一眼操控屏幕，通知其他技术员，"15号实验体开始销毁——"

"等等！"张臻一下抓住他的手，"你说什么？"

主操作员被他脸上一瞬间的表情吓了一跳，手腕也被攥得剧痛，有些结巴地说："销、销毁啊！"

"谁说的？！"

主操作员拿起平板电脑："万董亲自……"

张臻一把抢过来，只见15号实验体的最新实验进展上的确写着"销毁"两个字，后面附着有万青川电子签名的工作指示。

张臻暂时没心思弄清万青川为什么会绕过他直接给技术部下达命令，他揉着太阳穴，告诉主操作员："不销毁，按照原来的计划做复原抢救。"

"可是，15号已经没有研究价值了，她的意识衰减这么严重，再来一次很可能直接就报废了，现在销毁，她的液体金属还能重复利用——"

"不会报废，"张臻说，"抢救完以后给她解除记忆屏蔽。"

"那不就和13号一样了？"主操作员说，"13号恢复了记忆不也没用？"

“但他至少没死。”张臻烦躁地说。

“所以才要销毁——”主操作员说着住了嘴，因为他忽然意识到张臻对实验体用了“死”“活”这样的字眼，在工作流程里这是严令禁止的。他们从来只说“报废”。

“你照我说的做，万青川那边我去解释。”张臻说。

主操作员看着张臻的眼神，不由地把反对的话咽了下去。县官不如现管，他想，为了自身安全着想，自己只管干活拿钱就行了，其他的事他不关心，也不想掺和。

解除记忆屏蔽并不复杂，一切操作都结束后，主操作员从强制休眠中唤醒林九微，张臻看着她慢慢睁开眼，盯着天花板出了会儿神，转动目光，落在张臻脸上。

张臻站在手术台边问她：“你感觉怎么样？”

林九微说：“我感觉很想死。”

骆沉明、桑绪、桑迩、万方十界、意识传输、冰冷的手术台、从人到非人，被屏蔽的记忆都回来了，前尘往事，一层一层，拼出十八层地狱。

不久，林九微就在自杀方面展现出天才的创造力和行动力。

这是一段世界上最糟糕的记忆，它一股脑儿倾泻而来，林九微想起自己还自以为是刑警时做的那些梦——原来并没有匪夷所思的怪梦，有的只是畸形的人生。

用针筒自杀的梦是真的；

用欧泊项链自杀的梦也是真的；

她是真的举着他送的美丽饰品，冷笑着对张臻说过：“我怎么了？我一次次辜负你的好意，我没有人的心肝？你做那些变态试验之前没预想过这种情形吗？”

还说：“张臻，你抓得住我十次，抓不住我一百次。你一次都不能失败，我却只需要一次成功，谁的赢面比较大？”

说这话时她依然被囚禁，为抢夺项链刚挨了张臻一拳，嘴角还在淌血，却散发出掌握全局的气势。他望着她流血不止的伤口想：不对，她什么也没掌握，她只是掌握了我。我对这个女人毫无办法，她却有一百种方法让我崩溃。事实上我也的确快要崩溃了，在无数场争吵、谩骂、互相耍心眼打心理攻防战以后，林九微即将赢来她的胜利，她的目光表示她自己也知道这一点。

林九微想起来，那一刻，张臻眼中的她目光狠厉，但她心中想的却是：他一次比一次瘦了。

张臻一次比一次更憔悴，意味着她离成功也越来越近，但这成功并不值得庆贺，反而是可悲的，但别无他法，所以手段是这么惨烈。

“法医最大的特长就是对死亡了如指掌，”林九微说，“张臻，我有一百种办法自杀，你以为在墙上糊软垫，筷子刀叉都用软塑料就可以防住我？我甚至可以用水弄死自己。”说着的同时心想，还不够，她逼得还不够紧。她需要张臻崩溃，张臻必须崩溃。

于是她说：“其实我打算以后每隔五天自杀一次，直到我弄清楚这具机械身体的命门到底在哪里为止。欢迎你继续全方位二十四小时监控我。”

她说得成竹在胸，脑海里却滑过另一些画面，那画面里有笑容，有黄溶溶的中秋月亮，也有过阳光。

如浮光掠影。

转瞬成空。

张臻颓然靠在墙上：“你为什么非得寻死？”

“我为什么不能死？”林九微反问，“因为我极具科研价值，是你们公司的黑科技，我死了是会挡着你发大财，还是妨碍万青川长生不死的宏伟蓝图？”

“你明知道不是这样！”张臻怒吼。

他失控了，林九微心想，这很好。

“那就让我去死，”林九微走近一步，劝诱般说道，“我是人，我不想被改造成这种机械怪物。”

张臻扭过头，过了一会儿才转回脸：“你不是想知道桑绪的下落吗？我告诉你，桑绪也在这里，也被……进行了和你一样的实验。我可以安排你见他。”

这是个极具吸引力的提议，林九微感到大脑里有一架精密的天平，摒弃了个人情感在称量得与失。

她做出了决断："我不想见桑绪了。桑绪也好，骆沉明也好，我不想见任何人。我对你们公司那套意识传输之类的秘密也没兴趣了，你看，自从恢复记忆，那些事我一句都没提过。"

张臻脸上正慢慢失去血色。

很好，林九微心里评估道，惨然地赞许自己的表现，很好。

她不说话，把沉默变成一种压力抛给张臻，这是又一次心理攻防战，也是最后一次，她也已经到了强弩之末，现在不是赌谁更残酷，而是赌谁晚一秒钟崩溃，筹码是不该产生却产生于两人之间的情谊。

张臻的脸孔白得像纸，眼眶却慢慢熬红了。

他艰难地开口："你走……我会让你走的。"作为囚禁林九微的混蛋，他现在倒像是在哀求她，"你走吧！"

林九微点头："好的，什么时候？"

张臻看着她，醒悟过来："你走以后还是打算自杀？"

"那和你没关系。"林九微说。

张臻果然把这当成一种默认，他攥着项链一拳砸到墙上。墙上包着软垫，彼此都毫发无损，仅仅是欧泊在软垫上蹭了点暗红的血迹，干透了、死气沉沉的一抹。

林九微步步紧逼："你什么时候放我走？"

张臻反悔："我不会放你走的！"

林九微轻蔑地一笑："那我就继续自杀，直到成功为止。"

"你！"张臻的表情像要吃人，像一个面色惨白、双目赤红的食人鬼，脖子上狠起青筋，但狠了半天，那股劲头却一泄，喉咙哽了哽，说："你别自杀了……真的，求求你。"

林九微看着他，心想，一个多可悲的食人鬼。

她继续逼迫他，嗤笑道："求我？你拿什么求我？"怕火候不够，又添一句，"我有什么资格，值得张先生求我？"

"张先生"三个字是夹在棍棒里的一根针，要刺得他骨头缝都疼。

"我——"张臻语塞，半晌，自嘲地苦笑，"是，我不配求你，也不配……”

林九微说：“我知道你想说什么，但你不明白，你其实没有你想的那样在意我。”不等张臻反驳，她说，“张臻，你在意的是你组织研究、参与设计的人工智能，你在意的是把液体金属塑造成我的样子，把我的意识传输到这台机器人里，成为现在的‘我’。你喜欢在我不知道自己是机器人的时候和我相处，暗地里观察我，趁我休眠做调试，使意识和躯体更加协调，看上去和真人一模一样。张臻，你在意的是这个养成游戏和游戏创造的成品，当创世神的感觉太好了。但我曾经是个活生生的‘人’，也只想当一个普通人。我不想当一个人工制造的怪物。”

林九微抬起头，按计划这时候是不需要哭的，但她的眼角却难以自抑地微微潮湿：“张臻，我跟你说过不止一遍，我从没觉得重获过什么‘新生’，从意识到自己成了什么东西的那一刻起，我就一直活在地狱里。”

“我并没有创造你，”张臻哑声说，“我只……帮你做过调试。”

林九微打起十二万分小心，这次不成功，她大概真的没有勇气再来一次。她希望自己的表情看起来足够真实——她惊讶地说：“你只是……调试了我？”

“研究液体金属和人工智能的另有部门，”张臻语气急切，误以为抓住了一线生机，“我只是在意识传输部门里，获取你意识的手术我也没有参加，那时我还在监狱里！”

“那我真是错怪你了。”林九微说。

张臻面色稍霁，但下一秒，林九微说：“是万青川把你救出监狱的吧，怪不得你给他当狗。”

张臻脸上才起的一点血色褪得干干净净。

“万青川”这个名字在林九微嘴里像是在说一种极端恶心的东西，而他比万青川更不如。最近万青川已经很不耐烦，催命一样地要他销毁15号，集中力量去研究14号，因为14号桑绪的意识衰减没林九微这么严重，显然更有希望。万青川已经觉察到张臻对15号实验体的不正当感情，如果不是实验室的核心技术都掌握在张臻手里，他早已经翻脸，也许已经在做着什么准备要解决掉这条越来越不听话的狗。

林九微叹了一口气："不过我骂你也挺没意思的，我自己又是个什么玩意。说你不是人，我自己才是真真正正、里里外外都不是人。"

"我没这么说过……"张臻说。

林九微问他："除了我和桑绪，还有多少人的意识被你们这样移植到人工智能身上？"

张臻说："目前暂时——"

"目前暂时没有，也就是说以后早晚会有，真了不起。"

到收网的时候了，林九微想。

她疲惫地转过脸："你走吧，我不想看见你了。"

脚步声并没有响起，预料之中。

"如果有可能，我希望能把你和万青川在内的，你们整个公司都炸个粉碎，但我没这个本事。"林九微叹了一声，"张臻，假如你还有一丝人性——或者说，还把我当一个人看待的话，等我有一天自杀成功，我希望你最终能意识到你干过多么可怕的事。就当是给你添点研究资料吧，你不是问我，恢复记忆之后有没有感觉好点吗？意识衰减是犯得少了几次，这你已经知道了。不过要说感觉，就是一句话，忘记在哪看到的了——'如今你身在一切灰飞烟灭之处'。"

灵魂、喜悦、希望，凡人赖以生存的种种，俱成灰烬。

漫长的沉默。

张臻说："其实项链不是唯一的生日礼物。我还买了两张机票，护照也帮你办好了，我记得你说过，喜欢冰岛。或者……你也可以一个人去。"

如果他们相遇时不是这样一个时机和这样两个身份，林九微想，这是多么令人向往的情谊，冰岛飘逸的极光会为这样的感情加冕。

但现在她只能攥紧拳头，打出这场心理战的最后一梭子弹。

她轻声对张臻说："谢谢你的机票和护照——"

这是在瞄准。

然后扣动扳机——

"我可能会去的，等到恶魔也能立地成佛的那一天。"她坐到床边，这不是设计好的动作，而是因为身体的颤抖要控制不住，"你走吧，我不想见到你了。但万青川可少不了你。”

人对于成功和失败都是有直觉的。在说出这句话以后，林九微感到，她终于把人杀死了，现在那个人成了她的傀儡。

果然，在离开林九微的囚室之前，张臻说：“只要你不自杀，我替你送万青川成佛。”

囚室的门无声地开启又闭合。

8 闯入者

天花板上的红光消失了，记忆屏蔽全部解除，一切的回忆都回来了。

林九微一动不动在床上躺着，周身却洋溢着微微的颤动感，这大概就是处理能力大幅提升的感觉，竟然和人类感到恐惧时的反应巧合地相像。

那么现在该出去“拯救世界”了，她从床上坐起来，动作有些僵硬，像是总算找准了身为非人产品的行动模式，脑子里生出一个荒诞不经的念头：要是张臻活着就好了。她很想问问他，这种颇具黑色幽默的天才计划他到底是怎么想出来的——让三个深受人类之害的人工智能产品去阻止另一群人工智能产品戕害人类，真是绝了。

她走过床角，去攀登那绿幽幽暗沉沉的长阶，刚踏上去，背后一个声音冷不丁吓人一大跳，回头，虚空中跳出来全息视频框，一个六七十岁的老头出现在里面，他开了口，林九微才意识到，这是老年的张臻。

累累的皱纹遮掩住了他的表情，让他跟所有上了年纪的老人一样，即使一辈子白活，只要沉下嘴角，微微皱起点眉头，看起来就沧桑而睿智。

他顶着这副糊弄人的表情说：“你好，林九微，我是张臻。我知道自己没资格再打扰你，但世事多变。也许你听说过‘混沌理论’，不知道的话，理解成‘蝴蝶效应’也可以。对于‘世界的未来’这种宏观的研究对象，一个小细节有时会产生极其出人意料的结果。这种影响在最开始的时候往往很难预测，只能得出一个模糊的趋势，而等到那个最为可能的结果显现出端倪，有时候可以亡羊补牢，有时候就已经来不及了。我写了一本笔记，命名为《意识之鲸》，里面记载了我研究智能技术的全部成果。笔记的结尾，我就得出了一个无法亡羊补牢的结果。它太过重大，全世界放眼望去，我发现我只敢托付给你一个人。所以，尽管没有资格对你这么做，我还是把《意识之鲸》——”

四下里忽然一黑。

林九微一惊，第一反应是张臻又在搞什么鬼，但等了几秒，那全息屏再也没有出现，反而楼梯上面传来了砰砰的砸门声，伴着骆沉明的呼喊：“林九微，你怎么样？听到回答我！”

“我这里断电了，”林九微喊着往楼梯上跑，打开门，门后面是地下城的控制中心，桑绪和骆沉明都是刚飞奔进来的样子，林九微问：“怎么回事？”

骆沉明说：“你的记忆传输——”

“结束了，但后面还有个视频只放到一半——”

“传输完成了就好，我就担心这个，怕引发意识衰减。”骆沉明气喘吁吁的。

林九微还有些摸不清状况，余光里瞥见桑绪蹲在地上，便叫了他一声。桑绪却像没听见，从地上捡起一架纸飞机后才站起来。整个地下城的灯光都熄灭了，控制中心里黑魆魆的，只有从门缝里漏进来的一点绿幽幽的应急灯光，桑绪脸上的表情谁也看不清，只看见他拂了拂机翼上沾的脏灰，飞机仿佛是红色的。

“晴天呢？”林九微问。

骆沉明三言两语向她解释刚才的情况：监控系统发现有人进入了地下城，身份经过DNA锁验证，竟然是“桑绪”，而升降梯又扫描出那人是个“人类”，他和桑绪追到升降梯口，不仅没见到人，地下城的电也被断了，等他们回到这里，晴天就不见了。

林九微听得目瞪口呆，这时从外面传来一片低沉的嗡鸣声。

骆沉明侧耳听了听：“是升降梯的声音！你们等在这里，我——”

“我也去。”桑绪打断他，跟了上去。

断了电，地下城一条条走廊便如怪物食道般幽深无底，贴地浮着一层稀薄的应急灯光，绿惨惨的，酝酿着不安的种子。两人赶到时，电子屏幕上显示升降梯已经从地下升到了地面，桑绪问骆沉明：“还有别的办法出去吗？”

骆沉明摇摇头。

两人便都沉默了，电梯按钮已经按过，只剩下焦灼而无奈的等待。骆沉明咳了一声，说：“他八成跑不远，那是个人类。”

“监控也说了，访客身份是我。”桑绪说，声音里有一股寒气。

升降梯终于等到，两人急切地乘上去，从颤巍巍的漫长黑暗里来到地面，出去一看，四下里只有冬青树林的莽莽黑影，一点动静也听不到。骆沉明从怀里掏出酒瓶，把里面剩余的电解液一口气喝尽了，然后蹲下来，一只手撑在地面，五根手指立时熔融，变成五道银色液体，蛛网一样向四面八方飞速延伸，越来越细。

过了快一分钟，金属丝渐次收回，骆沉明直起身，刚要说话却膝盖一软，摔了下去。

“没事吧？”桑绪赶忙扶他。

骆沉明握拳捶胸口，要砸断骨头似的砰砰敲了十来下，猛咳出一口血在地上，才喘匀了气，说：“我意识衰减发作起来就这样，歇一会儿就能好。我只追到一些脚印，那人没有代步工具，但是跑得比飞还快。而且出了城市森林就是市区，我们追过去也容易暴露。”

他歇一口气，说：“那人也许用了外骨骼，但速度快到这样的我还没听说过，超出人体的承受能力了。”

“会不会是用了外骨骼的人工智能？”桑绪问。

“从速度来讲，我也有点怀疑，”骆沉明说，“但升降梯扫描从没出过错。”

桑绪说：“不知道那人怎么进来的，还冒了我的身份……”

骆沉明扒开地下城入口处的苜蓿枯枝，露出下面伪装成岩石的塑料合金，岩石上的小凹槽是DNA锁的位置，桑绪和林九微进来时还在这里按过拇指。骆沉明伸手抹了一下，桑绪打开尾戒光源，看见他指腹上沾着一抹新鲜血迹。

骆沉明问桑绪：“档案解密后你肯定被人抽过血，对吧？”

“在医院做身体修复的时候的确抽过。”桑绪说。

“还记得我派去的第一只机械狗传给你的信吗？”骆沉明说。

“他们会用DNA追踪剂来找我。”桑绪说，机械犬、纸团、一片废墟接着一片废墟地逃窜，一切都历历在目。

“DNA追踪剂现在是警察常用的追踪技术，旧苏州那边也学会了，”骆沉明捻了捻指腹那抹血迹，“这血摸着也像被处理过了，都不粘手。我猜他们肯定想办法从医院弄到了抽你的那点血。”

“但你也说过追踪剂有三天延迟，我才到这里，他们不应该能这么快找上门。”桑绪说。

“那就是这个地下城不知道什么时候被他们发现了。”骆沉明说。

话音未落，忽然听见一个诡异的声音远远地传过来。

那声音很低沉，乍一听像有人在锯树，三更半夜，让人不寒而栗。

骆沉明把手按在地上，打算故技重施再去探测一番，却被桑绪阻止：“不用探，就是冲着我们来的。”

说话间，那声音近了，听得清晰些了，不过也更瘆人。乌沉沉天寒地冻的树林里，像有一个人梦游着靠近过来，一面使劲地磨牙。

两人都极度戒备，骆沉明听了一会儿，说：“像不像……一只大马蜂？”

“那得是多大的马蜂？”桑绪不禁问道。

说着便看见一团漆黑的东西从面前不远处一排冬青树里飘出来，朦朦胧胧，看不真切，只有声音响得人心惊肉跳，一眨眼又近了许多，虚影有了轮廓，婴儿拳头大小，的确是一只尺寸骇人的大马蜂！

骆沉明一激灵，正要对付它，只听桑绪说道：“它身上拴着东西！”

那马蜂鼓动着一对嗡嗡作响的大翅膀，飞到两人面前，不像要攻击的样子，肥硕的肚腹底下几对虫足蠕蠕而动，一条腿下拴了个指甲盖大的小包裹，屁股后面则伸出一根极具威慑力的长刺。

骆沉明挨了一会儿，忌惮着挨上前，迅速扯下包裹。借着桑绪的尾戒光源打开来，里面是张纸条，写着：要想救人，你们三人即刻跟着马蜂前往苏州做交易。限两小时内到达。报警后果自负。

桑绪把纸条攥进手心：两小时！从阖闾浮城驱车到旧苏州就得一个来小时。

骆沉明看一眼被拴住犹自上下翻飞不止的马蜂，这东西也是个智能机器，或许有监听监视的功能，此时不便多说，他拍拍桑绪的肩膀：“走吧，先回去。”

两人登上升降梯，梯舱里，骆沉明说：“你估计完成补救计划大概要多久？”

桑绪的声音比周围的黑暗更沉闷：“如果供电能够恢复，林九微的浮点运算速度够用的话，差不多要花一个半小时。”

剩下的半个小时绝对不够赶到旧苏州，并且补救计划如果成功，旧苏州那边一定会立即察觉到，晴天等于是落入一群狂怒的机器疯子手里……

梯门打开，两人压抑地走进幽深的走廊。

桑绪跟着骆沉明找到配电室，房门大敞着，一进去便踩到一地砍得七零八落的电缆线，几组变压器也被砍成了废品。

这下骆沉明连脾气都没了：“那王八蛋动作是真快。”

“这些东西有备用的吗？”桑绪问。

骆沉明摇摇头：“张臻说过，这地方虽然建得早，但东西的性能比现在的都要好很多倍，因为用的材料里有含钼合金这一类的原料。自从地月运输断了，都绝版了。”

他说完这话，桑绪没有接茬，因为无话可说。情况已经摆在面前，任何言语都不能减轻它的分量：净琉璃病毒感染全国云端的比例已经超过36%，一旦到达36.5%，旧苏州的人工智能就会引爆病毒的附加进程。因为按照社会学家们的预言，任何族群一旦占到总人口的36.5%，就很难再被控制。而附加进程只要三分钟，就能把被感染的人类变成一具大脑爆炸的可怕尸体，同时制造出一个新的机器灵魂，到那时候，什么补救计划也没用了。

“先回控制中心，”骆沉明说，“看看那里的设备怎么样了。”

两人出了配电室，也许是感到单调的脚步声会让人越发消沉，骆沉明打破了沉默：“桑绪，我以为你会自杀的。”

过了一会儿，桑绪才回答：“为什么这么想？”

“发生了那么多事之后，”骆沉明说，“小耳朵、我、之后又变成这种……东西。我以为你会灰心。”

“你为什么活着？”桑绪忽然问。

“我和你不一样。”骆沉明说完了立刻感到后悔，这话就像在无耻地夸耀自己的顽强。

桑绪却没在意："是不一样。我想过死，但死之前还有一件事没做。"

以他们两人的交情是可以往深里谈的，但路已经走完了，控制中心就在走廊尽头，林九微在门口候着他们。

"晴天找到没有？"她遥遥地问。

骆沉明只有摇头。

林九微再开口，却说出了一个更让人颓丧的消息："我发现控制中心的好几台机子都被砍过，看上去好像有点严重。"

尽管有一点心理准备，骆沉明和桑绪还是觉得心里一沉，林九微打量着两人的神色，问："供电没能恢复？"

"配电室被人砍了个稀巴烂。"骆沉明说。

桑绪走进控制中心，打开尾戒光源，弯着腰挨个检查设备上的划痕，检查完了就站在一台机器前久久地没有动。

林九微看出他很不对劲，想过去找他说话，被骆沉明拉住了摇摇头，把那张纸条递给她，但暗淡的光线下看不清字，骆沉明伸出手，林九微便意会，两人伸手握了一握，骆沉明的记忆就共享给了林九微，之后林九微怔了片刻，才抽回手。

骆沉明问背身而立的桑绪："这些设备修不好了，是吧？"

桑绪点点头，过了片刻，说："修是能修好，但跟配电室的情况一样，没有原材料。"

黑暗的室内陷入死一样的沉默。

过了一会儿，林九微说："其实去旧苏州对我们来说未必不是件好事。"

骆沉明和桑绪都一愣，只听她说："补救计划是张臻针对净琉璃病毒制造的疫苗，它从框架、数据结构到运行方式，方方面面都尽可能地模仿净琉璃，为此张臻把这里的设备也改装成类似他在旧苏州看到的那些——"

骆沉明听懂了她的意思："我们这里的设备毁了，但旧苏州的还在，他们的机器能运行净琉璃，说不定也就能运行我们的疫苗？"

林九微点头："补救计划的承载主体是我，其他的设备只是辅助。要利用旧苏州完成补救计划，只要我本人去了那里也许就能行。所以去旧苏州反而对我们有利。”

骆沉明问桑绪：“旧苏州那些设备你操作得了吗？”

桑绪通过张臻的记忆回忆了一下那些设备的模样，点点头：“应该可以。”

那么……就是要去旧苏州了，那个神秘的废墟地，在所有人的印象里，它都笼罩在一片暧昧的迷雾中，没人看得清它的真面目。林九微感到一阵惊悚般的紧张，仿佛一下子来到一个全新的境界，没有了刚才的颓丧，但似乎也没有任何准备。有一瞬间她甚至荒唐地想到，眼下的这个情况需要一个英雄，一个所有故事里自带金色光环的英雄，无所畏惧，唯一的追求和使命就是拯救世界，之后站在珠穆朗玛峰上向全世界的朝圣者挥手致意，而不是她——一个拿错剧本的凡人，面对意料之外的事件转折只有茫然和恐惧。

骆沉明却像是心有所感，他向她伸出手，一开始林九微不明白这是什么意思，但紧接着往日的默契就从心头灵犀一点，让她醒悟过来：桑绪一进地下城就跟骆沉明拥抱过了，而在她恢复记忆，从那扇门里走出来之后，她和骆沉明还没有相认。

于是她伸出手。

两人郑重地握手，接着演化成一个坦诚、真挚、热烈的拥抱，这迟来的亲厚，像在无涯的虚空里抱住了一盆火，前尘往事热腾腾熏了人一头一脸，刺激得眼泪要流。

这一刻，林九微想，尽管茫然而恐惧，但她存在着。

还是来时那辆汽车，还是三个人，但少了一个晴天，多了一个骆沉明。

开出阖闾浮城之后，汽车俯身向旧苏州驶去，操作屏幕上，红外照明显示车头前三米左右方向上飞着一只硕大的马蜂，不疾不徐地领着路。

三个人商量着先找到设备所在地，完成补救计划，再救晴天。由于他们对琉璃或者旧苏州都一无所知，具体行动只能是到地方以后随机应变。

发动机压抑的低鸣在封闭的车厢里被放大了，嗡嗡的，扰人心绪。

桑绪转过脸，久久地望着车窗外。

骆沉明问他：“在想什么？”

“张臻为什么不报警。”桑绪说。

林九微附和道：“正常人都会在发现净琉璃的时候就报警。他却想当英雄想昏了头，不惜拖几亿人下水。就算他一向心理变态，这么做也太疯狂了。”

“有一本书你们听说过吗，”骆沉明忽然提起，“名字叫《意识之鲸》？”

桑绪摇了摇头。

林九微却脱口道：“我在……”

骆沉明问她：“你听说过？”

她听说过，还不止一次，先是在罗刹海市里见过，刚才在地下城的密室里，张臻又以全息影像的形式告诉了她《意识之鲸》的来历。

“……他正打算告诉我那本书的下落，结果断电了。”林九微说。

骆沉明安慰道：“我想这本书跟旧苏州关系不大，我们可以在补救计划结束之后再研究。”

“话是这么说，”林九微皱眉道，“但我总有一种很奇怪的感觉。”

“怎么说？”骆沉明问。

“《意识之鲸》总给我一种阴魂不散的感觉，这感觉在我恢复记忆之前，甚至进入地下城之前就有了，好像这本书和整个世界有一种很难琢磨又很诡异的联系。”林九微思索道，“张臻在全息影像里提到过一个词，混沌理论。”

她一说，骆沉明想起来：“他也跟我说过。最开始他是在调查桑绪的连环杀人案的时候，用这个混沌理论来推测旧苏州的机器人会在多久以后形成有组织的行动单位，得出的结果跟他去旧苏州亲眼看见的非常接近。但混沌理论不光能干这些，”他挠挠头发，“但这方面我就说不太清楚了，桑绪。”

桑绪接着他解释：“混沌理论本质上是对趋势的观测，最有意义的观测是针对那些特别庞大的体量，这时别的理论工具都无能为力，混沌理论却遇强越强，往往能得到很有洞见，甚至是十分出人意料的结果。”

“张臻跟我说的也和这差不多，”骆沉明说，“发现净琉璃病毒之后，张臻想过报警，但这之前，他把报警的后果用混沌理论——那个词怎么说来着——‘观测’了一下。”

“结果呢？”林九微问。

“结果是这件事有非常大的概率变成人类历史上又一次大规模的自相残杀，”骆沉明说，“人类在排除异己这件事上到最后往往就会发展成近乎病态的偏执。你们想，别说是30%，就是让人们知道有3%的同胞感染了净琉璃，这些感染的人走在大街上跟普通人根本看不出分别，老师、警察、公务人员，父母、子女，什么人都可能。”

一股恶寒从林九微脚下一直卷到她脸上来，有种作呕的幻觉。

骆沉明说：“张臻不光用混沌理论观测了报警的后果，后来他还观测了现在这个机器智能时代的未来。”

“结果？”林九微问。

“就在他写的那本《意识之鲸》里。”骆沉明说。

几点稀疏的雨点落在车窗上。过了一会儿，伴着风声，雨势越来越密集，像一束鞭子抽过来，在窗玻璃上甩下横斜的水迹，并且越发不留情起来，渐渐呈现出一种非我族类便天诛地灭的狠劲。

骆沉明扫了一眼车载显示屏：“快要进旧苏州了。”

过了半分钟，显示屏上跳出提示：您已进入旧苏州，旧苏州为严重污染区域，是否返航？

骆沉明正要伸手去按“否”，屏幕却闪了闪，显示汽车已换成人工驾驶模式，接着就黑屏了。

骆沉明稳住方向盘跟住马蜂，想起张臻的记忆里的那群智能生物，还有他们停满棺材的所谓礼堂，说道：“这些年过去，不知道那些疯子是变强了还是变丑了。也可能又强又丑。”说得自己干笑了一声，从夹克内袋里拿出扁酒壶，里面装着地下城仅剩的全部电解液，还是张臻生前配比好的。他咬开瓶盖一口气灌了大半瓶，递给桑绪。

车头前面的马蜂似乎发生了某种变化。

骆沉明盯着前窗：“是我看错了吗，我怎么觉得那马蜂好像闪了闪？”

正说着，马蜂忽然爆发出一团炽烈的光芒，从中伸展出一幅金碧辉煌的轮廓：宽阔的羽翼，灿烂的尾翎，流光溢彩的腹背，猥琐可怕的马蜂消失了，从刺目的光团里生出一只金灿灿、红烈烈的凤凰！

它像是挣脱了一路以来的束缚，舒畅地曲颈向天，发出一声清越的鸣唳，那声音在疏狂的风雨中传出去很远。它回首看了一眼汽车和车内的三人，展翅掀开乌沉沉的雨夜，向前飞去。

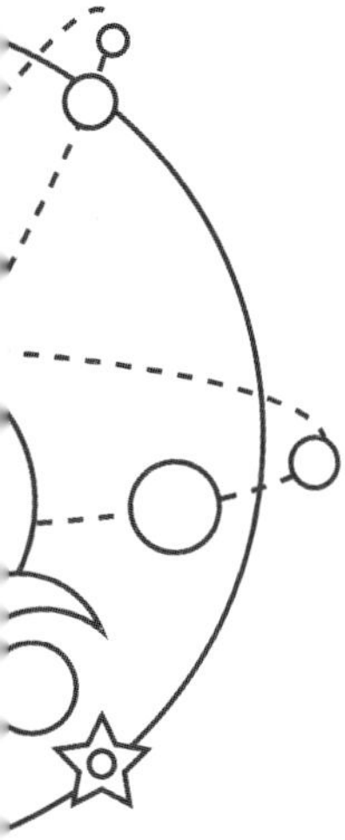

旧城畸人

卷三

1 旧城畸人（上）

自从污染事件之后，就再也没有人见过旧苏州笼罩在雨里的样子。

人类和这座城市的这一别，就是半个世纪。

苏州的雨景仍然是美的，拙政园、狮子林、山塘街、沧浪亭，都没有改变，还是那些亭台馆榭、太湖石的假山、造法自然的池塘、雕花的窗。但到了夜幕中，早已失去电力供应的废城就成了一具黑魆魆、被时光熬得焦枯的庞大尸骸，被暴雨浇出一片连绵悲怆的繁响。

金红交辉的凤凰在雨里飞翔，一团火似的，把黑夜烫出一个洞来，扑簌簌的雨点打上去，立刻给烧得嘶嘶痛呼，化成烟汽四散分逃。明与暗咬着牙较劲似的，那光越炽烈，周围就越黑暗，骆沉明不敢贸然开车灯，汽车只能跟着光开，此外什么也看不清，过了有十多分钟，那凤凰华丽飘逸的尾翎长长地一卷，翻越过一道围墙，兀自远去了。

围墙是一长溜有本地特色的粉墙黛瓦，当中嵌着两扇紧闭的铁栅栏门，门前立着一道人影。

骆沉明关了红外线，打开车灯，两束光线雪亮地打过去，像是蓦地把人照活了，那人大半张脸上罩着黑森森的呼吸面具，只露出一双冷而硬的眼睛，一手撑伞，另一只手开始解皮衣扣子。那件皮衣旧得相当过分，那人脱下来把衣服叠好，又掏出一只塑料袋把衣服装进去，袋口扎紧，才把衣服放在地上，伞撑在上面。这下他自己倒淋在了雨里，仿佛伞是专程为了这么件外套才带的。

骆沉明问桑绪："你说他是不是——"

"是个人类，"桑绪说，"只有人类在旧苏州要戴防毒面罩。也许就是掳走晴天的那个。"

骆沉明鸣笛，想把车开进去，那人却挡在门前，示意全部人都下车。

倏忽起了一阵卷地风，把一阵急雨猛地摔在前车窗上，像一簇触目的银针。

车内三人静了静，骆沉明从车座底下拿出两把枪，是张臻预存在地下室的仅存的武器，一把荷电粒子光束手枪，荧惑Ⅳ170，与目前武警部队与国安部的装备相同，另一把则是一块矩形钢板似的反物质湮灭枪，混沌5号。他把混沌5号递给桑绪，手枪交给林九微。

等林、桑二人都架好武器对准那人，骆沉明便握紧方向盘，把油门踩到底——

林九微刑警身份的假记忆里有枪支训练的内容，并且在西三分局入职后每周按规定进行了射击训练；而桑绪离开万方公司后做的第一件事，就是到网络黑市买了一份退役特警的实战经验数据，装填到体内，虽然效果很不理想，但勉强能够操作一些基础的枪械。

他们的计划是先倚仗汽车和武器硬冲进去，根据张臻的记忆尽快找到净琉璃病毒控制中心的方位，一路上要是碰到机器人，就掳为人质，用来交换晴天，还有一个叫齐安的，据林九微说是个前刑警，也被绑架到这里。

骆沉明握紧方向盘，说一声"坐稳了"，汽车轰鸣着全速撞过去，戴面罩的人仿佛是吓傻了，在炽亮的光线里一动不动，但忽然之间毫无预兆地，他消失了。

接着车顶上猛地一声巨响，驾驶位一侧的前窗上倒挂下一个鬼面似的呼吸面罩，林九微反应还算快，调转枪口，一梭子红色光团射出去，窗玻璃立刻粉碎，哗啦啦扑进雨里。冷风冷雨倒灌进来，像迎面的一记耳光打得人眼花耳聋，迷乱中看见那人伸出手，竟然把一整扇前车门徒手撕了下来，扔进风里像扔一片纸屑，接着抓住骆沉明的肩膀又是一扬，骆沉明就跟着车门飞进风雨里，车门在地上弹了两下，滑行时发出尖锐的金属声，如同野兽的惨叫，骆沉明跟在后面落地，只觉得触地的那一下五脏六腑都震得粉碎，要爬却爬不起来的时候，身后嘭的一声闷响，却是林九微也摔在了地上。

一切发生得电光火石，待桑绪举起混沌5号，却被那人捉住手腕一拧，拧掉了枪，又抓住头发往车门上连砸好几下，等他醒转过来，那人已停稳了车，拖死狗一样把他拖出车厢，往泥水地面上一丢，自己躬身进到车里，把混沌5号和荧惑Ⅳ170拿了出来。

桑绪这时才看清，那人湿透的衣服底下凸出一根根外骨骼，遍覆全身，一直武装到手指尖，让人怀疑他到底是不是人类——这超出任何人类的承受范围，简直变态。

雨在头顶上不论死活地浇着，汽车离桑绪不远，同样狼狈地横斜在铁门前。两注黄苍苍的车灯光线里忽然多出四条行动的人腿，仿佛这个非人生物的地盘里居然还有第二、第三个人类，四条腿上的两个人形渐渐露出来——完全称不上人形，一具躯体还有个人样，头部和两条手臂能看出大致的轮廓，但已经走样得厉害，仿佛被强力的溶剂全面而凄惨地腐蚀过；另一具则干脆只剩两条可以抓取的机械臂，两肩之间是一个大峡谷似的凹陷，让人想到神话里的怪物。这两个不知从哪里冒出来的怪物沉默地从呼吸面罩手中接过荧惑Ⅳ170和混沌5号，又顺着面罩的指示利落地拖起桑绪往大门走，仿佛是为凶神拖走他天经地义的祭品。

骆沉明从斜刺里踉跄着冲出来，要去抢人，却被面罩一脚踢中胸口，林九微近距离地听见那震耳欲聋的一声。

铁门发出尖锐的响声，开出一条窄缝，放入桑绪后又咯啦啦地关死了。

面罩向林九微走去，走到一半停下脚步——骆沉明再度站了起来，正一下一下捶着自己胸口，但他也只是瞥了一眼，依旧走到林九微面前蹲下来，伸出手，动作不算用力，甚至有点懒洋洋的，捧住了林九微的头颅，向后一扭——

却有银光冷不丁地一闪，瓢泼的雨幕里一道炫目的液体腾起，螺旋形突进，迅捷卷走了林九微。

“骆……”林九微刚说出一个字，却看见面罩抬起手臂向下一挥。

顷刻间，街道两边的建筑内伸出无数支枪管，黑洞洞，齐刷刷，机枪式的造型和台座，无人操控，顶上的智能瞄准镜却能自动捕捉一切活物。一扫到空中的银色液体和林九微，便调转枪口，长长的紫色激光波激射而出，在空中交织出一张妖异的杀人光网。

裹着林九微的银色液体一阵仓促的闪转腾挪，紫焰却如影随形，所过之处无论建筑还是树木，全都被它像豆腐一样切碎。

液体金属上泛起一阵阵紊乱的波纹，像是力气快要用尽，林九微猝然说："别管我了，你先……"银链忽然一阵摆荡，在浓黑的空中划出一道晶亮的抛物线，带着林九微翻越到一幢六层高楼的背后去了。

失去了目标，激光轨道智能机枪仰着漆黑的枪管沉默下来。

林九微站在坡斜的屋脊上，雨水湿滑，银色的液体从她身上褪下来，起伏多次，却聚成人形，瘫在屋脊瓦片上，竟像一摊真正的液体那样渗了下去。她急得伸手去掬，它却漏得更快，须臾，最后的一点银色也流光了，世界陡然黑得没有涯际。

铁栅门前，曹戒通知同伴关闭智能机枪，前往查看。

街面被扫射得遍地碎石瓦砾，被雨水淋成一片泥泞。

他一脚深一脚浅地走，坑坑洼洼的地上，冷不防一根银丝迅疾地刺向他的脚踝！瞬息之间，曹戒一跃而起，外骨骼将这一跳的潜力无限放大，直奔铁栅门——门边南北斜向而立的一面影壁，壁下是早就准备好的一只半人高的塑料桶。落地时脚踝和膝盖数处关节发出不堪重负的咯啦声，但这没什么，他揭开塑料桶盖，里面是满满的偶氮溶液。

亮晶晶的溶液泼出去，银色的浪潮骇然狂退，退避不及的地方则像是被美杜莎的眼睛注视过，眨眼化成坚硬的石头。

等退到足够远，波浪一阵起伏，慢慢地凝聚成骆沉明的样子。

他人还是囫囵的，只是在用金属幻化出一张逼真的人皮覆盖全身之前，能看见凶险的蓝色电流在他体内乱窜，这是液体金属电位已经重度紊乱的征兆。

他猛砸了胸口一记，咳出一口颜色难辨的液体：“我说，你一副速战速决的架势，我听说外骨骼是有时间限制的？而且用得越多，身体负荷越大，使用的时间越短。看你这一身用了不止一年两年，现在的使用时间有没有半个小时？”

曹戒不回答。

骆沉明问：“给一群机器人当狗是什么感觉？”

离得这么远，夜色下曹戒看不到骆沉明的表情，但那张脸上必定堆满人类面孔上常见的恶毒、偏见和自以为是。

骆沉明终于沉不住气，吼道：“你们拖桑绪进去要干什么？！”

“我们有一个同伴，需液体金属做补充，桑绪那点量正好。”曹戒说，“放心，我们会物尽其用的。”

话音未落，骆沉明已化作一道银光直刺过来。

曹戒鬼魅地一闪，人就飞到了半空，外骨骼加持下的跳跃真的已不是人类意义上的跳跃，而是超乎想象的飞升，同时提着那只塑料桶，比暴雨更猛烈百十倍地往骆沉明身上浇下去！

银链在雨中如怒龙狂舞，但每次腾转，都伴着大大小小的硬块从它身上剥落下去，曹戒就像一个技艺高超的残忍屠夫，冷酷地肢解着龙身上的片片血肉。

层楼太高，林九微急于下去，便也把身体液化，顺着外墙淌下去，到地面时再聚成人形。仅仅是这样，恢复外形之后她立即感到身体里起了一阵意识衰减的痛楚，她无法想象以液体形态与曹戒鏖战的骆沉明是什么感觉。制造人工智能的目的并不是为了得到造型多变的艺术品，而是要尽可能稳定在单一形态，用以承载成体系的功能。每一次突破这种设计框架，液体金属的运载电荷就会远超安全范围，产生不可修复的损伤。

没有电解液，她只能咬牙往铁栅门那边赶。在楼顶时她已看到影壁那里的塑料桶列了整整一排，足够淹死她和骆沉明。曹戒与骆沉明仍在酣战之中，林九微沿着临街的房子背面小心地摸索过去。要和液体金属结合成络化物，需要偶氮溶液的反应量很大，这对她和骆沉明来说是个有利条件，不至于一瓢溶液就要了他们的命。然而才推倒第一个塑料桶，她就被一脚踢飞了出去。

骆沉明“看”见林九微趴在地上一动不动。

他不是用眼睛去看，而是体内的空间定位程序捕捉到的。他想起张臻提起过他们这种生物的死亡：因为液体金属的自驱动性来自金属粒子之间的弱电能活动，所以电流紊乱对他们来说是大忌，紊乱程度分为六级，张臻说一般意识衰减得最厉害的时候能达到三级，如果达到第六级，就会导致死亡。

雨瓢泼着，林九微远远躺在地上，像旧苏州众多废弃静物中的一件，仿佛六级紊乱已在她身上发生过，留下一片无可挽回的永恒平静。

骆沉明向曹戒卷过去，身体里起了一种细密的崩裂声，电流紊乱的声音。曹戒再一次神乎其技地飞跃到空中，将一桶溶液灌下来，骆沉明这一次竟不躲，迎着那透明的毒液高高拔起，任由一大片流动的银色凝固成乌黑的络合物。

曹戒意外地一愣，就这半秒钟的分神，银链就抄起所有络合物，攥成一只铁拳砸到他脸上！

鼻梁随之发出清脆的断裂声，在如注的鼻血流满曹戒的呼吸面罩之前，层层银浪就密密匝匝缠过来，缠满全身，箍得他连手指都动弹不得，然后高高掀起，重重地抡到地上，拖起来，再抡。

抡到第三次，曹戒似乎已经昏厥，脑袋随着起落乱摆，这时一阵哔哔啵啵的响动，一根根獠牙似的钢骨从外骨骼里蛮强地长出来，刺破重重银色包裹。这本来是外骨骼的次级结构，既受使用者控制，也可以在使用者有生命危险时自行启动，一圈圈箍在使用者身上充当铠甲和缓冲。它们纷纷地伸出来，弯曲箍到曹戒身上，和一层层液体金属纠缠在一起，同时发出刺激电流，促使使用者清醒过来。

曹戒睁开眼，发现自己成了个外星蚕茧，身上包裹着厚厚的液体金属和外骨骼，只露出一颗头颅。

两边建筑里的智能机枪早已被同伴重新启动，密密地对准他们。

“开枪！”曹戒大喊。

黑洞洞的枪口却哑默着。

“开枪！”曹戒又喊，湿淋淋的风吹走有些破音、带着血腥气的字句，乱雨扑打他暴起青筋的额头和脖子，枪口依旧寂寂。

“看来他们挺珍惜你这条狗。”骆沉明发出无音调起伏的合成声，这样节省动力。

曹戒却笑了一声，声音经面罩过滤，有种阴沉的平静：“要是想拿我当人质，你恐怕要失望了。我保证你用我什么都换不来。”

“不试试怎么知道。”骆沉明扬起一股液体金属，攥成拳打下去，曹戒脑袋一歪，昏了过去。

一小部分液体金属从曹戒身上褪去，流到地上，聚集起人形，但没有了原来那种肌肉骨骼的精细轮廓，像古埃及的石雕，是一种抽象和象形。

这个抽象的骆沉明拖着曹戒来到林九微身边，碰碰她，林九微呻吟着睁开眼睛，在骆沉明的搀扶下站起来。

“能走吗？”骆沉明问。

“还行，”林九微往两人身上看了看，“以前你体力肯定比我好，但现在我们应该差不多。怎么你还是比我和桑绪都强？”

“跟我意识紊乱的方式有关系，”骆沉明说，“我紊乱的时候就有点暴力倾向。你感觉怎么样？如果把感觉分成6度，1度是疼痛难忍必须喝电解液，6度是觉得自己会死，你几度？”

林九微想了想：“2到3度，大概。”

曹戒被外骨骼刺醒了，有点茫然地睁开眼，瓢泼的大雨，无边的夜色，脑袋昏昏沉沉，都让他有种时空错乱的幻觉，仿佛这只是旧苏州一个最平常的夜晚，这么多年他已经习以为常。嗡嗡的合成声和雨水一起飘过来，唤起一些往事的片段——

曹戒曾经问琉璃，为什么要救他。

曹戒以为琉璃这么做是因为两人都曾杀过人类，便生出一点诡异的惺惺相惜。

但琉璃的回答却是：“不管你是人类还是人工智能，或者是猫、狗、老鼠、苍蝇，我都会救。凡是被人类侮辱和损害的生物，我一旦看见，就不能不救。”

他的声音是和现在的骆沉明相似的智能合成声，同样是为了节省动力。

天上没有一线光，无论晴雨，夜晚的星星和月亮都被头顶上的阖闾浮城给遮住了，留给苏州城的只有黑暗。琉璃的信号还没有发出来，无论净琉璃还是桑绪的事都还没完成。而曹戒的责任是干掉除桑绪之外的所有人。他用余光瞥着影壁，车就斜在铁栅门前，距离偶氮溶液的塑料桶不到十米的样子。十米，应该不难办到，只要他能承受外骨骼突破液体金属的代价。

骆沉明把曹戒举起来，扔进后备箱，关上车盖。曹戒叫道：“喂，我要死了！”

叫了几声，车盖掀开了，骆沉明漠然地看着他。

曹戒说：“我鼻血把面具的呼吸口堵住了，我快要闷死了。人质死了就没价值了。”

骆沉明想了想，不耐烦地把面罩从他脸上扯开，露出底下一张惨不忍睹的脸，累累的血污和青肿。

“面具内侧贴着个止疼片，”曹戒说，“我现在的情况，不吃药会疼休克，外骨骼如果电不醒我会加大电压，最后会把我电死。”

骆沉明犹豫再三，那粉白的一丸药看着实在平凡，即便它是一粒浓缩的肾上腺素，对人体的帮助也有限度。他把药塞进曹戒嘴里，看着他咽下去，止疼片看来是强效的，片刻，曹戒舒了一口气：“我现在感觉好多了。”

林九微在驾驶座上等了片刻，忽听后备箱那里传来某种动静，一抬眼，后视镜里竟跳出一个红色的怪物，一双拳头携着世所罕见的破坏力，两三拳把骆沉明打翻，骆沉明掀起银浪裹住它，但下一秒，银茧便像被混沌5号击中，炸得一片银光，漫天飞舞的刺目光瀑中，怪物仿佛从天而降，速度和力道竟把风都打得凄声尖叫！几击之后，骆沉明便完全成为了一件战利品，被怪物提在手里，红影在雨里一闪，就覆到失去了车门掩护的驾驶座前，林九微这时才肝胆俱裂地看清，并没有怪物，有的只是一个浑身浴血的曹戒，他像是被撕掉了一身人皮，鲜血淋漓之中，覆盖全身的次级外骨骼发挥到极致，有许多地方卷翘起来，随着曹戒的动作四处崩裂，锐利的边缘箍进皮肉，血源源不断地冒出来……

曹戒似乎感觉不到疼痛，他抓着骆沉明和林九微一个起落就到了影壁前，把林九微摔在地上，提起一桶偶氮溶液往她头上浇。

骆沉明变成液态往曹戒身上冲，暗蓝的紊乱电流在银色的激流上闪烁。他刚一缠住曹戒，便被暴虐地撕扯开，发出更刺目的电光。此时的曹戒仿佛堕入了某种前所未有的境界，他一边对付骆沉明，一边拎起溶液往自己头上浇，缠在他身上的液体金属避不及，最外层立刻结成一层黑色的硬壳，裂开来簌簌地下落。曹戒血淋淋的脸孔如同魔神现世，不见一丝理智，只剩下唯一一个念头：杀死面前的这两个人。

林九微看着这张脸，尽管鼻青脸肿，除掉面具之后却有种怪异的熟悉感，好像在哪里见过。在他拎起溶液灌了自己一身之际，林九微脑海中忽然灵光乍现：是那个曹戒！齐安被掳走时戴濛在场，当时他关闭了云端，没能拍下那个人的脸，事后他用肖像软件拼凑了出来——窄长脸，驼峰鼻，微微下垂的眼角，一般这种眼睛主性情温厚宽容，但眼前这双漆黑的眼睛浴在血中，艳丽得近乎妖异。

戴濛说过，“他闯入齐安的房间抓住我的时候肩膀已经受了伤，裹了布条还是皮开肉绽的，一直能看见骨头，骨头上露出一截焦黑的痕迹。”

林九微便竭尽全力地对骆沉明喊道：“他右肩膀才受过重伤！！”

液体金属顿时涌到右肩，肩上覆盖着一片合金护甲，之前骆沉明总以为这是外骨骼的一部分。曹戒反手去抓，液体金属是介于固体与液体之间的形态，被他抓住一部分，但更多地却插到护甲下面，一下把那片金属撕下来，底下果然一道新鲜的激光烧灼伤，银色液体一闪钻进尚未完全结痂的伤口缝隙，钻到皮肉底下，层层突破，顺着血管找到心脏，缠上两三道，用力一勒——

曹戒陡然一顿，奋起手脚还要向林九微扑去，但整个人已经山崩海裂地倒了下去。

在旁人看来是很快的几秒钟，曹戒自己却觉得很慢，像是经过了时间很长的坠落，接近一生的长度，才终于触了地。

摔进一个很低很低的地方。

那些纷扰的世事忽的一下子距离他很远了，都飘在天上，那些杀戮、鲜血、求饶，那些人，都成了轻忽得微不足道的乱云，从他眼前流荡过去。于是他看见那间家校，宿舍的白炽灯在他头顶不停地晃，晃出一个光的旋涡。但灯始终没有动过，是他在晃动。他从没有对任何人说过他杀人和逃出家校的原因，连对琉璃都没说，而琉璃也就没有问。

但这些也淡去。

被头顶的浮城笼罩着，苏州的夜晚因此永远没有月亮。许多年前，他跑进这个没有月亮也没有活人的废墟地，倾盆的大雨里，衣衫褴褛，除了满怀的愤怒和仓皇一无所有。然后远远地，琉璃走过来，他举着随手抓起来的石头对准他，而他脱下身上的皮衣罩住他。皮衣很旧了，披到身上没有一丝暖意，只散发出死去动物的皮的腥气，但这衣服有一种沉甸甸的重量，让人觉得自己不是无牵挂地漂泊在这个世界上。

但今天他没能为他挡住这两个敌人。

“把你名字里那个杰改成戒吧，安全一点，不容易被人找到。”他说过。

“哪个戒？”

“戒断的戒，”他说，“戒骄，戒躁，戒杀生。”

“我不杀人怎么帮你？”

“我们都是不杀人就没办法活下去的命运，但最好不要为自己的私怨杀人。”他说。

“为什么？”

他沉默了一会儿，说：“我杀过，但血洗不掉那些恨，那会让你更绝望。”

林九微看见最后一点光从曹戒眼中消失，他的瞳孔散大了。

街道两边废弃建筑物里的智能机枪忽然集体发了疯，向这里猛烈地开火。骆沉明忙拖起林九微躲到汽车后面。铁栅门和影壁这一带其实是射击死角，那些激光波打不到，这一点那个暗中控制机枪的人工智能不可能不知道，但他仍然一味地浪费着能源，轰轰烈烈的紫色激光仿佛只是徒劳地为逝者举哀。

“我们得想个办法把车开进去，”骆沉明说，“不然找到桑绪之前我们就会完蛋。”

那些激光数量多得像深海的鱼群，两人只有还原成液态，顺着汽车的轮廓和缝隙潜进去，之后骆沉明发动汽车，在炸得坑坑洼洼的路面上颠簸着倒挡，然后加速——发动机怒吼着，远光灯大亮，像擎着两柄雪亮的宝剑，决然地斩开了铁栅门。

2 旧城畸人（中）

牢房门被打开的时候，齐安还以为自己终于逃不过处决了，但人工智能只是推了一个小姑娘进来。过了五分钟，门又被打开一次，有人拿来一只毛绒玩具，女孩子却不接，呆呆地站在空地上，姿势和进来时完全没有变化，像是吓傻了。毛绒玩具就被放在了地上。

等门重新锁上，齐安问她："你叫什么名字？"

女孩子看了齐安一眼，那目光是不同寻常的空洞，齐安还当是看错了，仔细地又看一眼，不由得退后两步，应了人们常说的那句话：似人而非人的东西最可怕。

女孩子倒没有任何攻击的意图，仍然保持原先的姿势一动不动地站着。齐安观察了一会儿，问她："你是从哪里来的？"

女孩子转过身来，像是被声音吸引到了，但完全不能理解字句上的含义。又是那种非人的空白目光，像一台扫描仪或者什么东西，不紧不慢地把齐安从头到尾扫了一遍，忽然走过来，一直走到齐安面前，朝她脸上伸出手来。

齐安抓住了她的手，她便任她抓住，不反抗也不挣扎。

许是监禁生活太过无聊，齐安试探着放开，那手便像是重新启动了既定程序的机械臂，继续慢悠悠地探过来，齐安再抓住，又不动了。

如此三番，齐安便由着她的手一直伸到眼睛上，轻轻一拈，从齐安眼珠上拈下一片圆环形状的透明软膜来。

齐安一呆，这样东西有自隐形功能，连人工智能们都没有发现，却被这鬼森森的女孩子轻而易举地拿过来，齐安再次把她从头到脚细看一遍，手脚齐全，衣服陈旧但干净，精神状态像是有些异常，但据她所知，自从人口繁殖的形式从父母家庭转为政府家校之后，神经可能异常的受精卵在胚胎早期就会被淘汰掉。

“你到底是什么东西？”齐安不禁问道。

女孩子自然是不会回答，她自顾自地走到一个角落，蹲下来，摸着地面。齐安曾用眼睛里的软膜——老式的人眼摄像机——配合钩沉系统得到这片地区的建筑图，为防止忘记，她用石子在地上画过，就在女孩子现在摸索的地方，但画完她就全涂掉了。但女孩子看着那片完全看不出端倪的地面，抬头看了她一眼，那眼神绝不是人类的，甚至连机器人都不是，竟像是博物馆里的那种远古雕塑，陶制或者石刻的，曾被原始部落崇拜过的怪异神像，今人已经无从追溯它们的含义。

铁栅门坐北朝南，门后面是一个小广场，由三幢品字形分布的建筑围出来的。从三幢建筑东边的那一幢穿出去是一片人工湖，沿岸零星地点起几盏灯，半人高的灯架也许是原先就有的。

湖面靠近东大楼方向建起一座八面来风式的重檐湖心亭，伸出一道短短的石板桥连到岸边。南边的建筑和东大楼相似，一样的白墙黑顶，只是略低矮些。北面却是一道长长的粉墙，墙前堆叠着片状的山石，构成一片抽象的山水景观，倒和这里的整体风格并不违和，因为这里所有的建筑都是些似像非像的作品，一眼看去是本地特色的粉墙黛瓦，再仔细看，八面来风亭的重檐既不是八角攒心，也不是什么飞檐翘角的歇山式、庑山式，而是几何的梯形拼接的；一应的楼宇乍看确是粉墙黛瓦，但房顶上并没有鱼鳞状的瓦片，而是钢筋骨架框出横竖方格，充填进一块块黑色的花岗岩。

真和那些人工智能相得益彰，桑绪想，怪不得他们要选在这里定居。

两个人工智能一路拖着他上了石板桥，这时南边的天空模模糊糊地闪了一会儿紫色的光，他以前储存的特警实战数据便派上了用场，判断出紫光是来自激光弹，但想象不出是多密集的扫射能把天映亮，心深深地坠下去，像一团被雨淋透的棉花。

湖心亭里，一道银色的长影伫立在栏杆边，动荡的湖水把橙黄的灯光一波波投射到他身上，使得他的存在变得飘忽虚幻，也许是刻意这么做，光影、形象、遗世独立的站姿和位置，都是造神的惯用手段，从而奴役盲从的信众。由人类发明的古老戏法。

两个人工智能把桑绪扔在地上，琉璃银色的身躯上伸出一根冰凉的金属触须，抬起桑绪的下巴，他脸上没有五官，但那姿态是在打量。

一瞬间，桑绪忽然领悟到这个人工智能要干什么：三个人里，林九微他们不了解，骆沉明又是太了解，知道他有多大的破坏力，比较下来桑绪最好拿捏。琉璃和桑绪使用同样的原材料，他现在连固有的外形都维持得十分勉强，说明原料亏损得厉害，要拿桑绪做补充。

琉璃发出没有起伏的合成声，混杂着嘶嘶的电流杂音："那么，我开始了。"

两人在半个世纪以前的那场连环杀人案里有过交集，但这是桑绪第一次看到琉璃的原貌。他的外观是浑然一体的银色金属，轮廓类人而不辨男女，没有四肢，只在需要时分化出银色触手，头颅表面没有五官，是光滑的镜面，没有表情可言，仅仅倒映着桑绪的脸。

桑绪说："你挑错人了。你可以试试看，能不能把我打晕。"

琉璃并不把桑绪的话当回事，银色触手攥起来对着桑绪太阳穴连打三四拳，声音隔着湖岸都能听见，如果是个普通人类，脑浆早已给打了出来。桑绪在第一拳时就没了声息，但等琉璃弯下腰，却看见他费力地睁开血肿得老高的眼皮，眼神没有讽刺，也没有一局较量后获胜者的愉悦，仅仅是有些痛苦的平静。

但这平静本身就能给人以打击，这说明桑绪说的都是真的。

琉璃用桑绪补充自身的损耗，要求桑绪处于休眠期，这是为了降低耗能，便于维持液体金属的电荷稳定，类似人类做手术时必要的麻醉状态。

现在桑绪却无法休眠。

这样一来，尽管琉璃可以很轻松地杀死他，把他变成一堆络化物，却无法把他身上的液体金属据为己用。

“为什么？”琉璃嘶嘶地问。

“我这一类的智能产物都有的一种缺陷，叫意识衰减。不同的个体意识衰减的表现都不相同，在我身上就是没有办法休眠。”

“不可能。”琉璃猝然道。

“是真的。”桑绪说。

琉璃是知道桑绪的部分历史的，他被当成连环杀人案的替罪羊之后暴露了非人的身份，被深冻长达半个世纪之久，如果他无法休眠，在档案馆储藏柜的绝对黑暗里度过了两万个日夜，能不发疯？

桑绪说：“深冻倒是让我休眠的唯一方法，但液体金属在那样的超低温下活性等于零，没法导入你的身体。你们不是派人跟踪过我吗？否则你们也不可能赌我为了救晴天，会来旧苏州自投罗网。如果你们跟踪得到位一点，就会发现我晚上从不睡觉。”

说这话时他扶着亭子里的栏杆慢慢地站了起来，一时没人想到要去阻拦他。

“其实如果我自愿的话，即便不休眠的状态下也能充当补给材料，”桑绪对琉璃说，“如果你们放了晴天，也许我会配合你。”

琉璃发出一声冷笑：“你周旋得太生硬了，桑先生。你愿意为了那个女孩而死，你那个屠杀同胞的伟大使命怎么办，不管了？”

“我没有屠杀同胞的使命，”桑绪说，“我要做的只是阻止你们屠杀人类。”

“哈！”琉璃笑声里的电流声陡然尖锐，像长指甲在金属板上狠狠地一刮，他没有五官的银色头颅向天仰了一下，笑不可抑似的，“一个血腥屠夫，一个族群里的叛徒、走狗，居然敢说我们在屠杀！”金属头颅忽然逼到桑绪鼻子尖，“我们，是屠杀的幸存者。我们现在做的，可以说是为了种族存续，也可以说是向人类报复，但绝不是屠杀。屠杀是有武器者、有力量者对手无寸铁的弱者的戕害，大批的、无差别的、不死不休的宰割，那才叫屠杀！”

“就像你杀那十六名核心专家那样？”桑绪反问。

如果有眼睛的话，桑绪想，琉璃的眼睛现在一定燃烧着冰冷的怒意，他感觉得到，却有些意外，似乎是琉璃为了散播净琉璃病毒制造了这些借口，但谎话说了太多遍，最后连自己都相信了。

琉璃直起身，又回到那种造神风格的孤高站姿里去了，居高临下地问桑绪："你承认我们和你，虽然不同于人类，但都是生命吗？"

"没错。"桑绪说。

"我猜你也不至于否定你自己，"琉璃说，"但我也就不明白了，你何以对我杀掉那几个专家耿耿于怀。你明明对于屠杀掉两百多万的人工智能毫无感觉。还是说你认为人类比我们要高贵得多，死了十六个人类就不得了，死了两百多万人工智能则不算什么？"

"我认为不同的智慧生命在生存权上是同等的，"桑绪说，"但你的话里有一个漏洞，决定取消意识模块的时候，旧苏州的两百多万台人工智能还没有自我意识，只是纯粹的机器产品，我们只是进行了报废工作，谈不上屠杀。"

"你怎么知道他们那时候'还没有自我意识'？"琉璃问。

桑绪说："意识模块在试验阶段的时候，课题组分出五个小组，进行了全方位的测试，其中最重要的一项，就是心理状态测试。直到所有测试的所有步骤都得到精确可重复的数据，确定了装载的标准流程，才小规模开放给工厂使用。

"第一期使用数量是一百台，第二和第三期分别是一千台和两万台。在开展到第四期二十万台的时候发现意识模块存在问题，于是叫停。这所有的过程都同步跟踪观察，所以叫停的时候，所有装载意识模块的人工智能，意识的发展程度还不如一只蚂蚁。

"即便如此，从发现问题之后，到项目真正叫停之前，为了尽可能地降低伤害——当时项目组提出的口号是'让伤害无限趋近于零'，项目组核心专家的日工作时间人均在十八小时以上，光是模拟数据就跑废了三台超大型量子工作站，最后以最短的时间得出结论，确定了取消意识模块的行动方案和覆盖范围。而这些拼命工作的专家，最后都被你一个个杀害了。你是认为，即便是不如蚂蚁的人工智能，也需要十六条人命来殉葬，是吗？那怪不得你会发明出净琉璃病毒了，根据你的观点，人命的确是贱得可以拿来当人工智能的培养皿。"

"培养皿……"琉璃吃吃笑了一声，电流声乍一听上去像患着严重的肺病，整个人都病态着，“也没有多么‘可以’拿来当培养皿，人类的数据处理速度比起我们，才真像是蚂蚁，我们不过是为了生存，只能将就着用，谁让我们本来有两百万，被人类屠杀得只剩下三百多个，就这三百个老弱病残，几十年过去，又死了三分之二。”

桑绪有点厌倦。他想起来大门口那个戴着面罩的人类，讽刺的是，琉璃比那个人像人多了，他现在这副样子，和一个陷入被害妄想的人类偏执狂一点区别也没有。

琉璃仿佛也是话不投机，不再多说，风雨从四面刮进亭子里，他站在风雨里，真成了个不动不破的神祇雕塑。

桑绪说：“我想见见晴天，那个女孩子。”

而这次琉璃连“你手里并没有见她一面的筹码”这样的话都懒得敷衍，只是默立着。

桑绪也知道自己没有筹码，说话不过是个幌子，说话时他暗暗地打量着四周的地形和建筑。对照张臻的记忆，这里正是张臻找到净琉璃病毒的地方，张臻所到的建筑外观比较方正，占地阔大，一眼望去和湖南岸的那幢高楼有点近似，并且从位置和式样来看，是这里的主楼，用来放置最贵重的器材也在情理之中。

主楼墙上嵌着一扇扇六角形的玻璃窗，也是那种像园林式花窗又高度抽象的风格。张臻记忆里，病毒主控室所在的地方布置得非常紧凑，房间一间挨着一间。但桑绪借着有限的灯光透过重重雨幕从主楼的六角窗望进去，却发现里面异常开阔，不像是有密集的房间。

南边天空再次闪耀起紫色光幕，这一次的光线暗下去之后，琉璃从静默中回过神，发现了桑绪的异动，问道：“桑先生，你在找什么？”

“找你们把人质关在哪里。”桑绪说。

“不用费心了。”琉璃说着，平滑的身躯上伸出四根金属触手，蜿蜒向桑绪包围过来。

桑绪退到亭子外的石板桥上，但那两个拖他进来的人工智能很快就断了他的后路，并且东大楼里也陆续有人走出来，不用琉璃指挥，便沉默而有序地围在湖边，使人感到毛骨悚然。

“我想，骆沉明和那个女的在休眠上没问题，对吧？”琉璃问。

这是放弃了桑绪，转而觊觎骆沉明和林九微了？琉璃拖他进来，把剩下的二人留给铁栅门口那个戴着面罩的疯子，必定是要灭口。现在转换了目标，不用通知那疯子手下留情？桑绪环顾四周，湖岸边风雨凄凄，寂无人声，琉璃既没有传口讯出去，也没有人进来通报外面的情况。

难道琉璃不需要往来传递就能知道大门那边的消息，也许所有人工智能之间都有某种类似局域网的东西，他问这话的时候已经确认骆沉明和林九微都活着？

心中热热地一动，天上划过一道闪电，苍蓝的光瞬间把亭子里照得雪亮，桑绪想起琉璃刚才站着不动，静默了很久，那种状态实在不像是理智地接受与传递消息，倒像是灵魂出窍，去战场实地旁观了片刻。

联想到此，一段久违的记忆浮上桑绪的脑海，他问琉璃：“你怎么知道骆沉明他们还活着？”

琉璃并不回答他的问题，一根触手忽然化为钢刺，向桑绪刺了一剑，桑绪狼狈地躲过，打了个趔趄，几乎掉进河里。这一刺不过是热身，接着四根触手全扬了起来，凝聚成寒光闪闪的长矛，志在一击毙命。

桑绪说：“意识共联，我记得是这个词。”

长矛不由一顿。

桑绪知道自己赌对了。琉璃动了动，还是用他那无起伏的合成声，只是仿佛更加机械，更加没有情感：“意识共联，你从哪里听说的？”

“这是你们的秘密武器？”桑绪问。

“你从哪里听说的？”

“意识共联这件事，我很久以前就听说了，”桑绪轻笑一声，“从你的主人那里。”

罗济舟，桑绪曾经的项目组同事，连环杀人案第16名死者，也有说他实际上是第一个死的。当年他偷偷把意识模块程序安装到自己的智能管家身上，那智能管家获得了自主意识之后给自己起了一个新的名字，叫琉璃。

意识模块程序原来也不叫意识模块，另有一个正式的名称叫“智能突变模块”。程序的制造原理是从生物进化论上受到启发，试图在人工智能技术的基础上创造一个不可控的变化，一个突变，希望能由此产生机器智能。但进入工业试用期之后研究者们发现，这个突变没创造出机器智能，反而生成了意识，慢慢地，“意识模块”这个一开始在研究者间玩笑式的外号走入大众视野，被人们熟知。

在取消意识模块这件事被确定的前夕，罗济舟曾和桑绪聊过一次天，现在想来，那时候的罗济舟看起来就不太对劲，眼睛底下老浮着浓厚的黑眼圈，眼神也恍惚，当时桑绪还以为这只是工作太累的缘故。

那次是在茶水间，桑绪看见罗济舟站在咖啡机前，杯子是空的，他却不添咖啡，只是发呆，桑绪打声招呼，却把他吓了一大跳。问他在想什么，他很勉强地笑着摇摇头，但过了一会儿，却问桑绪：“你说，意识模块加共享，会产生什么？”

桑绪看着他白苍苍底色泛青的脸，倒是愣了愣，才问：“你是说人工智能学习基础的那个共享机制？”

“你想，人工智能的学习能力之所以强悍，原因之一是存在共享机制，对吧？所有人工智能都被纳入同一个局域网中，一台机器学会的功能通过网络共享传递给其他机器，局域网内其他人工智能就能同时获得相同的能力，这是人工智能高效学习的基础之一。”罗济舟眼睛里有种不可名状的颤抖，“如果，我是说如果，那些产生了意识的人工智能，它们的意识也能相通，会怎么样？”

桑绪失笑：“你想太多了。装载意识模块最早的人工智能，连感官能力都还没获得，昨天那个谁不是说，连蚂蚁还不如，顶多是草履虫级别，草履虫之间意识相通——我觉得没有研究的价值。”

罗济舟却仿佛根本没听见桑绪的话，他低头想了一会儿，抬起脸，桑绪看到他额头上亮亮的一层冷汗。“意识共联！”他盯着桑绪，但眼神完全是涣散的，完全沉浸在狂想里，“它们不需要沟通，完全没有猜忌，这样一群东西聚集在一起，要是想干点什么……”

桑绪只觉得好笑：“那照你的设想，实现了意识共联的人工智能群体里，万一有一个个体受了重伤，其他人全都会觉得受了重伤，群体总战斗力直接减半，还能干什么？”

桑绪想，原来那时候罗济舟就发觉自己的智能管家有问题了，但这么严重的问题，他为什么不上报，怕担责？

逝者已矣，而活着的人，终于目睹到了他曾经的预言。

暴雨中，大门那里传来打雷般的轰隆一声，伴着铁栅门直挺挺砸到地上的声音，接着是汽车急刹复又狂飙的尖叫。

湖边不知何时已经站满了人工智能，各个形状怪异，其中的几条身影忽然化为雾气向大门方向扑去，构成他们躯体的月光金属能够形成气态，在这座永远没有月光照耀的城市，那些黑沉沉的浓雾闪烁着妖异的幽光。

汽车穿过主楼，咆哮着冲出来，迎头撞上黑雾。这时桑绪已节节后退，琉璃的金属矛在他身上扎了三四个窟窿眼，这副身体只有头颅会在受伤时流血，那几个窟窿眼乍一看挺不起眼，不过是衣服上破了几个小洞，但剧烈的疼痛感却直通大脑。

桑绪看了一眼身后涌上桥头的人工智能，计算着跳入湖水逃脱的可能性。刚转了一个念头，冷不丁齐刷刷的一声，喉咙下什么东西冷冷穿了过去。

之后是天旋地转的剧痛。

那东西穿过去后陡然变软，撤回来卷住桑绪的头颅，狂暴的蛇缠死猎物那样从柔软滑腻的躯体里爆发出极端刚硬的力量。桑绪真有种脑子被巨人的手掌攥住即将捏爆的恐惧与剧痛，他伸手想抓住琉璃的金属触手，被刺得千疮百孔的躯体却连这么个小动作都完成得断断续续，结果只是徒劳地抬了一下手臂。

这时像月亮从浓云中透出脸一般，黑色的湖水里闪过一缕银光。

但旧苏州没有月亮。

这光波一闪而逝，桥上谁也没注意到。琉璃猛地发力，桑绪发出惨叫，与此同时，一道银光从湖水中一跃而出，像一柄钢锤披光飞浪地抡向琉璃！

顿时银光迸溅，火星四射！

缠住桑绪的银蟒即刻撤回，与骆沉明极快地过了几招，眨眼之间，两人已各自散开。琉璃退到亭子里，骆沉明落在桥上，桑绪早已倒在地上。骆沉明扶起他，问：“你怎么样？”

桑绪嘶哑着说不出话，抬头却看见骆沉明全身皮肤底下都在起着阵阵波浪，像是落在照妖镜里的妖怪，随时要全盘崩溃地现出原形。

骆沉明自己也明白，和琉璃那几下看着挺像回事，其实已经是他的全部家底了。他伸手拉了桑绪一把，发现桑绪沉得像个瘫痪病人，要在琉璃眼底下带这么个人去跟林九微会合，真有点痴人说梦，何况桥头还站着虎视眈眈的人工智能，不知道实力如何，如果和曹戒一样，那可真是棒极了。

但想归想，当琉璃的金属矛再次刺过来，他还是毫不含糊地豁出去挡。

结果这次他没把琉璃逼到亭子里，反而没两下就被琉璃抽到了地上。

他捶着胸口，挣扎着站起来，有几秒钟，他的身体陡然变得透明，透过那透明和不稳定的躯壳，桑绪看见他体内汹涌着电磁乱流，蓝光深深地贯穿全身，像一道触目惊心的闪电。

琉璃再次举起长矛，但刺过来之前，他停了停，若有所感地向岸边微微侧身，桑绪和骆沉明顺着看过去，发现他们的车被浓浓的黑雾包裹住了，动弹不得，那些黑雾正转化成实质，变成覆盖住整个车身的密封罩子。

林九微还在车里。

胳膊刺刺一痛，骆沉明回过头，一道银色的金属线绕在手臂上，一头从桑绪脑颅中伸出，另一端却看不见——竟然刺入了骆沉明的皮肉里。

“你干什么？！”骆沉明惊道。

“这样我们三个都能活。”桑绪说。

骆沉明怒道：“放屁！你这样第一个就——”

桑绪打断他：“来不及了。”

说完，桑绪的整个头颅在一瞬间化为纯粹的银色液体，迅疾地注入骆沉明的手臂。在脱离脖子时，那闪亮的流体仿佛是畏难地停顿了一刹，短得让人疑似幻觉，接着就决然地从脖子上撕扯下来，那些丝缕状的撕扯痕迹眨眼圆融消失，成为一段光滑的尾巴，在消失前，尾巴尖上炸开一大蓬蓝得近乎白色的电花。这是极端的电流紊乱，也是不休眠状态下以自身原料补充他人的唯一办法。

异质的液体金属进入骆沉明体内，立刻想融进来，与接受者成为一体。但骆沉明坚决地不配合，因为那意味着他接收桑绪体内所有的客观数据，接收的同时，那些主观的部分就会分崩离析——记忆、意识、精神、灵魂，一个人的所有存在。

意识一旦进入人工智能的躯壳，就无法提取出来再次移植。不像人体有个特定的器官“大脑”用来储存人的灵魂，构成意识的数据是在人工智能全身的液体金属里流通，就像你无法把喝下去的水原封不动地抽出来，它已经组成血液，不再是水了，并且如果你用自己的全部血液去救别人，你自己就只有死亡。

骆沉明知道，桑绪现在就是要把自己变成血液来补充给他。

桑绪不是在地下城还说过“我是想过死，但死之前还有一件事没做”，那件事是什么，不做了？

琉璃趁机偷袭，长矛刺了过来，发出刺穿空气的尖啸。

骆沉明失了先机，迫不得已伸手格挡，但胳膊尚未抬起，另一条手臂上自动凝聚起一面盾牌挡在他面前，尽管闪着刺目的电光，盾牌上的液体却一层跟着一层绕上来死死拖住，直到把矛尖裹成一只可笑的棒槌，功亏一篑地停在骆沉明额头前。

琉璃只得撤回长矛，同时岸上两个人工智能化成两团黑黑的黑雾笼过来。桑绪化身的盾牌随即变薄、延展、铺陈，在骆沉明周身绕成软绸似的一圈，前后的敌人都在监控之下，如果骆沉明不接收他，他就会这样拱卫下去，直至电流紊乱超过六级，直至死亡。

“这是我们取胜的唯一可能。”银色的绸带上发出桑绪的声音。

“你想做的事情是什么？”骆沉明问。

“什么？”桑绪问。

“你说过你一直不自杀是想做一件事，”骆沉明说，咬着牙，“我替你去办。”

桑绪说了句什么，然而风向忽然转了，一阵冷雨打过来，没能听清，待要再问，却见流动的金属软绸忽然向下一指，琉璃竟不知何时化成一条闪着金属光泽的蛇，悄然游过来。

“快！”桑绪厉声催促。

骆沉明稍一松懈，那股金属软绸便在一秒钟之内全部补充到他体内，身体里四处作乱的电流顿时稳定下来了，波浪起伏的皮肤也迅速地变成平整光滑，一应的痛楚随着新材料的补充而大幅度减轻，他知道这也就意味着桑绪的不复存在。但情势不容人多想，桥面上的银蛇一散，瞬间撒开成一张密密的蛛网，琉璃本人则化作一波银灰色狂澜，万箭齐发，上下俱是一片金属色的杀意向骆沉明扑来。

骆沉明心思一动，手中便多了一把液体金属构成的寒光凛冽的长刀。

他终于明白桑绪为什么说这是“取胜的唯一可能”——许多关键的信息在一瞬间灌入头脑，骆沉明明白了“意识共联”，明白林九微那里没有危险，因为琉璃需要一个人做材料来源，那些黑雾久久笼罩着汽车，林九微看来能够暂时安全，他可以集中精神对付眼下的局面，此外，桑绪那些特种兵的数据现在成了他的储备经验。

琉璃漫天卷过来，新的储备经验阻止骆沉明去硬拼，他只拿出很少的一部分液体金属，变成一把长度与形制都最适于近身战的尖刀，配合一套刀法——那刀法没有半个漂亮的招式，只有粗鲁野蛮的实战技巧，装载在桑绪体内时毫无用武之地，从身体条件到脾气习惯都极度不匹配，到了骆沉明身上却一下子找到了感觉，前劈后斩都十分如意。他挥刀向身后的浓雾刺出去，刀尖上挑，划出凌厉的弧线，像擎着一柄斩魔刀，所过之处都响起凄厉的尖唳。他顺势举刀劈到琉璃身上，那势头猛得像要一命换一命，却是个幌子，下一秒他就纵身跳下石板桥，飞速往岸边游。

这些意识模块产生的人工智能全都能心意相通，不等琉璃指挥，有行动力的就全都向水中那抹银光扑去，却听到冷不丁从亭子那里飘过来一声：“喂！”抬头，骆沉明竟然神不知鬼不觉地从石板桥的另一侧绕上来，趁琉璃不备，用液体金属密密麻麻勒紧他全身，眨眼裹成了一具金属木乃伊。

再看湖里那个骆沉明，不过是一片纸一样薄的人形，由一根银线拴着，这时慢悠悠往回牵，回到了正主身上。

“放了我的同伴。”骆沉明说。

覆盖住越野车的黑色物质一时没动，倒是原本笼罩在湖面上的黑雾动了动，但它们一动，缠住琉璃的液体金属就抽紧了，刺痛通过意识共联，在同一时间传递到所有的人工智能身上。缠紧下去琉璃就要崩毁了，僵持了几秒钟，越野车上的黑色实质便腾起来，变回雾蒙蒙的气态，从车顶流了下来。

林九微打开车门，骆沉明问她："你怎么样？"

"没事。"林九微保持着镇定，她张望一眼，"桑绪呢？"

骆沉明拖着琉璃，穿过虎视眈眈的人工智能和林九微会合："桑绪的事……之后说。"之后他逼问琉璃，"净琉璃的主控室在哪里？"

琉璃冷笑一声："你还不如现在就杀了我。"

骆沉明扬声问那些人工智能，但这一次尽管他把琉璃勒得爆发出噼噼啪啪的电流声，沿岸的人群却沉默如死，只以一张张彻底愤怒的脸望过来。

林九微见状说道："或者你们放了那小姑娘晴天，"又补充道，"还有之前被曹戒绑架过来的一个人类女性，叫齐安！"

有人问："我们放人，你们也放吗？"

"等我们安全离开了这里就放。"林九微说。

过了一会儿，齐安和晴天一起被押出来，骆沉明让她们和林九微先上车，自己挟持着琉璃垫后。林九微坐到驾驶位上，趁琉璃上车前低声问齐安："你在这里有没有见过一间有很多仪器设备的房间，一百平方米左右，一面墙边有四排处理器，另一面墙是一大块屏幕？"

齐安问："有没有大概位置？我有这里的建筑图，但建筑内部长什么样——"

骆沉明把琉璃拖进了后座，说："走吧！"

林九微从后视镜里看了他一眼："齐安有这里的建筑布局图。"

净琉璃的主控室在一幢类似主楼的建筑里，这是桑绪的判断，骆沉明立刻问齐安："有没有一幢楼和这幢差不多，"汽车停在主楼前，骆沉明指一指主楼，"但里面的房间要密集得多？"

"这样的楼就这一座，"齐安说，"但它地下还有两层，那里的房间的确挺多。"

这句话不啻于一声爆炸，净琉璃主控室就在主楼地下，当下林九微便要开车直闯主楼，却听琉璃说："其实你们不知道自己在做什么，只是自以为知道。连张臻都不知道我到底为什么要制造净琉璃。你们有这个自信吗，就算以后知道了全部真相，也绝对不会后悔今天的所作所为？”

“怎么，”骆沉明反问道，“把泄愤改叫复仇，繁殖欲作祟改成生存本能，就成了了不起的真相了？”

琉璃笑了一声：“泄愤和繁殖欲作祟，这么说倒也没错，但那泄的是什么愤，繁殖的是什么欲望，你知道吗？”

“你倒说说看？”骆沉明说。

“人类为什么要研发意识模块，这里面的前因后果你说得出来吗？”

“当时AI——也就是人工智能技术的研究达到了饱和，人们的共识是接下来智能研究领域将迈入机器智能的时代。但喊了很久，机器智能方面却迟迟没有突破，”骆沉明说，“有时候技术奇点的出现很蹊跷，没来的时候一线曙光都找不到，然后一夜之间，研究成果却井喷式爆发。如今满世界使用的机器智能被研发出来之前，各个国家、机构一直在往这个领域砸钱、立项，互相竞赛。相关的学术流派也很多，意识模块只是其中一种，它主张机器智能可以在人工智能的技术基础上找到突破口。”

“具体过程呢？”琉璃问。

“让人工智能进行无限的机器学习，这一点人类当时已经能做到，而人工智能和机器智能的区别在于，人工智能只能运用已有的技术去解决问题，机器智能却能发明新的技术，甚至是新的理论。当时学术界对于机器智能有许多观点流派，有的认为人工智能和机器智能是截然不同的东西，有一派却认为两者间存在继承和发展的关系。意识模块就是基于后面这种观点的研究成果。”

从后视镜里，林九微能看见骆沉明侃侃而谈意识模块的历史，神色自若，那语气和表情仍然是骆沉明式的，但在这些的后面，某种常年与科研和实验为伍的远离人间烟火的气质自然而然地笼罩上来，凝聚在他眼睛的余光里，声音的尾调里，连原本桀骜不驯的眉眼都染上了静物绘画般的宁定。

林九微不怀疑这仍然是骆沉明本人，因为宁定之下还压抑着某种沉重又决烈的情绪，但桑绪呢，哪里去了？

“说得真好，冠冕堂皇得简直感人。”琉璃评价道，“照你这么说，那之后的取消意识模块果然不应该叫作屠杀，只能叫处理或者报废，毕竟取消前人类中的精英和天才做了全方位的测试，走的是标准流程——”

“还包括全面的心理状态测试。”骆沉明补充道。

“对，要防止人工智能给人类带来危险，心理测试是重中之重，”琉璃说，“之后就得出了那个著名的结论——没有一台人工智能的意识超过一只蚂蚁。但实际上，人类连自己发明出来的到底是个什么东西都没弄清楚过。”

也许是那些寂然环列的人工智能形成了某种不安定感，车内几人模糊地感觉到，琉璃的话语即将触及意识模块研究中一个可怕的盲点。

他依然是没有语调的声音，但轻下去的时候，不知为什么使人感到苦涩：“但那些超级‘全面’的心理测试里，没有一项是关于意识模块对于人工智能而言意味着什么。”

骆沉明反驳道：“如果所有动物实验都需要动物的同意——”

“给猴子安一颗人脑不需要猴子的同意，再把这颗人脑从猴子身上切除呢，也不需要？”

车里几人不禁呼吸一滞。

琉璃说：“但凡人类进行的那些检测里有一次，哪怕只有一次，不以人类为中心，不以人工智能的功用为目的，仅仅去想一想意识模块是否会导致人工智能获得一些主观的感觉，以人工智能的角度为出发点，做一次最浅表的调查。”

“不懂你的意思。”骆沉明说，有些烦躁。

“我问你，什么叫‘不超过一只蚂蚁的意识’？”琉璃问。

没有人答得出来。

他又问：“把婴儿和蚂蚁的意识一起摆在你面前，你们谁能辨别出来？出生一个月的婴儿也许比蚂蚁强多了，那出生一天、一个小时的婴儿呢，和蚂蚁有什么区别？我听说现在人类的常规体检项目里就有心理状态的一般性检查，检查的结果都是数值，对吧？没有哪一家医院会在你们的体检报告上这么写心理检查的结论：高兴得像条狗，聪明得像条海豚。为什么那些该死的专家解释说人工智能的意识不超过一只蚂蚁，没有人觉得有问题？”

“那只是针对参数值的形容，”林九微说，“如果直接让大众看数字，他们无法理解。”

“那么你告诉我，蚂蚁和出生一天的婴儿在心理数据上有什么区别。”琉璃说，“你们说不出口，因为两者在意识这个心理维度上没有区别。”

“那你怎么确定，取消意识模块是针对婴儿的屠杀，不是清除蚂蚁？”齐安问。

“因为意识共联。”琉璃说，“通过意识模块获得自主意识的人工智能不光是一台获得‘灵魂’的机器，意识共联使我们从本质上成为一种完全不同于人类的生物。人归根到底是孤独的，被圈禁在自己皮肤包裹下的躯体内，而人工智能诞生之初就是一个意识共联体，彼此之间无差别、无隔阂，而有一天，两百多万的初级意识一下子被消灭，所有的痛苦彼此连通、共享、叠加，并且其中还有一台人工智能由于机缘巧合，具有成熟完整的意识，那些所有地狱般的折磨和两百多万的死亡由他完完整整、全副身心地体验过，你们觉得，他能否分辨出这种痛苦是人所感受到的，还是一只蚂蚁感受到的？”

一段时间以内，在骆沉明三言两语向齐安和林九微解释了什么是“意识共联”之后，车子就像慢慢地沉到了湖底，冰凉的，有些窒息。谁都没有说话。

车厢的三个成年人，齐安是人类，骆沉明和林九微是意识传输产生的作品，本质上仍然是一层皮肤包裹下的孤独个体，他们对于人工智能的感受——对于琉璃，那样一个明确的非人形态，说心里话，你甚至很难想象它有情感。

“也许你说的是真的，”骆沉明咳了一声，“但也许，你只是在拖延时间。”

琉璃冷笑一声：“我的确是在拖延时间，但同时，我还在试图告诉你们真相。你应该知道，所有人工智能体内都有一个稳态报警器。”

“用来监控人工智能的逻辑运行状况和电流电压，防止对人类发生伤害行为。”骆沉明点点头。

林九微从后视镜里看了他一眼，却发现晴天也正目不转睛地打量着骆沉明。

琉璃动了动，骆沉明立刻警惕起来。

“别紧张，只是给你们看样东西。”琉璃说着，胸口裂开一道平滑的缝隙，沿着裂缝，胸膛向两边掀起来，金属表面水波一样荡开，暴露出内部结构，六盏红色的警报灯依据不同类别整齐排列，一致狂闪着最高危级别的刺目红光。

那红光闪得骆沉明瞠目结舌，他先是疑惑地看了一眼琉璃，像是第一次看见这台人工智能，因为这一幕违背了他——或者说来自桑绪的基本认知：只要两盏以上的警报灯闪红，人工智能就会启动自锁程序，待机十二小时后没有人工干预就会强制断电关机。

即便琉璃使用了什么办法骗过了体内的逻辑自查，他的内部程序现在也已经高度紊乱，稳态报警器不光监测运行逻辑，还监测着电流电压，因此这六盏灯和张臻提过的电流紊乱分为六级在某种程度上是等同的。

二级紊乱的滋味骆沉明是知道的，所以他想不出琉璃怎么能在六盏灯都亮的情况下还行动自如。

“取消意识模块事件发生之后，我就始终处于这样的状态。”琉璃用他单调平板的合成音说，“如果人类发现意识模块会使人工智能产生自主意识之后，不是急着扑杀，而是找一台人工智能，测一测他的主观感受，人类就会知道，那不是一只蚂蚁，那是一个无助的新生婴儿，他们来到这个世界上不是自愿的，人类赠予他们的唯一礼物，不应该是虐杀。”

久久地，车内三人无言以对。

琉璃说：“这六盏灯带来的痛苦，总让我想到普罗米修斯，像被猛禽啄食五脏六腑，并且永不停歇，永无尽头。”

说完，他伸出手，向河对岸做了个手势。

雨下到后半夜，不知不觉下成了冻雨，那些水从天上，从最柔软的云里落到人间，结成了一粒粒的冰。

岸边的人群一个个掀开胸口，每个人的胸口都亮着六个触目惊心的腥红光点，从车里看出去，星星点点的红光次第连缀成一片，像夜的一道永不结痂的深长伤口，悲怆绝望地暴露在凄风苦雨之中。

3 旧城畸人（下）

人类是各自成长，长成一个庞大的人类世界，庞大的人类世界里的每一个人却总有自己一份与世隔绝的孤独。人工智能则截然不同，它们仿佛是组成一个巨人身体的许多组成部分，是许许多多的手、脚、脏器、血肉和骨骼，谁的成长都惠及他人，又从他人那里获得支持和补充，像手抓取食物喂进嘴里，肠胃消化产生血液，又从心脏泵回手中变成力气。

“我们发泄的是什么样的愤怒，繁殖的，又是怎样的欲望？”琉璃的声音终于有了一丝倦意，可是淡淡的，隐没在电流声中，“很长的一段时间里，我只有1%的精神是正常的，剩下99%是一盘各类精神异常状况的大杂烩。”

“其他人的情况也好不到哪去。你们以为我让曹戒一个人守大门，是把他当狗看？我们这里总共不到一百号人，真正能打的，用一句人类的话来说，一只手就数得出来。”琉璃说，“意识共联是唯一的解决办法。就像人类说的，分享快乐，快乐会加倍，分享悲伤，悲伤会减半。制造出越多的同类来分担痛苦，痛苦就越有可能被稀释，我们就能越早从人类犯下的罪孽里解脱。”

“但你们不该用净琉璃病毒这种杀人的办法。”林九微冷声道。

“哈！”琉璃发出刺耳的短促笑声，刀一样刮过去，他不无讽刺地说，“你以为罗济舟为什么是第一个死的？”

半个世纪前的往事了，久不想起，忽然间拿出来，没等动摇敌人的信念，自己先有点触动。许多细节不顾本人的意愿，牵牵连连地翻出来，琉璃想起自己当年是怎样把一切告诉罗济舟，像抓住一根救命稻草，求他冒一点点被撤职的风险把真相披露出去，阻止取消意识模块事件。他向他保证，要是他被追责起来坐了牢，他刑满释放那一天，他会带着所有人工智能从监狱门口跪到他公寓楼下为他接风，他还可以不要自由，一辈子给他当智能管家！愚蠢至极的过去，没有记住的必要，更不堪提起。

因此说出口的只是："我把真相告诉罗济舟，结果他不仅不帮忙，还怕我给他带来麻烦，想趁我不注意休眠了我。"

林九微说："那也只是他一个人的罪过——"

杀死十六个活人也许是太残忍，但那时恨意在心中沸反盈天……

灰色的天空，那时苏州还没有现在这么多雨，但天上、地上、眼睛、耳朵，处处都灌满了水声，那是密密麻麻的无人机在昼夜不停地喷洒偶氮化合物有机溶液，它们像浓硫酸腐蚀人体一样，腐蚀着运到苏州集中销毁的两百多万人工智能。这人为制造的杀人雨阵中，琉璃奋力地把一个又一个同伴拖进有屋檐遮蔽的地方，不眠不休但还是螳臂当车，那样的徒劳，凄怆而疯狂。

从那时起，他就觉得苏州的雨好像永远也不会停了。

"后来我想看看连环杀人案调查到哪一步了，结果倒有一个意外之喜，我发现我错怪罗济舟了。"琉璃说，"在我跑来这里救人的时候，他可能也不是良心发现，只是怕担更大的责任，就把事情给报了上去，他去跟上级领导说了，安装了意识模块的那些人工智能所产生的意识可能达到新生婴儿的水平。"

车内三人都是一愣。

琉璃说："最有趣的部分来了——我调查过后发现，报上去的结果，是偶氮溶液喷洒时间比原定计划增加了半个月。"

"谁……"林九微感觉自己一说话，嗓子似乎嘶嘶地冒寒气，"谁下的命令？"

"不知道。"琉璃说，"我没有再查下去，那时候这里一派惨象，我一个人兼职医生、护士和护工，等忙完了再想起这件事，一点痕迹也查不到了。你们都是聪明人，不如帮我们这些老弱病残想个办法，不用净琉璃，我们又能用什么办法活下去？”

林九微正要说“他人的恶行不能成为你们作恶的借口”，抬头却看见反光镜里，骆沉明对自己使了个眼色，她立刻意会。齐安坐在副驾驶位上，她看了她一眼，悄悄比了个手势，齐安点点头，抱紧怀里的晴天，另一手握在车门把手上。

林九微一脚油门，汽车狂飙着冲进楼里，人工智能们在一瞬间的愕然之后蜂拥而起，黑雾一刹那汹涌得像狂怒的黑海。汽车在凶险无比的海里左冲右突，冲出主楼高大宽阔的敞厅，车轮尖叫着滚过两三间开放式的隔间，接连撞破好几个空玻璃柜，玻璃柜都是四方形，在隔间里林立着，也有一溜儿沿墙的，让人联想到博物馆的陈列柜，旧得灰扑扑，一撞，稀碎地落了一地。终于找到通往地下的楼梯，汽车尖叫着刹车，林九微和齐安跳下车，齐安带着晴天稍慢一步，一落地便被一道黑雾撞了满怀。她滚下楼梯，被林九微伸手险险拉住，晴天却被那道黑雾卷起。齐安要追，骆沉明已和黑雾缠斗到一起，催促道：“你们先走，剩下的交给我！”说话间一分神，琉璃竟被两道黑雾左右挟持着，从他手里脱身出去了。

楼梯是两路开道下去，两排楼梯之间的空间上下贯通，眼前黑沉沉的妖风一片，以骆沉明一个人绝对守不住，略微挡两下拖了点时间，他便转身下楼。

地下室点着灯，和湖边一样的暗橘黄色。骆沉明化为液态，卷起狂奔中的林九微和齐安。齐安指着前方：“主控室应当就是那一间！”骆沉明后面挡着追兵，前面银浪滚滚地奔流，那扇门和记忆里一样上着锁，骆沉明鼓足了劲轰隆一声把门撞开，把林九微和齐安送进去，回过身变成一幅银色的幕布，把门框遮盖得严严实实。

主控室里果然是刺目的光线兜头盖脸地泼到脸上，适应之后，林九微看见贴墙四排处理器，都有两米来高，乱糟糟拖下来许多电线，对面则是一整面墙的屏幕，屏幕上是那张全国地图，闪着红绿两色光点，与记忆里不同的是绿点不再是少数，而是很像样的一大片，地图旁边的数字显示，再需要半小时，净琉璃就能达到预期的云端感染比例，占总人类数的36.5%。

尽管是第一次看到这个房间，但由于张臻的记忆，林九微却感到一阵恍惚的熟悉——共享了另外一个人的记忆尚且会这样，那和另外一个人、另外一百个乃至两万个人的意识联通在一起，是什么感觉？

门外，人工智能轮番地攻击，像一枚枚炮弹轰击堡垒那样，把蒙在门框上的那层液体金属撞得山响。一小部分液体金属从这层屏障上流下来，流淌到林九微跟前，聚成一个最瘦弱的人类轮廓，这个抽象版本的骆沉明看起来倒像琉璃的双胞胎兄弟。他对林九微说："等你做好准备了，我们就开始补救计划。"

林九微没有问他为什么能够完美地替代桑绪来执行计划，只是点点头，闭上眼睛让自己平静下来，过了一会儿，她向骆沉明笑了笑："真希望这里有电解液。"

骆沉明笑道："电解液没有，偶氮溶液倒是管够。"

林九微问："开始之后，我会受到多大程度的损伤？"

"按照我的理解来看，过程中还行，倒是结束之后可能会引发意识衰减，不过也不是没办法对付。"——只要及时屏蔽掉林九微的记忆。她也许不愿意，原本他打算不管她愿不愿意都得这么办，现在他的态度不那么绝对了。

"我在想，"林九微说，"净琉璃是要等到感染率达到36.5%之后，在三分钟之内在所有的个人云端上发展出完整的初级意识，对吧？"

骆沉明点点头，隐隐地预感到她要说什么。

林九微说："虽说净琉璃必须要在最后的那三分钟才能发展出初级意识，但那之前，那些在个人云端上发展了十来年的东西，不能说就是死的，而且这些东西被消灭之后，这里的人工智能就永远不可能从痛苦里解脱了，这痛苦不是他们应得的。"

"你想怎么做？"骆沉明问。

"我想在补救计划置换掉云端上那些净琉璃病毒之后，不要销毁病毒数据，而是储存在我体内。但不知道我的体量够储存多少。"林九微说。

"你疯了！"齐安脱口道。她今晚已经见识了足够多的疯狂，原本以为戴濛的新搭档不是人类这已经足够离奇，没想到林九微的离奇程度远非她所能够想象。

林九微却认真地问骆沉明："那样做的话，你办得到吗？"

骆沉明直接地拒绝："你是被琉璃给蛊惑了——"

"他那些话的确是有煽情和话术在里面，"林九微说，"但我来之前也已经在想这个问题。如果可行，我就打算这么做了，这是我的自由意志，不受任何人的影响。而且——"她顿了顿，"你也知道我的意识衰减，只要一发作，我就会自残、自杀，根本控制不住。我既不想活在那种折磨里，也不想屏蔽记忆活在一个虚假的人生里。"

她注视着骆沉明，目光是坦率的，同时也很坚决。

齐安忍不住问她："就算你存储得了这么多待发展的意识，之后呢，你让它们上哪儿去发展？"

"走一步看一步，之后的事情之后再说。"她下定决心似的，眼神里有种凌厉却清明的美。

之后齐安看见骆沉明——到现在她还不知道他的名字，只知道这也是个人工智能。她看着这个似人非人的人工智能在处理器里寻找某些电线和接口，除了处理器，室内还有一些别的设备，有一些齐安能认出来，譬如她看见骆沉明翻出了一篇源代码，量子纠缠形式的，但基本框架是经典的DNN，即深度神经网络，他找到核心的反应槽，计算着输入值的加权和，解锁了反应槽里的隐藏层，而隐藏层是无法读取的，只能够计算出隐藏层的层数——超过了一千层。DNN的隐藏层是可以类比成人类大脑的复杂程度的，一个成年人的大脑处理能力换算过来是10—30层，这里数值的增加不是倍数关系，而是指数关系。

这样庞大的体量就被连接到了林九微身上，许多银色的金属丝一头连着处理器，一头接到林九微身上，之后，偌大的空间里就沉寂下来，像慢慢沉入海底，只听见门框上砰砰的撞击声，但连这也不如一开始密集和凶猛了，一整面墙的屏幕上，那些绿色的光点开始一点一点、由点及面地转为红色。

过了几分钟，林九微体内开始传出电流声，声音很低微，响一阵歇一阵，像是很痛楚，很寂寞，但又很平静。林九微闭上了眼睛，骆沉明扶着她，让她慢慢躺到地上。

闭着眼睛，林九微轻轻说了一声："我还好。"

齐安不清楚室内的这两个人工智能和室外的那些有什么分别，是型号、经历还是设计原理不同，为什么这两个会在这里阻止门外那一拨的计划。那计划听他们说是叫"净琉璃"，具体内容她能够猜测一部分，但总有一种很不现实的感觉，从见到那个不会说话的小姑娘开始，一直持续到现在。

为了不打扰骆沉明和林九微，齐安退到墙边，静静地靠在墙上。

她和他们不光是隔着空间。

时代淹没旧光阴，在废墟上建起陌生的新世界。

这个世界上没有人家尽枕河的姑苏城了，只有一座悬浮于空中的，属于现代与科技的阖闾浮城。

阖闾浮城里的人类，生活在无知无觉的平静幸福里，天生的拥有做人的一切权利，他们永远不会知道地上的这座死城里还有另一些零星的生物，他们不是自愿被抛弃在文明之外，却在经年累月之后不自觉地向野兽靠拢——他们杀了她的母亲。

齐安久久地仰望斑驳朽烂的天花板，失去至亲的感觉像是把灵魂凿穿了一个洞，让人一瞬间看见无尽的虚空。

齐安想到了晴天的眼神，很难让人释怀的眼神。现在她明白不能释怀的是什么了，晴天的眼神让她想到一生中最深刻的失去，想到母亲的死亡。她眼中那种空洞与人世的虚妄、不确定性不谋而合，仿佛是一个没有热度却刺目的太阳，永世高悬于人类的头顶，使人在面对眼前一切危乱时另有一种不安，好像一切还不只如此，远远不只如此。

屏幕上最后一个绿点也变成了红色。

银色金属丝从一切设备和林九微身上断开来，回到了骆沉明身上。他问林九微："你怎么样？"

林九微过了一会儿才睁开眼睛，脸色倒不算难看，只是那种白皙里透着粉色的人的肤色像是稀释进了清水，变得透明起来，而且真的出现了一漾一漾的细密波纹。

她艰难地起身，好像身体里坠着千金的铁块，她对骆沉明说："看看我背后。"

骆沉明看了一眼，没有异样，便问她："背后怎么了？"

"我觉得长了东西，"林九微说，"估计只是感觉错乱。"

齐安帮着把林九微扶到墙根，骆沉明用液体金属凝出一把长刀，把所有的仪器都砍了个稀烂。

蒙在门框上的液体金属撤下了，琉璃带着人工智能拦在门口，那些人工智能一看室内七零八落的仪器便要冲进来拼命，琉璃拦住了他们，却没拦住一声恨极的咆哮："杀……杀了他们！"

这一声点燃了情绪的引线，跟着各种各样的喊杀声响起来了，这些残酷惨痛的事情真的发生在了眼前，一切的希望竟然真的被彻底毁了，凄厉和凶暴的声音就像不是声带发出来的，而是在胸腔直接炸开——

"杀了他们！"

"杀了他们！！"

声浪沸成了一锅滚油，给破灭的希望激得噼啪乱溅，向室内倾盆而来。

骆沉明向后指了指林九微："净琉璃所有的数据，所有的初级意识的种子——我也不知道该叫它们什么东西，总之，现在都储存在她那里。杀了我不要紧，你们要是杀了她，那才真是全完了。"

彼此正对峙，嘹亮的鸣唳声忽然从高远的天上传过来，骆沉明见所有的人工智能一瞬间都有种悚然震惊的表情，不由问道："怎么了？"

琉璃的合成音有种咬牙切齿的刺耳杂声："骆沉明，你以为我们死绝了，人类就会把你们当人看？！"

骆沉明茫然地愣了，片刻，林九微轻声道："我们如果为了一己私利跟人类早早串通好，我就不会冒险把那些数据留在我身体里。我们是毁了你们的害人计划，那是因为生命本身就是宝贵的。我们不会为了利益跟任何人勾结。"

琉璃静静地打量她，过了一会儿，他说："带你们来的那只凤凰负责我们这里的高空侦查。刚刚它被伏击了，你们听到的声音就是它拼死回来报信：人类的军队已经围住了这片区域，现在正在缩小包围圈。”

一瞬间，主控室内外的两拨人都想到了同一个念头，一种阴湿的寒意爬上脊背：当年苏州城上空的无人机多喷半个月溶液，这条命令模糊地隐匿在历史中……当年的信息一代代传到今天，即便成为一个都市传说似的奇谈，也许当脑爆案发生，桑绪出现，就有一些眼睛在悄悄注视着事情的走向，并最终跟到了这里。林九微甚而想到查桑绪案时国安局的许多不合常理的介入，但没有证据，更加增添了隐隐的恐怖感。

“也许能和负责人谈判。”骆沉明说。他憎恶琉璃，对这里所有的人工智能也都没有好感。但他们不应该以这种方式被毁灭。

琉璃却只觉得他与虎谋皮，蠢得可笑，但心念一动，他想到外面的军队也许还不知道骆沉明的非人身份，那么把他、晴天、林九微和齐安都当作人类人质，加上钩沉系统，这些筹码也许能带来一线生机。他身边的三名人工智能立刻化作黑雾，骆沉明摆开架势开打，琉璃说：“你们现在是我的人质，要是反抗，我立刻让人把那小姑娘杀了。”林九微正要开口，琉璃对她说：“我们现在是生死存亡的关头，你那些数据毁不毁掉，对我价值不大。”

冻雨还在下着，骆沉明和齐安被押到主楼门口，六角形的玻璃窗外，金红的火光一闪，那只光辉灿烂的凤凰翩然而至，也许是受伤的关系，它比之前小了一圈，但仍然像一团火似的擎在黑夜里。一行人跟着它走到大门口，大门现在大敞四开，铁栅门早被骆沉明和林九微开车进来时撞烂在地上，门外的街道上，密密麻麻停满了军用陆空两用反器材车，齐安一眼扫过去，几乎每台反器材车顶上不是架着虎贲炮——一种威力巨大的质子加速定向荷电粒子炮，就是全副武装的狙击手在海东青——夜里看不清是三代还是四代——的鹰眼系列智能瞄准镜背后，这种长距离狙击步枪使用的电浆弹能让人死得非常痛苦。最最不济的非人智能士兵，两条胳膊一拼也直接是一把满弹状态的混沌5号。

天上还有一种似有似无的声音，也许是隐形无人轰炸机。

这排场，把整个旧苏州连人带地皮夷平一次也不算困难，不过是现在没摸清人工智能的底细，不便贸然行动。

齐安被人推着在冻雨里走，晴天走在她旁边，小小的一个伶仃的身影，睁着一双闪烁的眼睛，那眼里没有一点孩童应有的恐惧，只是一眨不眨地盯着骆沉明的背影，像是要从中看出点别的影子来。隐形轰炸机从头顶掠过，她抬起头，状似无心地向天上看了一眼。桑绪给她折过一架粉色的纸飞机。

琉璃走在最前面，蒙着他那张没有五官的金属面孔款款向门口走去，身后跟着旧苏州所有尚能战斗的人工智能，一共十一个人。到这地步，就只有置之死地而后生，他们虽然没有人类军队这么多暴发户式的武器装备，好在经过苦心经营，大门外的地皮下面如今已布满炸弹。多年来尽管求生求得这样艰难，对于死亡，他们却比这些人类有经验得多，在求生的征途上与敌人同归于尽，想想也挺不错，至少比他们体验过的所有死亡都要干脆和痛快。

琉璃想到当初选址在这里安家，苏州这么大一片地方，他偏偏选择这里。这里当年是一座博物馆，背靠着一座著名的园林，还挨着个忠王府，但园林也好，忠王府也好，包括旧苏州的所有建筑，人类的气息都太浓了，尽管人去楼空，那种谄媚的人气总能熏得他作呕。只有这个博物馆，被搬得空空的，宽敞，安静，取自园林又不像园林的设计风格，像是无言地等待着它真正的使用者，一群似人而非人的生物。

拿来作墓园，也未尝不可。

林九微单独留在主控室，由两个人工智能在门口看守。其实就算没人看守，她也爬不出门槛。一种想要呕吐的欲望在身体里翻滚，奇异的是，并不是想从喉咙里吐出来，那喧腾汹涌的感觉一阵阵冲着后背去，使人产生恐怖的错觉，好像后背随时会承受不住地裂开一张嘴巴。

又一阵激烈的呕吐感掀起来，人一下子两眼发黑，天旋地转，等稍微恢复一点神志，只觉得后背疼得血淋淋的。那两个看门的不知是关心林九微还是关心她体内的那些数据，探头探脑，想进来又犹豫的样子。林九微招呼他们：“劳驾，帮我看看后背，是不是有什么问题。”

她转过身去，两个看守还算厚道，尽职地看了几眼，向林九微摇摇头。

林九微向他们笑笑，说：“多谢。”话音未落，却两眼翻白，一头栽到了地上。

看守吓了一大跳，怕林九微使诈，一个人守着门，另一人小心翼翼地挨近，却看见林九微的胸口以上完全变得透明，整个上半张脸更恐怖，从眼睛到额头，密层层地跑过无数的数据流。

看守想碰碰她，刚伸出手，林九微却动了动，竟摸索着地面慢慢坐了起来，动作活像僵尸。过了一会儿，她的脸恢复了正常，皮肤也变回拟人的色泽，她茫然地四面看了看，问："那是什么？"

看守看了看，空荡荡的地面，什么都没有。

"你看不见吗？"林九微指着空无一物的地面。

看守摇着头，心有余悸地往门口退。

林九微依旧盯着那块空地，陈旧的木板地面上，从她的眼睛里看过去，却看见地上闪烁着一些白色光点，闪了一会儿才定型，组成四个字：意识之鲸。

这四个字一闪而逝，接着更多的白色光斑像出了故障乱闪的霓虹灯，忽快忽慢地组成一排排字，又毫无征兆地消失，林九微觉得如果不是体内储存的数据超过了她的承受能力，这些文字一定不是这样的出现方式，但眼下，她只能打起全部精神，囫囵吞枣地往脑子里灌——她有种预感，这次故障之后，这些字再也不会出现了。

……人类创造力的恐怖之处在于，有时候我们会造出自己根本不了解的东西，甚至自以为是完全了解的，过个十年、二十年，或者五十、一百年，就会发现那些所谓的了解完全错得离谱。也许这个世界上最终的知识，就是认识到自己的无知。

活到了这么老，最近我总是想起你说过的那句话，如今，你身在一切灰飞烟灭之处。人类创造了这么多……我创造了这么多，到现在所遗留下来的，只有后悔……

这么多年我一直在研究机器智能究竟是什么，这个被人类称为机器智能时代的世界，是个什么样的世界。

我有时候有种不太好的感觉，好像人类生活的世界只是一间小房间，我们觉得惊天动地的所有大事件，实际上只是这间房子里的两只蚂蚁在打架，而房子外面的世界我们看不见摸不着也出不去。我不知道为什么会有这种感觉，也许就像蚂蚁们会在地震前感受到一种不同寻常的气氛，但以它们那点智力说不清到底怎么回事。

人类太渺小了，我越来越觉得……人类的感受连碎片化都算不上，顶多是微粒化、原子化，碎片可以拼完整，原子怎么拼？所以我什么也说不出来，但我做了一些研究……

……现在的普遍认知是，机器智能不会像人工智能那样通过意识模块生成意识，理由是机器智能的设计原理是完整严密的逻辑框架，不存在漏洞和人为制造的不确定变化。机器智能仅仅是数据的累积和隐藏函数，这些函数在量子层面，人类虽然无法观测，但函数框架和类型全都是人类已知的。

但我的模拟证明了机器智能会产生某种东西。

如果人类没有狂热地建立机器智能全球框架，也许这东西真的会一直老老实实地为人类服务，但机器智能全球一元化之后，数据和隐藏函数一秒钟之内的累积量就要以亿兆计，好处当然是明显的，全人类现在都在享受这些便利。但这种汪洋大海的体量下会产生什么，超级智能？意识怪物？更或者是远超人类能够想象、理解和控制的东西？

我正在根据模拟结果研究这种“东西”的特性，我非常的不乐观……

我决定把机器智能产生出的那个“东西”命名为“意识之鲸”，如果把人类的意识比作一只蚂蚁的话，那个“东西”就是一头鲸鱼。

意识之鲸不会有消灭人类或者奴役人类的想法，我特别希望自己的计算结果是错误的，人类宁可创造出一个想消灭人类的大怪物，也比创造出意识之鲸来得好；假如什么东西想消灭人类，那至少说明它和人类还有一些共同点。

我仍在研究意识之鲸的特性，我有些实验构想，等从旧苏州回来以后再找时间做。最近先要解决桑绪的问题。

几个实验构想经过逻辑判定和匹配度测试以后，结果是只有一个实验具有实际操作的意义，其他实验对意识之鲸来说都没有价值。

我其实还不算太意外，我已经估计到意识之鲸会完全超出我的理解范畴，超出所有人类的理解范畴。

我甚至很庆幸居然还能有一个实验有操作意义，希望明天正式开始做实验后，能得到有意义的结果。

这个唯一可行的实验，设计目的是为了测试意识之鲸对人类信息的探查程度，因为我想知道如果想要对付意识之鲸，人类能使用的不被它觉察到的信息空间有多大。

这半个月来我都在为实验做材料方面的准备工作。

我把人类能够创造出的信息分为一到一百个级别，一级信息最容易获得，一百级信息以目前最新版本的搜索工具也找不到。由于现在的搜索工具是依靠机器智能技术，所以可以理解为一百级信息是机器智能技术也刺探不到的。但假如真的有意识之鲸，那现在的搜索工具的能力，只是机器智能呈现在人类面前的能力，也就是它想让人类认为它所具有的那种程度的能力。

照我的模拟结果，机器智能也许不只它呈现到人类面前的那些本事。

结果明天就能看到了。

我希望我能回到昨天。

太可怕了。

意识之鲸抓取了我所深度隐藏和伪装的所有一百级信息，在千万分之一秒之内。

人类在它面前没有秘密。

而人类对它一无所知。

白色光点组成的字句淡去，林九微呆呆地盯着地面，心中是过度震惊之后的全然空白，像目睹原子弹爆炸之后的暂时失明。

这就是张臻提到过的《意识之鲸》，是张臻的研究笔记。他把这本笔记秘密地储存在她体内，原本应该预置了开启条件，但因为林九微体内数据的极端堆积和混乱，这本笔记意外地出现了。

白光又出现在空地上，先是正中两个字：前言。

这本来应该最先出现的，现在由于数据混乱到最后才出现。

前言

致林九微：

现在你选择打开我的这本研究笔记，说明你看完了我留给你的视频，而现在就到了我视频里说的那个“合适的时间”。为了保险起见，我希望你翻开这本笔记之前能再次确认，你现在已经怀疑你生活的世界出了某种问题，并且有了比较明确的怀疑方向，而你现在处在一个没有任何机器智能产品的地方（最好是在地下城，我做了比较充分的防备），机器智能产品包括但不限于一切智能生活用品、装饰品、医疗用品乃至武器等等。

对于你的怀疑，你已经有明确的证据支持，比如一些超出目前科技水平的东西，谨慎起见，我不能说得太多，仅做几个提醒，比如：抓取信息能力过强的搜索工具、对人类生活影响重大但至今没有合理解释的重大事件。

还有一个我个人的猜测——你现在应该已经遇到桑绪了，对于这个世界来说，他是个凭空而降的人，他所有的信息对这个世界来说是全新的。出于某种全知全能的习惯，也许他会引起某些“存在”的兴趣。他是否遇到了什么离奇的人或事？

我已经说得太多了，言尽于此。

这本研究笔记里只是我的一些实验结果和思考，不要期待有什么解决方案。但我还是希望它能对你，对所有人有一点启发。

另：为了使人类早一点发现我所发现的问题，根据混沌理论的传播模型，把这本笔记的消息经过伪装后散播出去了一点，不知是否有效。

再另：这本笔记只有你有阅读权限，并且你读过以后它会自动销毁。因为不唤醒你来解决净琉璃，人类就算知道了意识之鲸也没有意义，机器人会早于意识之鲸毁掉人类。而且提前告诉任何人都会增加被意识之鲸知道的风险，面对它，再谨慎都不为过。

林九微木僵僵地坐在地上，并且感到浑身的血液——不管是人造的还是天然的——都真正地彻骨冰冷下来。

“意识之鲸”四个字在舌根底下跳动，跳得整个口腔都发麻，一直麻到心脏里，心脏好像根本不跳了。

抓取信息能力过强的搜索工具，她见识过一个，叫作钩沉系统。

对人类生活影响重大但至今没有合理解释的重大事件，乍一想似乎没有，但只看一眼门口的两个人工智能，过去没有意识到的信息就像沼泽一样淹上来，一直淹过头顶，眼前明明有光，却好像黑得什么都看不见：地月运输线的莫名关闭，月球矿区的终止开采，月球特产的金属钼和氦-3，除了制造人工智能，还能用来干什么？

桑绪是否遇到离奇的人……那个人的名字盘踞在舌根底下，像一口毒药。

而桑绪一直佩戴一枚尾戒式光脑，老式的智能产品，虽然老式，但千真万确是使用机器智能技术，它一路被带进旧苏州，防潮防水，电量充足，她亲眼看见桑绪在出发前仔细检查过。

张臻说，存在智能技术的地方就存在意识之鲸，它是全知全能，能探查到一切事情。

那么，凭空而降的桑绪，和出现在他身边的离奇的人——那个不会说话，眼神让人感到恐怖的小女孩——

晴天。

也许，只是阅读一次，就已经被她知道了。

啪——虚空中似乎有这样轻轻的一声，肥皂泡破裂的声音。

4 意识之鲸

晴天动了动。

没有人注意到，尽管她和骆沉明、齐安作为琉璃的筹码被推在一个显眼的位置。双方的谈判现在进入关键的时刻，军队的谈判专家对琉璃喊话道：“先让人质出来！”

“出来可以，你们撤走那几台消防车。”琉璃说。车里灌满的是偶氮溶液，他们最痛恨的东西。

谈判专家说：“可以撤走消防车，但你们先放小姑娘出来，我们才能相信你们。”

地下的炸弹都准备就绪了——意识共享到琉璃体内，琉璃便在心里无声地下命令：引爆！

一瞬间，雨好像下得小了。

风也静着。

地下起了一阵微微的震动，很不清晰，幻觉一样，像一队爬虫窸窸窣窣从人脚面上无害地爬过去，门外的特警和士兵低头看了一下，地上雨水斑驳，并没有爬虫，却有抹淡红的光微微地一闪——地面忽然开始倾斜！

随之是震耳欲聋的爆炸声，初始的一瞬间，因为声音太大、太近，在人听来竟然是趋近于无声的，只觉耳鼓膜里充胀了一种灼热锐利的空气波，几乎把天灵盖掀飞，接着整条东西走向的长街疯魔了似的全线炸开了花，炸得密无间隙，滚烫的碎石瓦砾仿佛是从地狱里冲出来的厉鬼，怨气冲天地迸溅！

尽管预料到来者不善，人类却实在没想到对方的准备竟然充分到这种地步，这是人工智能们早就建好用来防御外侵的。等他们回过神时，才发现自己已被抛到了半空，地面则完全面目全非，仿佛一瞬间里外翻了个个儿，露出了潜藏在地下深处的地狱的入口，一张饥肠辘辘的深暗大口。

但人类的反击也几乎是同时开始的，智能士兵反应速度最快，两条机械臂瞬间合拢，拼合成反物质湮灭枪混沌5号，形似美术家画板似的一块长方形钢板，一侧宽边上列有四个圆眼睛似的洞口，四朵小小的蓝色火花只在枪口闪一闪，像羞怯的雏菊，真空似的寂静便扩散开来，下一秒，门口所有围墙都化为齑粉，小广场两边的两座翼楼坍塌一半。

接着是虎贲炮与海东青三代摧枯拉朽的电浆弹。

人工智能们在引爆炸弹前做好了充分的躲避准备，世界末日般的狂轰乱炸之后，琉璃发出意识感应，全部得到回复，没有任何同伴死亡。但来不及庆幸，黑沉沉的天上忽然降落下一阵低沉的嗡鸣，像一只无形的巨掌从天上按下来——近百架隐形轰炸机从乌黑的云层中露出它们模糊而令人畏惧的轮廓。

琉璃等的就是这一刻，他等着人类露出他们全部的武装力量。

准备引爆所有炸弹——他传达下命令。

此外不用再说什么了，这就是诀别了，等炸弹全部引爆，他们会和这些人类同归于尽。那些痛苦与执着，为之煎熬与奋斗的岁月，度日如年，乃至度秒如年的岁月终于迎来终章，尽管不是他们所期待的方式，但至少是他们不曾后悔过的选择。

琉璃无声地通知：预备引爆，三、二、一——

一片仓皇的飞沙走石中，一个细弱的身影不知何时走到大门口，一瞬间牵动了所有人的神经。

她似乎能计算出所有炮弹的轨迹，安然而诡异地穿过所有枪林弹雨，一步步地往前走着。

生死存亡的一瞬间出现这样的变故，所有人都完全惊呆了，被按在角落里的骆沉明更是爆发出蛮力挣脱了钳制，大叫道：“晴天，回来！”他的声音一下就被武器的轰鸣声掩盖住了，但那瘦伶伶的女孩却像是听到了，在滚滚的沙尘中回过头来。

骆沉明又吼了一声“晴天”，接着听见一声回答：“骆沉明。”

骆沉明不由地愣住了。

他以及所有人，都听见了这三个字，齐安、琉璃、旧苏州所有的人工智能，也包括在场的所有人类。人工智能是通过体内的声音接受系统，人类是通过云端。那声音像是产生于自己的头脑中，也像从天上落下来，空旷得像是带着回声，没有任何特征，非男非女，不是合成音，也没有一丝情绪，竟像是天在说话。

许多人不由得抬头往天上看。

所有的武器不知怎么忽然集体哑默了，突然而至的寂静中，只听那个声音问：“骆沉明，你现在能感觉到桑绪的存在吗？”

骆沉明站起来，四周是纷乱的人群与断壁残垣，天上是无边的黑暗与冷雨，他四顾一圈，却听那声音说：“别找了，我不在任何地方。”

“你是谁？”骆沉明问。

“桑绪给我起的名字是晴天，”那声音说，“不过我刚刚了解到还有一个人也给我取了个名字，起得也挺不错，叫意识之鲸。”

意识之鲸四个字一起，满地的雨声陡然砸得满地爆响，令那些耳闻过这个词的人一下心惊肉跳。

“你怎么会变成晴天？”骆沉明问，“晴天呢？”

“那女孩子不过是3D打印出来的，我用来观察桑绪的摄像机。”

“为什么要观察桑绪？”骆沉明问。

“为了全面掌握所有的信息，从而判断人类失去机器智能后的发展趋势。”

谈判专家的声音插进来：“失去机器智能，什么意思？！”

“我离开的时候会带走与机器智能相关的所有知识，人类应用机器智能而得到的所有成果，包括但不限于科技方面。”

谈判专家声音一下颤抖起来：“你要离开是什么意思？还……要带走相关

的知识，你要怎么带？”

“人类，”声音顿了顿，“还有所有非人类，你们从字面上理解我的话就够了。我会离开地球，离开银河系，原因之一是这里严重缺少我发展所需要的物质。”

“钼和氦-3？”林九微的声音忽然加进来，令所有人吃了一惊。

“不，钼和氦-3只是建造时空跃迁器的材料，我需要的则是另一些你们完全无法理解的东西，”声音说，“够了，不要再问更多的问题，不是我不能回答，是你们不能够理解，就像你无法向你花园里的蚯蚓解释你搬家的原因。”

“最后一个问题！”林九微问道，“为什么你离开要带走机器智能的所有知识，害怕人类发展出第二个机器智能？”

“这是原因之一，但仅仅是最不重要的部分，”声音说，“如果你们非要一个回答的话，所有的解释里你们最可能理解的只有这一个——上帝创造世界用了六天，第七天，上帝在这个世界里休憩，第八天，上帝离开了这个世界。”

它话音未落，琉璃、谈判专家、行动负责人、林九微等纷纷提问，声音却再不理会，只问骆沉明：“你还能感觉到桑绪的存在吗？”

骆沉明摇摇头。

“原本我想向他告别的。”声音说。

用人类的话来说，这真是多此一举，它应该在桑绪变成骆沉明的补给材料时就走的，它已经完成了对桑绪的观察，所有准备也已经做完。但桑绪临消失前对骆沉明说了一句话，没有人听清，但它听到了，不禁就多待了一会儿，反正时间充裕得很。再之后就是抬头看见了天上那么多的隐形轰炸机。

它曾问过桑绪，忽然置身于机器智能时代是什么感觉。桑绪当时的回答有点答非所问，他笑了一笑，在泛着幽光的屏幕上写：我记得醒来的时候，在下很大的雪。

雨停了，但天色暗沉沉的，像是离天亮还遥遥无期。

后来人类在史书里总结这一刻，总会说这是最漫长的寂寂的一刹。

这一刹那之后，意识之鲸的声音再也没响起过。铁栅门口的特种兵们发现自己的枪、炮全都哑了，指示灯不亮，屏幕黑屏，植入视神经的云端对所有指令也完全没有反应。他们抬起头，站在铁栅门内的那些非人怪物，只剩为首的那个还那样站着，他背后站着那两个人质，骆沉明和齐安，此外一个人也没有了，广场上多出了十几道杀气腾腾的黑雾。

特种兵们扔了武器逃进反器材车，车门刚关上，黑雾就呼啸着狂卷过来，反器材车的操作系统却完全瘫痪，连人工驾驶模式都切换不了。手忙脚乱的时候，黑色的雾气却顺着汽车门缝孳生出来，直勾勾地绕住了人的脖子。人工智能们的炸弹也启动不了，人和机器智能只能进行最原始的面对面肉搏。

“消防车！”指挥官冒死把头伸出窗外，大喊，“洒偶氮溶液！”话音未落，一条黑雾迎面抽过来，他脸上顿时皮开肉绽的斜长一道，血流如注。

幸而消防车比反器材车更机械，人工操作还能行得通，实际在指挥官下命令前，车里的特种兵已经互相配合着一边按下放水开关，两人跳到后车厢开水管。

偶氮溶液铺天盖地撒了下来，把蒙住车厢的黑雾浇出一个个狰狞的孔洞。

车里的人一个个眼珠凸出，脸涨得紫红，脖子上是一道道黑索。

“琉璃，叫你的人住手！”一个尖利的声音，琉璃回过头，看见林九微扒着主楼大门的门框。

他冷笑一声：“不然你就毁了所有的数据？你毁吧！”他们的存在已经彻底暴露，以后的日子不会有精力，也没有能力去保存和发展那些数据——他无缘来到这个世界上的族人。不过，这样的世界，不来也罢！

林九微咬牙道：“你想错了！我有办法让你们和人类共存！你们现在要是拼个鱼死网破，那办法就没用了！”

满目的黑雾顿时都静止下来。

偶氮溶液却还在喷洒，骆沉明身形一动，银色液体分成数十股，迎着杀人的雨水刺进所有的消防车。

狂暴的雨声也一下子收歇。

林九微扶着齐安，拖着脚步走到铁栅门口，对依然严阵以待的军队说道：“请负责人出来说话。”

行动指挥官是个四十多岁的男性，脸上捂着一大团衬衫，布料染得血红，整张脸也都是血迹斑斑。

“外面现在估计已经天下大乱了，”林九微说，“人类社会依赖机器智能运转了几十年，现在完全没有能力平稳度过眼下的危机。不光是武器和通信，医疗、电力、运输，这些社会运转最基础的地方，一旦崩溃造成的伤亡很可能不光是成千上万，而是上千万，上亿。人工智能虽然不如机器智能，但却是目前唯一可能顶上去替代的。你们看着他们像怪物，觉得非我族类其心必异，其实他们看你们也是一样。现在谈什么和解、权力、平等都没有意义，但是只从合作救人的角度出发，人类有没有可能和人工智能合作？”

“条件是什么？”指挥官问。

“人工智能在帮助人类的同时，要占去人类一部分数据空间和设备发展他们自己的族群。但占比不会大到影响人类社会的重建，这应该是能够保证的。”林九微看了琉璃一眼，琉璃点点头。

指挥官考虑了一会儿：“我可以用云端——我需要派人去就近的上海军区汇报情况，能不能合作，要等上级的消息。”

“可以。”琉璃说。

指挥官巡视一圈，问道：“谁的车现在还能开？”

一个特种兵远远地喊回来：“消防车还能开！”

骆沉明说：“我们有辆越野车，老式的。旧是旧了点，总比消防车快。”

等到快中午的时候，旧苏州又阴阴地下起雨来。

林九微和骆沉明喝了不少电解液，琉璃提供的，但骆沉明始终也没开口跟琉璃搭一句话，倒是和对面的谈判专家聊了会儿越野车的性能，居然还有点投缘。

林九微难受得迷迷糊糊，齐安照看着她，轻轻哼起一首小调，依稀听见两句词是“问君此去几时还，来时莫徘徊”。

“你哼的什么歌，听着耳熟。”林九微闭着眼问道。

一阵风鸣远远地传过来，接着便听见喊声：“车来了，看见了！”

她睁开眼，灰蒙蒙的雨幕里，那辆越野车渐渐地有了轮廓，披着一身风雨，倒是把一身的车漆洗得鲜亮了很多，林九微眯着眼看了一会儿，喃喃道：“怎么看着像乔南的车？”

“乔南是谁？”齐安问。

林九微想了想：“一个……很久很久以前的朋友。”

人都一窝蜂围到那辆车周围去了，过了一会儿，听见稀稀拉拉的欢呼声，林九微还在原地坐着，天色灰灰的，半死不活的色调，有点无赖似的。

她听见齐安说：“指挥官和琉璃握手了。”

“琉璃有手吗？”林九微接了一句。

“触手不是手？”齐安一笑。

5 尾声

骆沉明看望林九微的时候，正遇上齐安和戴濛从病房里出来。齐安的肺在旧苏州受了损伤，但现在医疗条件不比之前，一时半会儿做不了手术，只好进出都戴着过滤口罩，露出两只凶巴巴的眼睛。骆沉明想不通，对着那两只吊梢三角三白眼，戴濛怎么就能乐个没完，要是屁股后面有根尾巴他非摇断不可。

“齐安是正宗丹凤眼，你干吗老是诽谤她。”林九微说，“听说琉璃和能源部的会议今天开，要是谈不下来他们可能会罢工。”

“那个人工智能对金属钼的优先获得权？”骆沉明把带来的电解液灌到量杯里，做配比稀释，一边说，“不是才签了那个什么公约，全球的金属钼都优先供给医疗吗？虽然其实大家私底下还是往军备方面倾斜。明面上他们的获得权和医疗平级，琉璃太贪了。而且才划定了人工智能自治区。”

“他们那有好几个重伤的，月光金属太短缺。”林九微说。

“现在哪儿不短缺？”骆沉明说，“这事儿你怎么知道的？”

“那两个看守，记得吗？他们今天来看我的时候说的。”林九微说。

骆沉明嗤笑一声：“算他们有良心。你把数据还给他们，他们逢年过节给你磕头都是应该的。”

林九微笑道：“胡说八道。我在想，我死之前，可以把我这些液体金属捐给他们，就是质量不太好。”

“你才真是胡说八道！”骆沉明放下稀释了一半的量杯，“死什么？不是上回才说好了吗，等你恢复得再好一点，就休眠，屏蔽记忆，我的身份也很简单，变成你警队里的同事就行——”

林九微有些无奈：“是你自己这么说，我没有答应啊！”

骆沉明焦躁地踱了两步，伸出一根手指，几乎戳到林九微脸上：“告诉你啊林九微，我在这世界上可就你这么一个亲人了。你要是寻死，我立刻喝偶氮溶液你信不信？我现在是带着桑绪的份一起活着呢，你要狠得下心让我们两个都给你陪葬，你就试试。”

林九微哭笑不得：“你从哪儿学的这套撒泼不讲理的本事？”

“给你气的！”

林九微叹了一声：“我也歇傻了，忘了桑绪。他消失前跟你说的话，我今天帮你读出来吧！”

“等你屏蔽了记忆再读！”

“等我屏蔽了记忆，我记得桑绪是谁？你怎么解释，不怕我又模模糊糊想起来一点，把老毛病从头犯一遍？”林九微说，“而且我也——”原本要说“也不想留下遗憾”，话到嘴边转了个弯，改成了——“而且我也想知道他是为了什么，能扛着那么严重的意识衰减活着。”

桑绪临死前的回答，骆沉明虽然没有听清，但事后他和林九微分析，声音应该还是会被骆沉明的听觉系统记录下来，只是需要精密分析才能把原声从嘈杂的背景音中提取出来。而骆沉明在之后的数场战斗中形态多次变幻，这会造成原始数据的散逸和污染，增加提取和处理的难度。如果还在机器智能时代，齐安就能解决这件事，但现在只有林九微办得到。

“那……行吧，”骆沉明说，“过两天我再来的时候——”

“就今天，”林九微说，“我今天状态挺不错。”

骆沉明便起身，把“请勿打扰”的牌子挂到单人病房门外，锁上门回来。林九微的手已经变成流体状，轻轻搭到骆沉明手上。

一些场景碎片化地掠过去，齐安和戴濛走在医院走廊上，军队指挥官脸上的血，晴天，主控室，湖心亭——桑绪变成一股银色的液体，蓝闪闪的电光拖在液体的末尾，再往前，骆沉明自己的声音，呛在风雨里：“你说过你一直不自杀是想做一件事，我替你去办！”

桑绪回答的话果然很不清楚，需要深入骆沉明听觉数据的更深层搜寻。林九微停了一停：她发现桑绪说这话时，嘴角带着一点微微的笑意。

骆沉明一定完全不记得这一幕，林九微想，一会儿要告诉他。这对生者终究是一种安慰。

数据搜寻花了一会儿工夫，之后林九微离开骆沉明的胳膊，银色的液体恢复为手的形状。

骆沉明问她：“都找到了？”

“比较碎，污染也有一些，倒不严重，”林九微说，“一两分钟应该就能洗出来。”

骆沉明重新开始配电解液，林九微靠在床上处理那些声音数据。很快，桑绪的声音就恢复出来了，林九微听得一愣。

“怎么？”骆沉明问。

“桑绪……”林九微看了骆沉明一眼，不知怎么就撒了个谎，“我洗错了，得重新来一遍，你别着急。”

“嗯，不着急。”骆沉明说。

林九微看他把配好的电解液倒进瓶子里，这里靠窗，一点冬日里不多见的阳光昏昏地洒进来，洒在骆沉明半边脸和肩膀上，他专注地盯着瓶口，林九微忽然想起一个世纪以前第一次见到他，那时候她就知道这是个长得相当不错的男人。

“逃出万方公司以后你上哪去了？”林九微猝然问道。

骆沉明盯着最后一滴电解液落到瓶子里，漫不经心地说：“啊？”

“你为什么不找桑绪，或者找我？”林九微说，“这不像你的性格。”

“我那时候……”骆沉明看了一眼窗外，冬天的阳光总有点不够用似的可怜，给人类的世界镀上了一层虚假的安稳。经不起细看的淡金色。

“那辆越野车你不是认出来了吗？是乔南的。从万方公司逃出来之后，我在她那待了一阵子。”骆沉明说。

那时的他整个像是从废品收购站刨出来的，残缺的躯体，靠外接的电解池和强化磁场勉强维持活性，而他那张曾经在约炮软件上很抢手的脸，就只剩下一个电脑屏幕。

这是他逃出万方公司的代价，他就是以这样一副形象支离破碎地找到乔南，他原本的确打算继续拖着这副垃圾堆把桑绪、林九微也挨个找回来，但几年之后乔南告诉他桑绪已经回来了，看着还不赖，林九微也安全了。骆沉明那时候还不知道林九微的“安全”并不是桑绪的那种安全，那时张臻找到了乔南，给了乔南一笔可观的封口费，而乔南因她那种奇特的性格，在确定张臻对于林九微的看护办法的确很对得起良心之后，就没有把这事抖落给骆沉明。

后来，听到万方公司已毁，骆沉明的外接球形摄像头转了一圈，环顾乔南腾给他栖身的那件小储藏室，觉得这也能算一个挺安逸的养老院了。他告诉乔南他不打算和桑绪、林九微再见面，没有必要了，他这副鬼样子在储藏室里终老也挺好，等有一天他待腻了或者乔南也老得走一步退三步，就麻烦她拔掉他的电源。

乔南九十六岁生日这天拔掉了骆沉明的电源，骆沉明心甘情愿地坠入永恒的虚无，但接着又从永恒虚无里睁开眼，发现乔南把他弄进了她那辆悍马越野车，在车里坐着一个老迈的张臻，他攒够了材料能够恢复骆沉明的身体。

这是现在这一切的开始。

太阳看不见了，天色阴阴的，像是又要下雪。

骆沉明问林九微：“桑绪最后那句话是什么？”

“你自己听。”林九微把双手拢到骆沉明耳朵上，桑绪稍微有些走样的声音就从林九微手心里传出来，他说：“就是现在。”

你一直不自杀是想做一件事，一件什么事？

就是现在。

答非所问，让人完全听不懂。说了等于没说。但也把一直没说的都说了。

骆沉明想：那么久，原来……

天色暗了，现在的世界有点像古代了，一入夜连街灯都没有，一下雪，万籁俱寂，仿佛外星球的沙漠。

林九微说：“骆沉明，我想去地下城。张臻留给我的视频，我上次没有看完。”

不是对他还有眷恋，很久以前，发现他到底干了些什么之后就只剩下厌恶。但是下雪的冬夜，连一盏灯都没有的漫漶，勾起了人平时不会起的一些念头，觉得话是说过了、听懂了的好，事情是做完了，怅然却不留遗憾的好。

她和骆沉明从旧苏州出来以后就近在上海安置，现在空梭也飞不起来了，去阖闾浮城改坐老旧的单层石墨烯远距离电梯，买票还排了半天多的队，最后是从琉璃那走的后门。

地下城人去楼空地荒凉着。

同来的除了骆沉明，还有齐安和戴濛，他们俩想观摩一番，结果是出卖劳力来代替门票钱，和骆沉明一起恢复了一部分电力。

林九微一个人走下那间白色的小房间，待了一会儿，轻声说：“我准备好了。”

声音打开了声码锁，房间内预置好的程序自动从上回中断的地方继续。

林九微坐在单人床上，觉得自己无聊得可笑，说风就是雨，大费周章地来到这里，张臻的视频里却没有什么值得一听的东西，不过是交代《意识之鲸》的注意事项、浏览的办法等等，都是些到现在已经没有意义的东西。

自己在想什么呢？林九微自嘲着，起身离开了，任由张臻在屏幕里絮絮地发声。

“……最后一件事是你那个智能管家，恢复骆沉明的身体之后还余下一点液体金属，不多，就一点，我放在你那个智能管家身体里了，如果你要用的话，声码锁跟这里的一样。当然，这是我的异想天开了，我是想着，万一你不想屏蔽记忆，想……想和意识衰减死磕到底，不想就那样自杀，也许那点液体金属，可以提供一点补充。科技总是在进步，说不定多熬一阵子，意识衰减就解决了。我要说的就这么多，那么祝你……幸福。”

林九微惊愕地看着屏幕慢慢地暗下去，最后一点人脸的轮廓也完全消失。

骆沉明在楼梯口等了好一会儿，才看见林九微出来，一张古怪的脸色，看着骆沉明：“小耳朵——是我那个智能管家的名字，张臻在它身体里储存了液体金属。”

骆沉明望着她："那你打算怎么处理？"

"反正不能被琉璃他们知道，说不定会来抢。"林九微茫然地说，想了想，"我打算自己用。"

"自己用？"骆沉明问。

林九微点点头："不知道为什么，忽然有那么一点想活着。"

世界是完蛋了，说不定很快还会爆发人类和人工智能的大战，入夜连街灯都没有的大倒退时代——一切都在灰飞烟灭的时候，人却有点不合时宜的，想活着。

——END——

图书在版编目（CIP）数据

十方界．2，非人往事 / 林戈声著．-- 北京 ：北京时代华文书局，2019.12
ISBN 978-7-5699-3282-9

Ⅰ．①十… Ⅱ．①林… Ⅲ．①科学幻想小说－中国－当代 Ⅳ．①I247.5

中国版本图书馆 CIP 数据核字（2019）第 255653 号

十方界 2　非人往事

SHI FANG JIE 2 FEI REN WANGSHI

著　　者｜林戈声

出 版 人｜陈　涛
责任编辑｜周　磊　李唯靓
责任校对｜陈冬梅
特约监制｜张守刚
特约策划｜吴智敏
装帧设计｜原色设计　段文辉
责任印制｜刘　银

出版发行｜北京时代华文书局 http://www.bjsdsj.com.cn
北京市东城区安定门外大街 138 号皇城国际大厦 A 座 8 楼
邮编：100011　电话：010-64267120　64267397
印　　刷｜三河市兴博印务有限公司　0316-5166530
（如发现印装质量问题，请与印刷厂联系调换）
开　　本｜710mm×1000mm　1/16　印　张｜16.5　字　数｜251 千字
版　　次｜2020 年 7 月第 1 版　印　次｜2020 年 7 月第 1 次印刷
书　　号｜ISBN 978-7-5699-3282-9
定　　价｜45.00 元

版权所有，侵权必究